# 幸福
# 在哪里

史罕明 著

陕西新华出版传媒集团

太白文艺出版社

## 图书在版编目（CIP）数据

幸福在哪里/史罕明著. — 西安：太白文艺出版社,2017.2(2022.3重印)

ISBN 978-7-5513-1135-9

Ⅰ.①幸… Ⅱ.①史… Ⅲ.①散文集－中国－当代 Ⅳ.①I267

中国版本图书馆CIP数据核字(2017)第026761号

## 幸福在哪里
XINGFU ZAI NALI

| | |
|---|---|
| 作　者 | 史罕明 |
| 责任编辑 | 葛　毅 |
| 封面设计 | 张　为 |
| 出版发行 | 陕西新华出版传媒集团<br>太白文艺出版社 |
| 经　销 | 新华书店 |
| 印　刷 | 三河市腾飞印务有限公司 |
| 开　本 | 787mm×1092mm　1/16 |
| 字　数 | 320千字 |
| 印　张 | 19.5 |
| 版　次 | 2017年2月第1版<br>2017年9月第2版 |
| 印　次 | 2022年3月第2次印刷 |
| 书　号 | ISBN 978-7-5513-1135-9 |
| 定　价 | 67.00元 |

联系电话：029-81206800

出版社地址：西安市曲江新区登高路1388号（邮编：710061）

营销中心电话：029-87277748

# 幸福在你身边

## ——《幸福在哪里》序

### 肖云儒

　　这是一本启发你在日常生活中随时随处寻找幸福、感应幸福、建构幸福、享受幸福的书。作者史罕明从时代、历史、社会、人生的细处和末端下笔,由方方面面写向"幸福"二字;又从"幸福"二字发散,写向生活的方方面面。读下来,你会惊喜地发现,幸福原来就在身边。

　　他谈人的能力培养、人格修养,写社会三百六十行的百态,既给你提供可操作的方法,又常常迸发出闪光的见解。由于作者是从追求幸福这样一个角度来谈方法问题,便很少有时下走俏的成功学的功利气息,总是将事业人生的成功提升到精神层面,提升到幸福和幸福感层面。他写赔钱生意为何能让企业老板卖力并感动,就是用大道驾驭小道,用商德驾驭商法,成为一个成功的幸福案例,具有人生价值风向标的意义。

　　作者并不倚重极端性的个案和深奥的理论分析来谈这个人人能感觉又往往难以言表的问题,而是用最日常的生活例证,最简达晓畅的语言,来表述"幸福"这一最个人、最内心、最不可测的精神问题。罕明的特点是:一、以生活实例取胜,一段例证一段分析,夹叙夹议,便于读者接受;二、以系统分解取胜,对论题做细致的分解,在条分缕析中顿生新意;三、以简洁明快取胜。将繁复的语句转化为干脆、确定、清晰、有节奏感的短句,鼓点般敲出来,读来很是给力。

　　作者将"幸福"分解为相对值与绝对值,幸福相对值表达式为:幸福系数＝实际值/目标值;幸福绝对值表达式为:幸福的离差值＝实际值－目标值。两种值又各有多种情况,比如幸福相对值就有五种情形:(1)幸福系数＞1,利得,有利的事项结果比预想的好,幸福;(2)幸福系数＜1,利失,有利的事项结果比预想的差,不幸福;(3)幸福系数＞1,害得,不利的事项结果比预想的差,不幸;(4)幸福系数＜1,害失,不利的事项结果比预想的好,幸福;(5)幸福系数＝1,无得无失,有人认为是幸福,有人认为是不幸福,有人对这种状态无动于衷、不喜不悲。如此这般条分缕析便有了新意。细致原也是出新的一个路径。

我与史罕明素昧平生,至今亦未谋面。我在阅读中走近他,一篇篇文章像一笔笔炭铅的勾勒,让我心里依稀有了一个他的轮廓。

作者是一个乐观的人,是一个生命乐观主义者。他总是乐观地看待自己,看待别人,看待这个世界,在内心酿造幸福。心中充满了阳光,眼中的世界也便阳光灿烂。这使罕明总能够从生活的酸甜苦辣中提炼出幸福和快乐,也是他所以选择并能够胜任这个题材写作的基础性原因。作者是一个生活中的有心人。从那些关于脸,关于要交"三合板"朋友,关于用一个"心"字去感受中国文化,关于交通规则对人生的启示等等论述中,你可以看到他是在怎样仔细地观察和咀嚼生活,用理性思考提炼生活现象,将其中潜藏的真善美转化为自己的写作素材。作者又是一个能够从多角度、多方面看问题的人,这使他全面而宽容。他写人生有四条命运之绳:父母、师长、朋友、自己。对影响人生的因素做了周密的分析。尤其对"第三条命"朋友的四个类别又做了更细致的阐释,从字里行间能感到作者思维的缜密。他敢于正面切入问题,也善于旁敲侧击和反向正悟。他写如何用严酷的实践去振奋精神,反倒使处罚换来了感谢。尊重并呈现事物的多样性和复杂性,成为这本书的一个可贵之处。

2016 年 7 月 4 日,酷暑,西安不散居

# 自　序

30 年前，中国很穷。人们吃不饱饭，穿着很破旧，住房很拥挤，交通基本靠走，通信基本靠吼，但人们的主人翁意识、爱国精神、幸福感都很强。

30 年后，中国变富。经济实力跃居全球第二，很多指标已领跑全世界。吃的应有尽有，穿的五颜六色，房子多得住不了，城市人口已经超过农村人口。小汽车拥有量全球第一，高速公路总里程全球第一，高铁总里程全球第一，手机用户全球第一，出国境旅游人数排全球第一，购买奢侈品数量全球第一，亿万富翁人数全球前列，接受高等教育人口排全球前列……

然而，这些在 20 世纪 80 年代前想都不敢想的辉煌成就，并没有给国人带来更多的获得感和满足感，国民的幸福指数不升反降。现代人普遍感觉自己不幸福。

学生们学习压力大、课内外负担重。整天啃书本、忙考试、愁分数，感到很不幸福；

老师们怕升学、考试分数、教案等各项指标的考核。怨家长不配合、社会不理解，当老师真难，没有幸福可言；

家长们为子女入托入学发愁，自己上班之外还要陪孩子写作业、上兴趣班"加班"受累，为孩子找对象、找工作、难管教受煎熬。已经不知道怎么当家长了，没有一点儿幸福感；

农民种粮不挣钱、打工无保障、学生供不起、有病看不起，处在社会底层似乎永远也翻不了身，何来幸福；

公务员表面很风光，实际很凄凉。没有做生意的挣钱多，不自由，没有搞学问的稳当、自在，感觉不到幸福。

幸福是所有人终生追求的目标，也是所有人对自己的父母、子女、兄弟姐妹、至亲好友的期望。

人们最想得到的东西却没有得到，失望和失落感骤然降临，不幸福的感受真真切切。长期被失望失落笼罩，人们就会对人生感到迷茫，对生活和生命的意义产生怀疑，就会丧失奋斗的信心、勇气和动力。

本书通过剖析日常生活中的现实案例，从制造幸福的六个来源出发，探讨认识社会现象的正确立场、观点和方法，解析幸福及其表现在真善美方面的表象和本质，帮助大家找到人生的方向、生活的意义、生命的价值，让大家重树奋斗信心，重鼓拼搏勇气，重生前进动力。

什么是幸福？不同的人有不同的答案。

在五花八门、千奇百怪的幸福答案中，我们可以找到共同之处，那就是：

幸福是人们希望得到的得到了，不希望得到的没有得到；希望失去的失去了，不希望失去的没有失去。

本书所定义的"幸福的公式"及其五种情形的表现和表述，应当具有普遍适用性。

幸福在哪里？

幸福首先来源于大脑，大脑是制造幸福的工厂。

大脑必须有生产幸福的能力——思维能力、分析能力、鉴别能力，有对加工幸福的原料进行检验、筛选、淘汰的程序，有生产合格幸福产品的标准模具——崇高信仰、优秀传统道德、科学文化知识，有科学合理的幸福生产流程——观察、分析、比较、鉴别、结论，有对幸福产品投放市场后的效果预测、判断、调研、评估程序，有对不合格幸福产品修复、报废的制度安排和强制执行措施，有下一期幸福产品的生产规划、设计方案。

幸福取决于计划的目标值、规划的期望值的选择是否合适。

拿球龄只有一年的乒乓球选手与刘国梁做对比，就是目标值不合适；开业不到三年的企业总想超过海尔、华为，就是期望值过高；刚毕业的大学生总抱怨自己的工资比处长低，就是目标值不合适。

幸福取决于自己大脑设定的目标值、期望值与实际值的对比，而不单是客观现实的一个因素。当实际值大于目标值时，人们才会有幸福感。

幸福源于家庭，家庭是最适合幸福生长的地方。

呵护儿女健康幸福成长是父母的责任，关爱老人健康幸福生活是儿女的责任。无论身在何处，这个目标永远不会改变。如果在家庭中找不到幸福，说明感情的枝叶已经干枯，浇下再多的水，施下再好的肥，也是徒劳的。

每个人热爱亲人、热爱故乡的心永远不变，为亲人和故乡创造幸福的心也永远不变。家庭成员目标一致,就能产生共鸣。有感情共鸣,就有支持和依靠,就有很强的幸福感。

幸福源大自然。如果说人们对幸福的认识有差异,这些差异主要表现在家庭、生活、道德、文化等方面,并且呈逐步扩大趋势。但在对大自然之美的认识、对从大自然中获得的幸福感的认同方面,几乎没有差异。

大自然鬼斧神工,创造了那么多艺术珍品,如果还不能让我们为之动情、为之陶醉,说明我们的大脑太麻木,眼睛太无光,心灵太愚钝。

幸福从大自然说起,进而导向生活、道德、文化,引入这些看似抽象而神秘的幸福源泉,容易让人接受。

自然界太大,自然界中美的东西太多。有的很细很小,眼睛看不见,手也摸不到,只能用心感受;有的埋得很深,藏得很远、很高,就像珍珠、金子、玛瑙,需要人们到很高很深很远的地方,小心挖掘,仔细辨认,精心呵护,慢慢欣赏。

幸福源于生活。生活,活生生、热辣辣、鲜嫩无比、丰富多彩、变化多端、气象万千的生活,有其残酷的一面,更有可爱的一面。

五彩缤纷、光怪陆离、乱如麻团的生活中,藏着很多不幸,同时又藏着很多幸福。

会过生活的人能从乱麻般的生活中去粗取精,去伪存真,找到自己想要的幸福;不会生活的人,看到一堆乱麻就六神无主,情急之下,胡乱抓一通,麻断了,没找到幸福。请教别人该怎么办,自己还是不得其法,找不到幸福的踪影。于是得出结论:生活中没有幸福,只有痛苦,人活着就是为了受苦。

生活是个牧场,我们就是牧马人。同样一匹马,有人能驾驭它驰骋千里,有人则心存畏惧不敢靠近。幸福是我们驯化成功后,温驯而通人性的生活之马,不幸则是我们没能驯服、野性十足、不通人性,将我们摔在地上、踩在蹄下、飞扬跋扈的生活之马。

道德是幸福的父母。

人的社会属性就是道德属性,人的成长过程就是道德的成长和成熟过程。在追求有道德、充满真善美的人生过程中,识别并摒弃假恶丑的不道德行为,不断传递真善美给子孙后代,是父母义不容辞的责任。只有将子女培养成有道德、有信仰的人,你才算合格父母,你才配有获得感和幸福感。

道德,只有道德,才是养育有人性的公民、缔造幸福之子的合格父母,才是流淌出纯净的道德之水的清泉。

道德生下了幸福,就要按照善良正直诚实礼貌等标准,不断给幸福浇水、施肥、除草、打药，才能让幸福之花生根、发芽、开花、结果。离开父母管教的孩子是没爹没妈的野孩子，长大是个野蛮人。离开道德哺育的幸福同样是没有教养的"野幸福"，长大是不合格不合理不合规的"野幸福"，即为不幸。

文化是幸福的翅膀。中国文化博大精深，有取之不尽用之不竭的幸福营养。当你站在文化的制高点，将文化当作自己的坚强翅膀，你就能飞得更高、看得更远。飞得高就能看清低处的景色，看得远就能看到广阔的世界。阅历丰富、眼界开阔、心胸就广阔，就能容得下万事万物。你对幸福的认识就不再是井底之蛙，你就能成为翱翔于蓝天的鲲鹏。当你拥有一览众山小的眼光和胸怀，有宰相的肚量和处变不惊的胆魄时，就没有什么能难倒你，在你心中就不存在不幸。

幸福无处不在，无时不有，这是我的幸福观。

幸福是个大得无边、深得无底的话题，很少有人愿意触碰。幸福既看不见、又摸不着，没有大小、没有形状、没有重量、没有颜色、没有味道。幸福又是让每个人爱得要命、穷追不舍的奇怪感受。有没有，自己心里清楚；有多少，自己心里有数，但却说不清、说不准，更不知道让它如何保鲜、保质、保量。

获得感本质就是幸福感。如何获得，从哪儿获得？《幸福在哪里》或许可以给您当向导。

作者

2016 年 7 月

# 目　录

## 第五辑：道德 幸福的爹娘

# 第一辑

## 大脑 幸福的工厂

# 什么是幸福

如今,越来越多的人觉得自己不幸福。

那么什么是幸福,没有人能给出让大家满意的答案。

笔者先讲几则有关幸福的故事。

20多年前,老家有个乡党,腿脚不好,没办法干农活,就在街道补鞋。一次,我去补鞋,他谈起自己的工作和生活时神采飞扬,从心底流淌出的快乐、满足让我十分惊讶。我当时并不理解,当然压根儿就不认可。他说:"我比县长拽。每天挣的都是现钱,每月收入比县长还高,还不用操那么多心、劳那么多神。太冷太热刮风下雨我就在家睡大觉,多自在、多舒服。这么好的事我儿子竟然不愿意干,简直就是个傻子。"

有一个乞丐,大冬天白雪皑皑,晚上无处睡觉。他找呀找,终于找到一个麦草垛子。他掏了个洞,钻了进去,非常自豪地喊道:"冬天我有柴垛卧,看他穷人怎么过!"

电视剧《大浴女》中章妩对唐菲说的一段话,能很好地诠释什么是幸福。

"阿姨认识一个朋友,他整天觉得自己不快乐。有一天他生病住院了,他就跟医生说:'不生病的那些日子多好呀,多幸福呀。'再后来他坐上了轮椅。他又跟大夫说:'我现在特别怀念在医院生病的那些日子,多幸福啊。'再后来他只能趴在床上了,因为他满身长了褥疮。他又跟大夫说:'我现在怎么特别怀念坐轮椅的日子,我觉得那是真正的幸福,趴在床上太痛苦了。'再后来医生跟他说:'你活不了多久了。'他就求大夫说:'你无论如何要把我的病治好,只要我活着,不管我干什么,我都会觉得幸福'。"

柏拉图问老师苏格拉底:"什么是幸福?"

苏格拉底说:"我请你穿越这片田野,去摘一朵最美丽的花,但是有个规则，你不能走回头路，而且你只能摘一次。"于是柏拉图去做了。许久之后，他捧着一朵比较美丽的花回来了。苏格拉底问他："这就是最美丽的花了？"柏拉图说道："当我穿越田野的时候，我看到了这朵美丽的花，我就摘下了它，并认定了它是最美丽的，而且，当我后来又看见很多更美丽的花的时候，我依然坚持这朵最美的信念而不再动摇。所以我把最美丽的花摘来了。"这时，苏格拉底意味深长地说："这，就是幸福。"

幸福是一种自我感觉，是一种不被外界繁华所诱惑，不被别人的言行所干扰的毫不动摇的自我感觉。

幸福是比较出来的。许多人感觉自己比上不足、比下有余，其实就是很满足、很幸福的状态。中国有 13 亿人，每个人比上都是我不如人，比下全是人不如我，因为最上面就一个人，是谁，不知道；最下面也只有一个人，是谁，还是不知道。中国这么大，中国人这么多，就是发动一亿人去找中国最幸福之人和中国最不幸福之人，估计也很难成功。那些自认为最不幸的、最倒霉的人，不过是井底之蛙，不知人、不知己、不知社会、不知世界，如同盲人摸象，妄自给自己一个天底下最倒霉的人、世界上最不幸的人的"奖牌"，试图得到全世界人的同情、支持、帮助。得到了吗？这不过是自己吓唬自己、吓唬至亲好友的一场闹剧。

许多不幸、倒霉的事往往具有时间和"节"点特征，过了这个时间、"节"点会即刻消失，但人们常常把它当作永恒的存在，长久压在自己的心头，身心被它压下去再也直不起、轻松不了。

很多不幸的副作用其实并不大，但人们总会把它设想得似千钧重，认为自己无力承受，所以就不愿面对，企图逃避。其实面对之后，发现没有什么大不了的。

我们许多人觉得自己不幸福，主要原因是把自己认定的幸福标准调得过高，结果永远达不到，永远失望，永远觉得自己不幸福。比如一个普通员工总拿处长的标准说自己的工资低、奖金少、房子小、没有专车，越比越没有干劲。

认为自己不幸福的另一个原因是拿自己的缺点和别人的优点比较，越比越失望，越比越没有信心。

乞丐的幸福就是找到一个温暖的睡处，他得到了。他没有超出标准，他觉得自己比屋漏偏逢连阴雨的人幸福。

补鞋老人收入比县长高、工作比县长自由是事实，所以他认定自己很幸福是有道理的。

《大浴女》中讲的那个人，由不快乐到住院、由住院到坐轮椅、由坐轮椅到只能趴在床上、由趴在床上到活不久了，这一段经历绝非独特的个例，而是我们每个人将可能面临的人生经历。如果这段经历不幸发生在你或者你的至亲至爱的人身上，你会像他那样，每走一步都觉得前一步更幸福吗？

最后，让我们以苏格拉底关于人生的教诲共勉：

人生就是一次无法重复的选择。面对无法回头的人生，我们只能做三件事：郑重地选择，争取不留下遗憾；如果遗憾了，就理智地面对它，然后争取改变；假若也不能改变，就勇敢地接受，不要后悔，继续朝前走。

2014. 2. 10<br>本文刊登在 2014 年 4 月 8 日《陕西交通报》

# 幸福的公式

幸福的定义：个人的需求得到满足而产生长久的喜悦，并希望一直保持现状的心理情绪。

每个人都有生理、安全、社交、尊重、自我实现五种需求，都希望自己的需求能够得到最大程度满足，变成现实。

然而，客观世界并不会因为人的主观意愿而变化。不变的客观与变动的主观就会存在差距，人的需求就可能出现满足或者不满足两种结果，人们的心理就会表现出幸福或者不幸福两种状态。

人类都有趋利避害的本能，认为得到的利益越多越好、受到的伤害越少越好。这是人们主观上设定的目标值。经过与客观现实比较后，达到目标值就是幸福，没有达到就是不幸福。

幸福不是需求本身，不是利益本身，也不是伤害本身，幸福是需求满足程度的心理感受。

幸福有两种表达方式，分别是相对值表达式和绝对值表达式，其计算公式如下：

1. 绝对值表达式：幸福的离差值＝实际值－目标值

具体有五种情形：

(1)幸福的离差值＞0，利得，有利的事项结果比预想的好，幸福；

(2)幸福的离差值＜0，利失，有利的事项结果比预想的差，不幸福；

(3)幸福的离差值＞0，害得，不利的事项结果比预想的差，不幸福；

(4)幸福的离差值＜0，害失，不利的事项结果比预想的好，幸福；

(5)幸福的离差值＝0，无得无失，有人认为幸福，有人认为不幸福，有人对这种状态无动于衷，不喜不悲。

2. 相对值表达式：幸福系数 = 实际值/目标值

具体也有五种情形：

(1)幸福系数 >1，利得，有利的事项结果比预想的好，幸福；

(2)幸福系数 <1，利失，有利的事项结果比预想的差，不幸福；

(3)幸福系数 >1，害得，不利的事项结果比预想的差，不幸福；

(4)幸福系数 <1，害失，不利的事项结果比预想的好，幸福；

(5)幸福系数 =1，无得无失，有人认为是幸福，有人认为是不幸福，有人对这种状态无动于衷，不喜不悲。

公式的解释与应用：

例一：张三看过一部电影，李四问怎么样。还算行，可以去看。张三对这部电影打分在 70 分左右。

李四看后，认为有不少好的看点，应该得 80 分以上，有幸福感。

还有一部电影，王五看后给刘六推荐，非常不错，不看你会后悔一辈子。即王五对该电影的打分应该在 90 分以上。

刘六看后，认为并没有王五说的那么好，最高能得 80 分，有点儿失望。

同样是 80 分的评价结果，李四感觉很幸福，刘六却觉得比较失望、不开心，为什么？

用绝对值公式解释，两个实际得分都是 80 分，李四的离差值 = 80 - 70 = 10 >0，他获得了超出张三设定的目标值 10 分的结果，有幸福感。即有利的事项结果比预想的好，幸福；刘六的离差值 = 80 - 90 = - 10 <0，没有达到王五设定的目标值，还差 10 分以上，感到有点失望。认为不仅耽误了时间，浪费了金钱，好像还被人骗了，看后有点儿后悔，心里不舒服。即有利的事项结果比预想的差，不幸福。

用相对值公式解释，李四的幸福系数是 = 80/70 = 114% >1，超出指标值 14%，幸福；刘六的幸福值 = 80/90 = 88.9% <1，低于标准值 11.1%，不幸福。

例二：甲与乙在同一座城市，前后不超过三天时间，两人在该市分别买了一件同样品牌、同样款式的衣服。甲花费 1000 元，乙花费 1200 元。

乙知道自己比甲多花 200 元，心中非常不舒服，瞅着那件衣服就来气，甚至怕别人骂自己是冤大头，不愿意穿出去，结果 1200 元算是白扔了。如果没有与甲的对比，乙就不会出现不幸福的感觉，可能穿上这件衣服还挺神气。

假设过了几天，乙发现丙买这件衣服花了1500元，他又会觉得自己占了300元的便宜，衣服又穿出去了。

例三：小王和三个朋友开车外出游玩，途中遭遇车祸，三个朋友均遇难，小王大腿、手腕均骨折。虽然小王不得不借助拐杖行走，但是他感到很幸福，很多人见到小王也夸他福大命大。

这是面对不利的事情时，幸福的离差值<0，幸福系数<1，害失小于预期目标值，不利的事项结果比预想的好，感到幸福的现实例证。

趋利的本能，让人们把得利的目标值定得很高，认为利越多越好，就会形成贪得无厌的内在动力。

爱贪小便宜、得寸进尺、永远不满足，就是趋利的突出表现。奢望、痴心妄想、白日做梦，就是对欲望的目标值定得过高，根本不可能实现，一定会令人失望、让人痛苦，一定不会有幸福感。欲壑难填，就是希望得到有利结果的欲望为无穷大，分母为无穷大，分数值等于零，有限的现实满足与无限的欲望相比，满足程度为零或接近零，幸福值等于零或接近零，永远没有幸福感。

现实中各种制约和影响得利的因素，却让得到的实际值较低，结果算下来，分数值小于1，幸福值低，就会感觉自己不幸福。有无数的前车之鉴并没有成为后事之师，企图创造奇迹、超越规律的人始终络绎不绝，前仆后继的"勇士"还为数不少。可惜他们都逃不出悲剧的命运，不幸将成为他们的必然收获。

避害的本能，又让人们把得害的目标值定得很低，有时甚至接近于零。不愿往坏处想、喜欢推卸责任、挑软柿子捏，则是避害的典型特征。

不信我就那么倒霉，不会那么巧吧，碰碰运气也无妨等，是对灾害的目标值定得过低，认为灾害不可能发生在自己身上，总以侥幸心理、麻痹思想、消极行动对待灾害和不利情况。比如贩毒分子、赌徒、贪污受贿者、制假售假者，被抓住判刑之后，才后悔不已。有时进入另一个世界，连后悔的资格也没有。

欲望、希望的实际值由很多因素决定、受多方面因素影响。包括自己的能力、人品、家庭经济条件、所处的社会环境、国家法律和政策、自己可以调动的社会资源、需求目标值的参照对象等，笔者称这些影响因素为需求的供应侧状态。

个人能力和人品具有相对稳定性，不会因为目标值的大小而变大或缩小，具有刚性。

家庭经济条件在一定时期具有刚性特征，不会因为目标值的高低而变好或变坏。

所处的社会环境、国家法律和政策在一定时期具有刚性特点，不会因为目标的高低而变松或变紧。

自己可以调动的社会资源在一定时期具有刚性特点，不会因为目标值的大小而变多或变少。

影响需求满足、欲望实现的供应侧的各种因素均具有刚性特点，其目标值也应当是一个刚性指标，至少是弹性较小的指标。刚性的供应是客观的，需求就应当客观一些、现实一些、理性一些，供需之间的差距才不至于过大，生产幸福的工厂才不至于因原料不足、质量不过关而无法产出质量好、数量足的幸福产品。

希望越大，失望越大，就是对需求的目标值与实际值关系，即对幸福的规律性总结。

幸福的核心是做好需求的另一侧即供应侧改革，确定好欲望、希望、期望、愿望、理想、目标、计划的目标值，让需求的目标值与供应的各种影响因素相互对照和衔接，打通从供应到需求之间的道路，核实并清除路上的各种障碍物，清除途中的各种安全隐患。运用数论统计、概率论等原理，对目标的可行性、可操作性、经济性、技术性等进行充分调研论证，科学、客观、合理、谨慎地确定目标，幸福才有源头。

从最坏处打算，向最好处努力，是制定目标值的原则和实现目标的有效方法。向最好处努力多数人做得非常好，但从最坏处打算往往很不到位。

从最坏处做打算，就是充分认清得利过程中各种不利因素及其影响，将得利的目标值中的水分，尽最大可能挤干，让其变实，让其缩小而不是变大。要充分考虑避害过程中各种灾害出现的可能性，采取宁可信其有，不可信其无的原则，让其放大而不是缩小。用会计的话说，叫坚持稳健性原则、谨慎性原则，少估计可能的收入，多估计可能的支出，预测的结算才较为靠谱。

2016.7.5

# 幸福无处不在， 无时不有

人有五个层次的需要，每个层次又有若干个档次，每个档次还有若干个种类，每个种类又有若干个品种，每个品种又有若干个规格型号颜色款式，既像植物，也像动物，能分出许许多多章条款目、细目。又像字、词、句、段、文章、书、丛书，由单个组成数个、再组成数十个、数百个、数千个、数万个。假若每一万个单位算一个层次，每一千个是一个档次，每一百个是一个种类，每十个是一个品种，每一个是一种规格型号颜色款式，那么这里的每一个"字"，就是核算幸福或者不幸福的基本单位。一定时期内，最主要的那个单位对核算结果的作用最大，甚至能起到决定性作用。

一般而言，五个层次的需求不可能同时出现，一个走了，另一个再进来，就像领导找下属个别谈话，相互不能让其他人知道。

如果将时间按照每分钟计量，在同一分钟，几乎不可能同时出现两个层次、两个档次、两个种类、两个品种的需求。若按照小时计算，一小时之内出现两个层次、两个档次、两个种类、两个品种需求的情况也很少发生。但若按日、按月、按年计算，同时出现两种或两种以上需求的情况则会比较普遍。但只有当时当地当事的需求，才是唯一需求。在各种事项中，最迫切的事项的解决程度，满足感最为强烈；最重要的事项的解决程度，满足感最为持久；最迫切且最重要的事项的满足感、幸福感对人的影响最大，其他事项影响相对都较小。

饿得发慌的人，能得到一个馒头或一碗稀饭就会感到很幸福；

躺在病床上的人，能出院，能下地走路，能自己吃饭，能说出一句话，都是很幸福的事；

遇到车祸只是受了轻伤的人，感到很幸福；

飞机失事却能活下来的人，哪怕变成瞎子、聋子、哑巴，少了胳膊缺了腿，也会觉得自己是世界上最幸福的人；

被关进大牢的人，只要能让自己每天看到日出日落，看到花开花谢，听到鸟鸣虫叫，能与别人说心里话，哪怕同一个傻子、疯子每天只说一句话，那也幸福得不得了。

能在力所能及的情况下帮助别人，换来一句谢谢、一声感激，自己的幸福感比获得帮助者的幸福感还要强烈，持续的时间还要长。

能和自己喜欢的人工作生活在一起，会很幸福；能干自己喜欢的事，就是不吃不喝不睡，也会感觉不饿不渴不累，而是在享受幸福；自己的人品和本事能得到别人的认可和赞赏，感觉很幸福；能将自己的思想变成文字，写出来，一吐为快，很幸福；写出来的东西能刊登在报纸杂志上，那就幸福得没法说了。

这些都是最迫切且最重要的事，其层次、档次并不高，种类、品种也极为简单，但对当事人在当时当地，却是最幸福的事，而其他人根本没有感觉。

幸福无处不在。"当我们回忆往事时，常常会露出幸福的微笑。""幸福就在明天。"这是苏联电影《这里的黎明静悄悄》中的两句经典台词。

只有泥泞的路上才会留下较深的脚印。

事实上，我们能回忆起来的都是铭心刻骨的往事。过去的痛苦经历、苦难岁月、艰辛的历程，往往令我心存感激而不是心怀不满。

回忆中，痛苦、艰难、挫折、失败、磨难，成了我们人生的宝贵财富，成为无法再生的独有性资源，成了今日成名得利的基础，成了能够对照出今日幸福的参照系。

幸福就在明天，那是我们对未来的憧憬，是我们的期待，也是我们的希望所在。

如果有人认为明天一定不如今天和昨天，绝对没有现在更幸福，那他对生活已经充满失望和绝望。严重抑郁症患者、自杀者就是这种情况。多数人没有自杀，就是心中对明天有希望，怀着明天一定会比今天幸福的坚定信念，才会不惧任何挫折困难，勇敢地走向明天。

昨天有说不完的幸福，幸福就在明天，那今天呢？不用说，还是幸福的。

幸福无时不有。人间时时处处都有幸福，关键看您有没有能发现它的眼睛。

2016.7.20

## 第二辑

# 家庭 幸福的故乡

# 有一个地方

有一个地方

离她越久

越是向往

离她越远

越念越想

不管多难多险

迈向那里的脚步无人能阻挡

有一个地方

哪怕手脚冻伤

脸上的快乐依旧荡漾

就算是穷乡僻壤

也有取之不尽的精神矿藏

无论身在何处

心会坚定地朝着那个方向

啊，这就是故乡

是生我养我的地方

树高千尺不忘根

不管是大富大贵

还是身无分文

纵使百岁也不能负恩

亲情最真

乡音最美

善良仁爱在这里
四季珍存
她是灵魂的祖籍
是母子之情的生长地
啊，就是这个地方
令所有人终生魂牵梦绕
唯有故乡

2015. 2. 17

# 家

在空间上，家是一间或几间房子，其产权属于家中某个人。没有产权的房子，租住或借住，只能算作临时的家，不是真正意义的家。真正的家，位置基本固定，居住的人固定，居住时间一般很长。

一般的家要有足够的空间和硬件。客厅、书房、餐厅、卧室、厨房、卫生间、阳台，是必要的空间；沙发、茶几、灯具、电视，书桌、书柜，餐桌、冰箱、灶具、餐具，床、床上用品、衣柜，浴具、洁具等，是家中必要硬件。购置这些都得花钱，维持生计还得花钱，家中的人必须挣钱。

过去的家，人数较多，三世同堂、四代不分家常有。现在两口之家、三口之家较普遍，五口及以上之家成了少数。

不管家大家小，家中成员一般恒定，若换了一个主要成员，则变成另一个家。

一个家中，夫妻双方是世界上长期保持最近距离纪录的两个人，可称为真正的零距离，但只是身，并不一定是心。心理上距离最近的应是母子、母女，其次是父女、父子，第三才是夫妻。

家是生命的孕育场、生存的依托地、生活的保障港、工作的中转站、事业的加油站。

家是爱的源泉、情的起点。有家就能得到固定、长期、无私的爱，家人间最好的情感长河永远不会干涸，不会缺失爱与被爱。有家的心就有牵挂和被牵挂，不会成为孤家寡人。有家的身就有固定的去处，不再漫无目的四处漂泊。有家就有法定的责任，不再整天无所事事，游手好闲。有家就有人监管，工作、学习、生活、娱乐，吃饭、穿衣、睡觉、起床，大事小事不能为所欲为。有家就有人关照，不管生病还是心烦，无论在家还是在外。

家似乎是万能的，也是万用的。

家可以当学校。孩子们学说话、学走路、学做饭、学洗衣、学待人、学接物、学为人、学处事、学知识、学技术、学智慧，我们懂得的许多事情是在家中学习的。但学校不能代替家。

家可以当医院。感冒发烧、头疼脑热等小病治疗，术后康复、产后康复等大病康复，医院的前期工作和后期工作都是在家进行的。但医院不能当家使。

家是永久的宾馆。两者均有住宿、休息功能，如果能在家住，人们就不愿意住宾馆，宾馆是家的替代品，家才是永久的宾馆。宾至如归，比喻到宾馆如同回家，但宾馆永远达不到家的境界。人多嘈杂、难以安静；人生互疑、无法安心；环境陌生、不能顺心；频繁换人、不能放心；价格不菲、不能舒心；常遇磕碰、无法开心。

家是永久的饭店。两者都具备吃饭功能，如果不能或不愿在家吃饭，人们就会去饭店吃饭，饭店是在家吃饭的替代品，家是永久的饭店。去饭店常常有以下原因：一是有关工作上的事，不宜在家招待；二是客人太多，家里的条件达不到；三是事件太重大，家里招待的环境与饭菜质量不满足；四是想改换口味，家中的"厨师"手艺办不到；最后是其他原因。从以上几种情况可以看出，在家吃饭是人们的第一选择，当第一选择得不到满足，人们才会考虑第二选择，去饭店吃饭。

在家吃饭之所以被所有人列为第一选择，大致也有如下原因：其一，思想作风影响，中国自古有勤俭持家习惯；其二，经济原因，饭店比家贵，经济承受能力有限；其三，饭菜可口程度，饭店为大众服务，以大众平均口味和喜好制作菜肴，较少考虑客人的特殊口味和个性偏好，家能为特定人群提供长期专门私人订制服务，"厨师"和"食客"彼此十分了解，沟通及时有效，饭菜的可口程度自然比饭店高出许多；其四，也是最重要的一个，"厨师"与"食客"之间有深厚的感情基础，"厨师"的付出除了身体的辛苦，也有心中满满的爱。"厨师"的目的就是让"食客"吃饱、吃好，让"食客"身体健康、心情愉快。且"厨师"与"食客"经常进行角色互换，"食客"不仅能感知到"厨师"的忙碌和劳累，更会被"厨师"那颗滚烫的爱心所融化。我们常说，和心爱的人在一起，吃什么都开心，共同饿肚子也心甘情愿、无怨无悔就是这个道理。饭店及其厨师提供的菜肴较少带有感情色彩，饭店始终会将经济利益排在第一位。在利益主导下，饭菜常常会乏味。

家是办公室，人们可以在家中办公，但办公室却不是家；家是企业，企业不是家；家是健身房，健身房不是家；家是棋牌室，棋牌室不是家。家是博物馆，是书店，是歌厅，是舞厅，是茶秀，咖啡馆，是鞋店，是服装店，家是你能想象的许多地方。

家是世界上最小的单位，但它能装下半个世界。家是世界上最简单的单位，又是世界上同等规模最复杂的单位。

只有全面了解家，才能深刻认识家。只有深刻认识家，才能科学理性地经营好家。

2015. 4. 30

# 母亲的春节

羊年春节与往年一样，放假七天。好像这几天比平常的七天还要忙、还要累。吃团圆饭、走亲戚、在家待客，大概就这么三件事，每年如此。

10年来，吃过的团圆饭有9次（有一年刚动完手术没能回老家），走过的亲戚大抵80多家，接待的客人300多人次。春节过后，所有的记忆似乎被自动清零。但对10年前、20年前、30年前甚至40年前，却有许多记忆，好像已刻进心里，永远无法抹去。因为那时母亲健在。

所有人对母亲的记忆哪怕时间再久远，也难以忘记。只有母亲知道打开孩子心扉的密码，只有母亲懂得孩子与她产生共振的频率。母子之间的交流最通畅、心与心的距离最近。

1985年，大学放暑假前，我突然生病在学校卫生所打吊针。吊针还没完，我就催着医生拔掉针头。医生阿姨笑着说，我能理解你归心似箭的心情，但吊针耽误不了多少时间，也许打完针刚好赶上回家的车呢。

参加工作之后，每到春节总要早早回老家，上班前一天才去单位。

回到家里，我的主要任务第一是海吃；第二是专门负责清理家里的角角落落，专扔父母亲珍藏已久却几乎不用又舍不得丢的东西，查看家里有无变质食品药品；第三才是拜年。

记得有一年我清理家中的柜子，里面竟然藏着十几瓶罐头。罐头属于当时最高端礼品，只有主要的亲戚才送，多数人舍不得吃，直到放坏了不能送人，它才"退休"。为了送人，父母多年都没尝过罐头是啥滋味。父母年长，辈分高，罐头每年都是入多出少。我反复说服母亲，至少可以打开10瓶，母亲终于同意尝一口。

当时的食品几乎不标生产日期和保质期。在那个年代的人看来，罐头是密封的，似乎永远不会坏，可以一直"流转"下去。

打开第一瓶，坏了；第二瓶，变苦了；第三瓶，里面发黑。我连续打开七瓶，没一瓶好的。第八瓶是菠萝罐头，没有坏；第九瓶是烟台苹果罐头，好着哩；第十瓶，又是坏的。我叮嘱父母，柜子剩下的几瓶，绝对不要自己吃，除非我在。倒不是我贪吃，我知道母亲一生特别节俭，若稍微有点儿变质，她怕浪费，会让人吃掉。这也是我强行扔掉家中东西特别是食品药品的原因。

每到过年前，母亲会打扫房子，并用"白土"汁把房子里外墙和灶台统统刷一遍，再用"红土"汁把墙角线刷一遍。遇到有砖的墙根，她又用"粉煤灰"汁把砖再刷一遍。

腊月初五，母亲要熬"五豆"。其中有一种"豆"，现在的年轻人根本没吃过，那是大大的皂荚核，可好吃了。

腊月初八，要做"腊八面"，很香，我已经十几年没吃过了。

腊月初十左右，压酸菜，不是几盘，而是一大缸，至少可以吃到正月十五以后。

腊月二十三，俗称小年，家乡称敬"灶火爷"，家家要烙"饦饦馍"。每年家中存的白面，很大部分用在这个时候了。母亲烙的"饦饦馍"，个个像工艺品。那个圆、匀、平、色、香、味、形，我至今没有见过有谁比母亲做得更好。

到了腊月二十六七，母亲又开始蒸大约够半个月吃的馍，要存满三四个老瓮。外形不好看的、沾掉皮的，留给自己家吃；没有"受伤"的招待客人；最好的、特型的，走亲戚送人。肉馅包子、菜包子、油包子、糖包子、豆包子、花馍、花卷、馒头，样子可多了。不同的包子母亲就用不同的花形做记号。

大姨、舅母英年早逝，母亲每年腊月二十四五就去大姨家和外婆家蒸馍。大表哥结婚后，母亲完成了五年"志愿者"工作，解放了一小半；外婆去世后，大表姐可以出师了，但母亲还是为外婆家操心、出力，一直到老。

腊月二十八九，母亲开始做大菜。蒸蒸碗，有大肉的、红苕的、甜米的等等，好多我已记不太清，名也说不准。泡大豆芽、小豆芽。

总之，家中所有的饭菜都是母亲亲自动手做的，没有所谓的成品、半成品之说。

大年三十，母亲要准备晚上喝酒的菜，出去给本家长辈拜年的菜，还要准备初一一大早全家人吃的饺子。有羊肉饺子、大肉饺子、素饺子等等。

这就是母亲每年的腊月生活！老家过去有男人不上灶台、不下厨房的传统，出嫁的女儿不能回门，未出嫁的年龄太小，干不了。春节屋里的事几乎全部由母亲一个人完成。

正月初一算是母亲春节相对轻松的一天，没有客人，只有自己家的几个人，两顿饭。

到正月初二，就是母亲正式忙碌的时候。前面的工作只是"开工"前的准备工作。

儿子孙子都要外出拜年，家里招待人的差事，就像是母亲的"法定义务"，女儿、女婿、侄女、侄女婿，大概有十好几家；外甥、外甥女又是十好几家；姑表弟、姑表妹、姨表弟、姨表妹、大儿媳娘家、二儿媳娘家、大孙媳娘家、二孙媳娘家等等。从初二到初八，有时甚至到初九、初十，母亲的"值班"时间才算结束。初七之后，还要张罗给女儿、外孙送灯笼。

母亲的春节至少要忙活半个月，马不停蹄，人不歇脚。几十年如一日，我从未听见母亲埋怨过。她对来人总是那样热情，来一拨，做一次饭。只要有孩子来，她就和孩子逗乐，让孩子给她下跪，叫一声"老婆""老姑""老姨"，然后才发给压岁钱。

人就是这么怪，自己所爱的人经历的大大小小的事，想忘也忘不掉，哪怕过去三十年、五十年；和没有太深感情的人经历的事，想记也记不住，有时连当事人的名字都想不起，即便发生在几个月前、几天前。

人一生遇到的人很多，经历的事很多，到过的地方很多，但只有在故乡，与母亲有关的事，才是终生忘不掉的记忆。

2015.3.4

# 父 爱

人生之路父母领航

爸妈性格职责情爱表达

呈现两种模样

母爱外露

父爱深藏

难分多寡

难辨弱强

都朝着幸福快乐的方向


母亲就像艺术家

喜欢把爱挂在嘴边眼里脸上

在最易感知的地方

直观　感性　形象


母亲的呼唤远隔千山

余音仍在儿女耳边回荡

母亲的眼泪远隔万水

也会飞溅到子女心房

母亲的笑容远在故乡

总能在游子胸中激起波浪


父亲就像黑脸包公

把爱变成粗嗓凶相
和疼痛难忍的巴掌
让人委屈 受伤
理智 严苛 晦涩 抽象
这是父亲精心酝酿
需要我们细思慢想

父亲喜欢舞动手臂脚掌
把我们拉踹到正直善良的道上
父亲习惯做出榜样
用行动示范
勇敢 果断 大胆 坚强
胸怀 志向 理智 担当

用身躯把危险抵挡
用意志把品格弘扬
用毅力把苦难埋藏
用勤劳智慧把新路开创
用无声传授男人刚强

父爱如山
是露出尖角的冰山
冰山之下的大仁大爱
被他深藏

父爱像古董
越老越吃香
父爱像老酒
越品越酣畅
父爱像矿藏
越挖越神往

当你成为老父亲

才懂得欣赏

才能感知父爱的灿烂辉煌

2015. 6. 26

# 第三辑

# 自然　幸福的矿藏

# 我爱我的水中西安

## ——美丽西安摄影展观后感

20 世纪 60 年代至 90 年代之间，西安严重缺水。

我至今还记得，当时，西安每户人家须常备大小水桶、大小脸盆接水存水。尤其在酷暑之际，许多西安人在蒸笼似的户外排队打水的情形，一直在我脑海中挥之不去……

缺水的地方，就缺少灵性、缺少柔性、缺少活力、缺少诗意，就是死气沉沉的一片荒野。

一个城市的发展，近期看路，中期看树，远期看水。

西安市委市政府领导深知水对西安的城市发展，对提升城市品质，对建设国际化、市场化、人文化、生态化大都市的重要性，将"八水润西安"列为"十二五"乃至更长时期西安发展的五件大事之一。市政府提出了新建灞（浐）河、荆峪沟、大峪水库、皂河、沣河五大引水工程；建设灞河城市段湿地、泾渭交汇处湿地、灞渭河口湿地、沣渭河口湿地、黑渭河口湿地、涝渭河口湿地、引汉济渭黑河口七大湿地；改造和建设长安八水加黑河水系，引汉济渭水系等十条河系；改造汉城湖、护城河等13座已建成湖池，新建昆明池、汉护城河等15座规划湖池，共28座湖池，即"571028"工程。

古代长安北有泾渭，东有浐灞，南有潏滈，西有沣涝，形成八水绕长安的美景。

如今的"八水润西安"，让原来环绕在城市四周的八水进入西安，润泽城市，惠及市民。八水进入西安，不是水漫古城，而是存放在汉城湖、护城河、广运潭、曲江南湖、芙蓉湖、兴庆湖、昆明池、未央湖等城市的各个角落，让河流成为湖池的水源，让几条景观水系连贯起来，实现城市景观水系循环，让水在西安流起来，动起来，美起来，打造一个灵动西安，水上西安。

水上西安之水来自28座湖池，28座湖池之水来自五大引水工程，五大引水工程之水来自渭河、秦岭、黑河、汉江。

如今的西安，"城在水中，水在城中"的第一阶段目标已初步实现。

城中有护城河，鱼跃城河中，泛舟城边游，护城河将西安城墙装扮得柔美、妩媚；城东有兴庆湖、广运潭，还有曾举办过 F1 摩托艇世界锦标赛的浐灞万亩水域；城西有汉城湖、丰庆湖、阿房湖、渼陂湖；城北有未央湖、渭水湖、大明宫遗址公园的太液池，将来的大明宫、汉长安城一定能像昔日曲江一样美丽；城南有曲江南湖、芙蓉湖、雁鸣湖，还有亚洲最大的广场音乐喷泉——辽阔的大雁塔南北广场上达国际水准的九层音乐喷泉。此外还有大唐不夜城、大唐芙蓉园、曲江池遗址公园、唐城墙遗址公园、秦二世遗址公园。寒窑遗址公园与大雁塔相互呼应，相互壮势，相互助威，大兵团式风景聚集，让今天的西安远胜过当年的盛唐长安。

如今的西安，有公园就能看见粼粼波光，有广场就能听到喷泉声响，有景观就能赏到鱼跃池塘。众多美丽的湖、池、喷泉，动静结合，把古老而又现代的西安装点得像江南水乡，处处鸟语花香，让千年古都风姿绰约、光彩照人。

未来的西安，还将有一条城北航运线，从昆明池经汉城湖、漕运线、火车北站到浐灞大水域；将有李家河、库峪、曹庙、黎元坪等多个大型水库储水调水，为城中输水；将有28座分布在城市各个角落的湖池，形成人湖相亲、湖湖相连、湖库相接、库河相通、河湖相贯、河河相济、密布如织、内外畅流的城市网状大水系。

水润西安、水进古城、水惠百姓的理想，正一步一步变为现实，水中西安一定会让市民越来越舒适、越来越幸福。

我爱我的水中西安。

本文发表于 2014 年 5 月 13 日《西安晚报》

# 七彩太白　人间仙境

　　太白山是秦岭山脉的主峰，横跨陕西西安市周至县，宝鸡市眉县、太白县，东西长45千米，南北宽34.5千米，海拔3.771千米，为我国东部大陆第一高峰。太白山以其高、寒、险、奇、秀闻名于世，有"亚洲天然植物园""中国天然动物园""中国最佳生态旅游区"之称。"太白积雪六月天"显示了太白山之"白"，"太白泼墨"表现了太白山之"黑"，太白山漫山遍野都是树、草，又是一个绿色的世界。而位于太白县黄柏塬乡境内的核桃坪和大箭沟景区，则能让人真正领略七彩太白，感受美轮美奂的人间仙境。

　　黄柏塬乡距太白县城约70千米，核桃坪和大箭沟景区距黄柏塬分别约5千米。

核桃坪之水

核桃坪景区尚未开发，景区内的道路为自然山路，不太好走。景区其实是一个小河的源头，又像是个原始森林。河道两旁的树郁郁葱葱，最高的有百米以上。站在山顶，用一般照相机也难拍到大树全貌。

在不大的景区中，原本清澈透明的河水，在太阳光的照射下，经过反射、折射，变得色彩瑰丽、如诗如画。凹凸不平的河床上浅浅的河水徐徐流向远方，微风吹动，水面泛起的波浪如鱼鳞闪闪发光。景区中水、石、树，与天地浑然一体，动静搭配恰如其分。到了核桃坪，迷人、醉人的山水影像，仿佛置身仙境，使人不能不为之动心、无法不为之动容，似乎灵魂也想飞出来与她亲近。

核桃坪之树

大箭沟景区虽已开放，但其中的泻诗泉、梅花三弄、双鱼滩、野人谷、兴隆岭、熊猫谷等景点尚未完全开发，目前开放的只有太白泼墨、通天铁壁、观鱼台、仙壶口、水帘洞、贵妃潭、三叠瀑、七彩石八个景点。

大箭沟最有特色的首当七彩石，它是全国乃至全世界独一无二的景色。

大箭沟石头之色、形、质、图均与众不同。大箭沟石头的颜色绝对不止七种。赤橙黄绿青蓝紫黑白灰等等，太多了，根本数不清，也很难分清，好似"世界颜色博物馆"。

大箭沟石头造型各异。有的像蟒，有的像龟，有的像马，如同走进了动物世界；还有的像万吨巨轮、像潜水艇、像航空母舰，犹如参观航海展览。

只要您的想象力够丰富，您会发现更多、更有趣的象形石。

　　大箭沟的石头质地优良，花岗岩、大理石俯拾皆是，更为可贵的是这里有很多玉石，不过没有完全玉化。河底巨石中镶嵌着玉石、大理石、花岗石，河道两岸满眼皆为如玉似翠、五颜六色的"宝石"，瀑布旁点缀着晶莹剔透、绚丽夺目的"钻石"。估计再过几百年或者几千年，太白山就是中国第二个和田，世界第二个缅甸。

大箭沟花岗岩

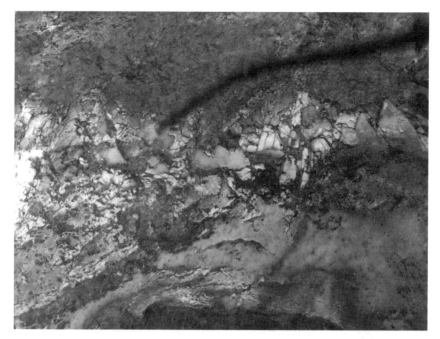

大箭沟玉石之一

大箭沟玉石之二

大箭沟玉石之三

大箭沟七彩石

最引人入胜的还是石头表面那千形百状、神奇无比的图案。

奔腾的乌江：宽大的江面、湍急的河水，江中的礁石、漩涡，江边的巨石，江水一泻千里的气势，水击石鸣浪飞的姿态，真叫人拍案称绝。

奔腾的乌江

梯田：岩石纹络构成的梯田一层层、一片片，从山顶到山脚，按照地形地貌，精细地分割成若干片。每一片田地都有着不同的功用。大自然的杰作、老天爷的智慧的确是最天才的设计师也难以企及啊！

梯田

梯田

　　黄河入海口：滔滔不绝的黄河水，从宽阔的河道汇入小小的入海口，泥沙俱下的黄河水流进碧绿的东海，非常逼真。

黄河入海口

　　此外，皇家御道、中华龙、中国龙凤、卫星拍摄的山城等等，形态万千，神奇无比。

卫星拍摄的山城

中国龙凤

中华龙

巨蟒

大箭沟景区的水也非常迷人。

"水帘洞"其实是由十几股细流织成的水帘，宽约0.5米，高约3米。规模不大、看似有点贫气的小水帘，却能发出如倾盆大雨般的声响。水滴落地之处很是富贵，那是一块巨大的"红宝石"，又像"鸡血石"；水帘壁上的石块也是很有品位的高档石料，能与"红宝石"相呼应、相匹配；水帘洞上、中、下三部分所用的石料不同色却同韵，它们之间过渡极为巧妙，搭配非常合理，人类无法仿造。水帘上部星星点点的绿草、裸露的树根、横斜交错如盖的树枝，与遥远的天空一起，造就了一幅别出心裁、举世无双的水帘洞景色。

绿树丛中，由高、中、低三个瀑布纵向一字排开叠拼而成的就是三叠瀑。三个瀑布每个高约 3 米，宽约 2 米，水的动能和势能均不算大。远处的蓝天、白云，近处的青山、绿树，与如雪似银清脆悦耳哗哗而流的山泉水相映成趣，相得益彰。水流到河中，就变为淡绿色，在褐色、红色、白色等各色石头的簇拥、目送之下，依依不舍地流向远方。这组由蓝天、白云、青山、绿树、银色瀑布、淡绿色河流、七色石共同绘制的秀美画卷和动静绝妙组合的绝佳景色，展示着太白山的几分豪迈、几分宁静、几分气质、几分神奇。

大箭沟的水色、水声、水形格外动人，水石构成的一帧帧精美绝伦的画卷，水、石、树、天、地绘成的一幅幅同呼吸共和谐的画面，让你不知不觉走进了人间仙境。

太白山确实太美了。那些美妙的景色用笔者的笨脑拙笔表达，可能百不足一。期望您能亲身体验，用心感受，领略其美，享受其美。

2013. 8. 16

# 桂林荔浦溶洞新景点鉴赏

桂林荔浦溶洞,即银子岩,是笔者非常喜欢的旅游景区。区内已开发的景点多达数十处,可称为"世界溶洞奇观"。在已发现并命名景点之外,笔者又发现了16处新景点,并附有照片,现介绍如下:

一、"西兰花与大白菜":深绿色的西兰花长势喜人,看起来是密实的无公害蔬菜,味道鲜美、富有营养;淡绿色的大白菜鲜嫩得叫人直流口水,三棵疏松、蓬勃向上的蔬菜,脆爽得让人欲罢不能。

二、"幽会佳境":在一个能看到洞外菜园、小树的门洞顶部,不知是谁,

用帆布搭建了一个幽静的小屋，屋中有一对小情侣在窃窃私语。小屋在小山的山腰上，离山脚有不小的距离。一般人很难发现，真是个幽会的绝佳之境。

三、"冰山冷月"：巨大的冰山，山体表面凝结的一串串冰葫芦、一条条长长的冰丝线，在月光的照射下，珠珠清晰、丝丝可辨。给人带来阵阵清凉，看久了，又感到寒气逼人。

四、"贵宾室"：由钟乳石构成的假山做屋顶，心形门洞，精致、袖珍的小屋，平坦的室内地面，温馨的灯光。室内最深处仿佛摆着一张专供贵宾休息的大床，坐到屋内喝杯茶、歇歇脚，既清净又舒坦。

五、"双层窗帘"：外层的窗帘颜色稍浅、质地较薄，尺寸较大。被拉到窗户两边，左半幅还打了结，右半幅自然垂地。里层的窗帘颜色稍深、质地厚实、尺寸稍短。

六、"城堡"：三个倚山而筑、高大而结实的城堡气度不凡。不远处一个圆形的塔楼似乎为随从、警卫们所建。上圆下方式、柱式、矩阵式等多种风格搭配，彰显了设计水平之高超、建造技术之精湛。

七、"舞台幕布"：瞧，多么宽大的幕布！如果没有自动化装备，用三个精壮劳力也难以将其拉开、合闭。幕布如此之大，舞台想必更大，演员想必多得数不清。噢，原来它是给全球直播的世界大舞台。

八、"黄土高原泥塑"：土黄色的山体，主雕塑周边已被雨水冲刷得只剩下黄土的遗迹。大致分为四层的主雕塑，可能是万佛像。由于土质原因加上雨水侵蚀，除了第三层十八罗汉像和第二层的一个佛像尚可辨认，其他佛像均遭到破坏。

九、"禅师与将军"：一边是陡峭的山崖，山崖旁边耸立着两棵参天大树；另一边是较为平缓的土山，山上的小草依稀可见，山脚下的积雪尚未融化。就在两山之间有条上山的小道，在小道入口，站着一位身穿战袍、高大威武的将军。他面朝大树，在悉心聆听一位背靠大树、双手合于胸前的禅师传授佛法、禅理。

十、"千年古树"：一棵粗壮、高大的古树，被头顶的石山封住了生长的道。脚下的树根生命似乎特别顽强，古树与石山展开了殊死抗争，求生不畏死，枯而不朽、朽而不腐。

十一、"山神大旗"：高高的旗杆，大大的旗面被狂风吹得只剩下中间部分。只要大旗不倒，山神的威名永远会响彻八方。

十二、"服装商场"：在商场的右侧，一条用铁丝拉起的衣架上挂满了各式各样的上衣，最右边是丝巾，较低处则用更短更细的铁丝，上面展示着内衣。商场左侧面积稍大一些，是主展区。服装全部用大衣服架撑起，足足挂了四排，每排都有好多件，摆得密密麻麻。所有服装款式新颖、时尚。中间部分颜色靓丽，适合年轻人。两边则较稳重一些，适合中老年顾客。商场二层尚未装修，有两名顾客前来考察。年轻顾客头戴鸭舌帽、双臂抱于胸前，年长者双手扶着栏杆。两人在仔细观察服装商场的客流、生意，似乎在思考是否开店，开店后做什么生意好呢？

十三、"布匹市场"：市场上展示着各种质地、各种颜色的布料，从房顶垂到地面。薄纱帘、厚窗帘、床单、被面应有尽有，赶快来选一款您中意的吧。

十四、"窗帘世界"：这里是优质窗帘批发专营店，布匹密实性好、遮光性强，长短大小尺码齐全，任您挑选。

十五、"牛皮展示"：这是一张剥下来不久的整张老牛皮，皮上的血丝还没有晾干。这张皮子若用做鞋包材料，能加工出上中下三层皮子的各式鞋包，若做服装，能加工出里外两层的两件皮大衣。若做成大鼓，管你用一百年，绝对货真价实，欲购从速啊！

十六、"蓝天白云"：站在两座大山之间的缝隙中，抬眼望去，远处的蓝天白云，让人有一种重见天日之感。山洞中看到它，仿佛在山中压抑许久的心情一下子得到放松，洞外透进来清新的空气，只想饱饱地呼吸个够。

上述景点纯属从笔者个人角度出发，观察可能不到位，想象也可能不尽合理。仁者见仁，笔者还是想为这鬼斧神工的自然奇观献出一份爱心，尽一点儿微薄之力。若有幸被部分采纳，则甚为快慰。

2013.9.4

# 天堂明珠拙政园

拙政园，位于素有"天堂"之誉的江苏省苏州市境内，是中国四大园林之一，中国私家园林之首，全国重点文物保护单位，世界文化遗产，被誉为"天下园林之母"。

园林取晋代潘岳《闲居赋》中"灌园鬻蔬，以供朝夕之膳，是亦拙者为之政也"的句意命名，表达了曾任监察御史、后被东厂诬陷入狱、又被贬为知县、最后罢官还乡建园的第一代园主王献臣官场失意之后的人生追求。园林是浓缩的人文景观，是一种城中有乡、乡中有城，不出城郭而获山林之怡，身居闹市而有林泉之趣的精神享受。在喧嚣的城市能享受乡野林趣、田园风光，多么惬意。

园林占地5.2公顷，花园分东、中、西三部分，园南为住宅区。

东园面积最大，建筑最少，以田园风光为主。有兰雪堂、芙蓉榭、秫香馆等景点。

兰雪堂，取意李白"独立天地间，清风洒兰雪"的诗句。堂前清清水池，两棵白皮松苍劲古朴，成为它的忠实卫士。堂后小山如幅，山上梅花遍开，梅外翠竹排排，竹临僧舍，且暮梵音，好似为堂园祈福。堂东西桂树成荫，不时送来阵阵清香。堂坐北朝南为三开间，长窗落地。正中间是一个巨大的屏风，屏风正面为漆雕《拙政园全景图》，背面为《翠竹图》，两侧的隔扇裙板是山水人物，它介绍着拙政园的"卷首语"和"前言"。

芙蓉榭，一半在岸上，一半在水中，凌空卧波，将水与土木融为一体，是现代人眼中的"海景房""水景房"。走上芙蓉榭，或漫步，或凭栏环顾，或眺望远景，或察看近物，或观绿浪，或享微风，或赏荷色，或闻荷香，都会让人陶醉。荷花的娇美、迷人、清香、高洁、幽雅，定能让您释放出内心的清澈和高贵。

秫香馆，秫即高粱。明崇祯四年（1631年）东园被侍郎王心一买下，取名"归田园居"。王心一在城中建秫香馆，表达了他一心远离政治、隐身市野、追求自给自足、自由自在田园生活的心境。它是东园最大的厅堂，有八开间，位于东园最北部，墙外乃园主的家田。据王心一《归田园居记》载云："折北为秫香楼，楼可四望，每当夏秋之交，家田种秫，皆在望中。"巨大的秫香馆，又长又大的落地窗，窗上有48幅黄杨木雕。一部《西厢记》、一部《金玉如意》记录着主人的雅趣。

连接东园与西园是一条长长的复廊，走廊的墙壁上开有25个漏窗。每个漏窗的图案各不相同，但它们都呈水波纹和冰凌纹，好似池水的涟漪倒映、凝固在其上，凸显出江南的水乡文化特质。精雕细琢的漏窗图案镶嵌在长长的画轴之上，漫步在这醉人的走廊中，园内景色随着漏窗花纹的变化而不断变化，这就是拙政园的"移步移景"或称一步一景。

中园面积介于东园与西园之间，其建筑物最多。上有小飞虹、香洲、荷花四面亭等著名景点。

站在园中的水池之畔，沿着水池绿荫眺望远端，一座宝塔映入眼帘，成为园中最高建筑。其实拙政园的第一代园主王献臣并非如此有钱，他整整花费了16年时间，才建成这座园子。这个园林的设计师是江南四大才子之一的文徵明，是他的奇思妙想，将距离拙政园约1500米之遥的苏州北寺塔"借"来，成为园中永久的景色。不用花钱，无需归还，真可谓神来之笔。

小飞虹，取南北朝宋代鲍照《白云》诗"飞虹眺秦河，泛雾弄轻弦"而命名。朱红色桥栏倒映水中，水波粼粼，宛若飞虹。拙政园里石板桥、石拱桥较多，但作为廊桥，将廊、桥、亭组合成一个整体建筑，小飞虹是唯一一处，在苏州园林中也仅此一座。

香洲，取名屈原"采芳洲兮杜若，将以遗兮下女"的诗句。香即香草、芳草，比喻清高之士。"芳"音同"舫"，指建筑为舫式结构，洲音同舟。香洲意为在香草（荷花）中行驶之船。

苏州是典型的江南水乡，古代大都以舟代步，家家临河，处处通船。园中建石舫，表达了主人向往寻常百姓生活的心态。石舫还有"水可载舟，亦可覆舟"的警示作用，体现了园主"处江湖之远则忧其君"的忠君之心。

香洲为二层舱楼，三面环水，一面临岸。这艘石舫，集亭、台、楼、阁、榭五种建筑形式为一身，船头是荷花台，茶室为四方亭，船身是面水榭，船楼为澄观楼，船尾为野航阁，可谓是世界上独一无二的建筑。

荷风四面亭位于中园中部，四面环水，三面植柳，上有对联"四壁荷花三面柳，半潭秋水一房山"。上联借用济南大明湖"小沧浪"的"四面荷花三面柳，一城山色半城湖"之上联，下联仿照唐代诗人李洞的诗句"看待诗人无别物，半潭秋水一房山"的下句。一副对联，嵌入了春夏秋冬四季，将山水荷柳的规模与气势表现得淋漓尽致，无与伦比。

站在有柱无墙、四面开敞的亭中，春赏垂柳青青、夏赏艳荷亭亭、秋赏清风明月、冬赏皑皑白雪，那沁人心脾的感觉，错过此地，无处可寻。

在中园与西园的交汇处，有两个景点，其两个建筑都是推倒重来，由各自为营变为中西合璧，成为睦邻友好、合作共赢的典范工程。一个是陆上的宜两亭，另一个是水上的波形廊。

宜两亭，顾名思义，适宜两家人共同观景之亭。取名白居易的诗句"明月好同三径夜，绿杨宜作两家春"。拙政园的第一任园主王献臣去世后，由于其儿子好吃懒做、嗜赌成性，先后将园子变卖两次，故被分为东、中、西三园。据说西园与中园原以高墙相隔，相互看不到对方。后两家协商，拆除高墙，建一座适合两家借景、赏景之物，宜两亭由此而来。

宜两亭位于西园之内，亭基较高，六面置窗。登上宜两亭，可以俯瞰中园的山光水色，欣赏园中美景。从中园向西看，西园的景色通过层层递进的建筑，顺着廊背之上的宜两亭绵延不尽，形成无限深远的空间印象。这是两个富户大家胸怀和品格的见证，更是借临拓景的成功范例。正是一亭宜两家，添景更添情。

波形廊，中园与西园水上合作的示范工程。这原来是分割中园与西园的水墙，看起来僵直沉闷。园主在墙之外增设呈"L"形环池而布、依水势高低起伏、弯转曲折、临空而筑之廊。廊两端高、窄，中间低、宽，主人赋予景色充分的弹性、韵律和节奏，让人领略着多种美。

最宽的中央水廊低贴水面，廊口敞开，立小石栏柱两根，有如钓台，钓台顶部如亭。远水端依墙的廊顶部，有盖似轩；近水端无墙，以间隔木柱代墙。这种远近有别，虚实结合，廊、亭、轩搭配，轻重合宜的设计令人叫绝。白墙之上均匀开启的漏窗，又让白墙看起来实而不重。高低不同、宽窄有异的石廊倒映在水中，又像两座并列的廊桥。

在波形廊靠近倒影楼的终点处，是廊体的最高点。下部有一水洞，使中园与西园的水系相通。远观，水廊恰似长虹卧波，气势恢宏。

西园面积最小，景点也没有中园多，但其景致却毫不逊色。与谁同坐轩、笠亭、浮翠阁、倒影楼、塔影亭等景色的创意和空间布局让人叹为观止。

与谁同坐轩，取自苏轼"与谁同坐？明月，清风，我"之词。它依水而建，屋面、轩门、窗洞、石桌、石凳、轩顶、灯罩、墙上匾额、鹅颈椅、半栏，均呈扇面状，故又叫"扇亭"。其名、其形、其内部结构，举世罕见。

笠亭，在与谁同坐轩身后的土山之上。整体浑圆，顶部平缓，外形似一顶笠帽，叫"笠亭"。笠亭和与谁同坐轩合在一起，就像一位戴着斗笠的渔翁，坐在小山之上的轩旁垂钓，颇具意趣。

浮翠阁，位于笠亭之后的山林之巅。在茂密的山林之上、绿草丛中，一座高大雄伟的八角形建筑高耸入云，好像漂浮在翠绿之上的空中楼阁，故称"浮翠阁"。

山巅之阁、山腰之亭、山下临水之轩由高到低、由远及近排列，大小不一、形态各异，由此奏出时而委婉、时而简洁明快、时而高亢激越的交响曲，不禁让游人陶醉在这首用建筑谱写的动人乐章中。

在笠亭与浮翠阁之间，有一座亭子，景点中没有介绍它的名字。单看该亭与笠亭，是两个独立的亭子，似乎没什么关系。当您站在笠亭的正面往后看，它就与笠亭合为一个建筑。笠亭为身，它就是笠亭的头，仿佛给平缓的笠亭戴上了一顶帽子，这也是西园内部借邻的经典之作。西园的立体设计、整体构思、巧妙布局由此可见一斑。

倒影楼是西园园主张履谦为纪念文徵明和沈周而建。此二人为当时的大诗人、大画家，他们对拙政园建设做出过重要贡献。楼的左边是波形廊，右边是与谁同坐轩。这些景物连同倒影楼一起，倒映在水中，无论是在阳光下，还是在月光中，云彩、微风、水波、绿树，楼、轩、廊在水中相逢，宛若人间仙境。

塔影亭，在西花园南端水源将尽之处，一座翘首如舞从底座到亭身均为正八角形的亭子，倒映入水，宛如宝塔，故名"塔影亭"。塔影亭的建筑构想充分展现了园主的聪明才智。在西园的死角、水的终点，建造此亭让景物"起死回生"，真亭假塔能让人产生丰富想象，犹如曲终仍留余音绕梁，三日不绝，让人回味无穷。

拙政园的美景太多了，以"瘦漏皱透"为特色的太湖石，曲径、小桥，造型无重复的漏窗、长窗、大门，房梁之上的木雕，形状各异的景观窗，各式各样的地面，真正一步一景。

　　真可谓：拙政归来不看园。

2015. 7. 16

# 第四辑

## 生活 幸福的牧场

# 富贵与勤俭

世上的人都希望自己能大富大贵，却不希望自己活得太辛苦，更不愿意生活太节俭。

富与贵、勤与俭如孪生兄弟，几乎很少分离。其实这四者名不同，姓各异，并非一母所生，充其量是有着亲戚关系的异姓兄弟。

富即富裕、富有、富足，是指拥有的财物较多，能满足较长时间、较多人次使用的状态。富是存量大，不是挣的多、流入量大，是结余大，而非收入高。若收入高，支出更高，非但不富，反会更穷。

贵即贵重、高贵、尊贵，是指拥有非常稀缺且远高于常人的优秀品质的状态。这种品质能受到人们广泛认可、普遍尊重和敬仰。物以稀为贵，品以高为贵。

富是拥有高于常人的物质财富，贵是拥有高于常人的精神财富。

富者不一定贵，守财奴虽富但不贵；贵者不一定富，不吃嗟来之食者不富但很贵。

勤即勤快、勤劳，指愿意主动付出体力和脑力的行为。勤是爱劳动、善思考、会创造，包括手勤、腿勤、嘴勤、眼勤、脑勤五个方面。

古人提倡的勤，包括耕与读两类。耕是体力劳动，读是脑力劳动。未成年人没有能力从事繁重的体力劳动，无法勤耕，就必须勤读。成年人若长于读，能专门从事教书育人、当官管理社会，做更有益于社会的"劳心"者、"治人"者，则无需勤耕。否则，就必须勤耕，成为劳力者。

俭即俭朴、节俭，指能自觉减少财物耗费的行为。包括省吃、俭用、不浪费等行为。

如果说勤是打江山，那么俭则是守江山；勤是创业，俭则是守业；勤是创收，俭就是节支；勤是开源，俭就是节流；勤是企业经营，俭则是企业管理；勤是激发欲望、增加欲望，俭则是控制欲望、减少欲望。

勤只需几个人努力，就容易完成"创收"目标，俭必须是大家共同努力，才可以达到"节支"效果；勤可以中断，俭必须连续；俭对整体意识、全局意识、长远意识、重点意识、紧急意识、公平意识、效率意识、平衡意识、计划意识、协调意识等要求极高，勤对此没有要求，或者要求较低。

人往高处走，水往低处流。所以，由俭入奢易，由奢入俭难。俭比勤更难实现。

勤能补拙。勤能培养劳动意识、创造意识、机会意识、担当意识、责任意识、奉献意识、节俭意识。勤最直接的成果是物质财富，还有体质增强、身体健康。勤还能带来许多看不见的、丰富的精神财富。勤创造的精神财富包括阅历丰富、感悟增加、认识升华、心灵充实、心态阳光，承受负荷能力不断提升。只要取之有道、守法尊礼，勤带来的物质财富易被他人认可；勤储藏的精神财富能受人尊重、令人钦佩。

勤能致富，勤能变贵。

俭是管理能力的训练，是自控能力的磨炼，是分析问题、解决问题水平的锻炼，是个人心理素质的全面淬炼，是规则意识的提升，是对分配关系长年累月的调整和理顺，是善行义举的抉择，是仁爱之心的理智表达，是手足之情的智慧展现。俭所体现的直接效果是物质财富的富足，更多的是精神财富、个人素质达到新的高度。

俭能守富，俭能造贵。

勤与俭都是道德的训练场、检验场、考场。

富贵与勤俭关系很深，最基本的规律是勤俭造就富贵。

2015. 1. 18

# 位置与方向

生命在于运动，凡是生命都需要运动。有运动就有起点、过程和终点。运动中某时某刻所在的点，就叫位置。任意两个或者两个以上的点连成一条线，就叫方向。

人们常说，要走正路，不能走弯路，更不能走邪路。就是指人生成长的曲线应当随着年龄增长，要能将各个年龄段所处的位置连在一起，构成一条向前向上的曲线，不能出现向后向下的曲线。运动中，会有无数个起点、无数个过程、无数个终点，即有无数个位置。不同的位置就有不同的环境、不同的风景、不同的陪伴者、不同的动力和阻力、不同的向往和追求，也能够到达不同的下一个位置、下一个目标、下一个起点、下一个终点。也就是说，运动中会出现无数个方向。

以打乒乓球为例。

乒乓球运动实际上也有无数个位置和无数个方向。但为了教学和训练方便，人们对此进行了简化。

对位置而言，人们以中线为界，把球的落点分为正手位球与反手位球两种；以球网为参照，又分为近网球、中网球、远网球三种。两者结合，则有正手位近网、正手位中网、正手位远网；反手位近网、反手位中网、反手位远网。

对方向而言，因乒乓球有自身的旋转方向（自转），还有接球方承继或者改变自转方向，制造的落点线路方向，共包括两类方向。

自转方向分为上旋与下旋两种，不转球其实是转速极慢的上旋或下旋球，不应单独列为一种。上旋球又可分为正上旋、右上旋、左上旋三种，下旋球同样可以分为正下旋、右下旋、左下旋三种。还可以分为正手上旋与反手上旋。线路方向分为直线球、斜线球两种，直线球又分为右手直线、中路直线、左手直线三种。可见，打球时的位置与方向已是水乳交融，你中有我，我中有你。

打球时，来球的方向和位置决定着接球的方向和位置。

来球若为正手近台上旋，则接球时身体重心应移动到正手位，要上前迎球，球拍与台面夹角应小于 90 度，球拍向前发力；来球若为反手远台下旋，接球时身体重心应移动到反手位，退后提拉球，球拍与台面夹角应略大于 90 度，球拍要向上向前发力。

打乒乓球尚有如此多的规律、规矩、技巧、要领，我们人生中的规律、规矩、技巧、要领，远比这多得多、复杂得多。

有人说，人生重要的不是所站的位置，而是所朝的方向，笔者深表赞同。

人生的位置相对于方向而言较为简单。

孩童时期，自己的位置和方向完全掌握在父母手中，自己没有能力也没有权利做主。父母的位置和方向观决定着孩子的位置和方向。三岁看小，七岁看老，古人对孩童的位置和方向给出了规律性总结。老子英雄儿好汉，老子卖葱儿卖蒜，是普遍认同的。父母的位置和方向决定孩子的位置和方向的规律，但这并非绝对。孩子后天的勤奋和努力，改变了自己命运的事例并不鲜见。

毛泽东超过其父母成为世纪伟人，主要靠自己后天努力，但其父亲作为第一恩师，在毛泽东被七所私塾拒收之后，送他去湖南著名的东山学校，而后才有机会到长沙第一师范，结识了杨昌济，才有机会到北大图书馆认识李大钊。认识了李大钊，才有机会接触中国共产党，才有可能成为中国共产党的缔造者之一，最后才能成为党的领袖、国家领袖、军队领袖，才取得了令全世界瞩目的丰功伟绩。毛泽东一生的方向非常正确，所以他的位置才会一天比一天高。方向正确，才能干出惊天动地的事业，才能达到理想目标、才会在中国人民和世界人民心中，树立伟大、光荣和正确的光辉形象，才会受到全世界受压迫受剥削人民的拥护和爱戴。

与毛泽东相比，蒋介石初期的位置要高得多。他比毛泽东早当国家元首 20 多年。手下管着四亿多人民、800 万军队，钱粮无数。有美式、德式精良的武器装备，但却败给小米加步枪、缺钱少粮、军队数量远少于他的毛泽东领导的中国共产党。为什么？方向错误！攘外必先安内，让中国大粮仓东北三省沦陷长达 6 年之久，生灵涂炭、民不聊生。张学良杨虎城逼蒋抗日，蒋介石无奈只能接受中国共产党的抗日主张，停止内战，国共合作，形成抗日民族统一战线。皖南事变，同室操戈，又将自己逼到人民的对立面。其两面三刀的作风，加上四大家族对中国经济的垄断，对人民群众的盘剥，一步一步丧失民心，丧失军心，投诚起义的国民党将领越来越多，历史的天平一点一点向共产党倾斜，最后完全倒向共产党一边。

全心全意为人民服务是毛泽东的人生方向和追求，所以得到四万万同胞的拥护和爱戴。

人生的方向，简单说只有两个——向上走和向下走。

朝着人民利益的方向，朝着真善美的方向，就是向上走。向上走就能见到阳光，走向快乐，到达幸福。

朝着违背人民群众利益的方向，朝着假恶丑的方向，就是向下走。向下走见到的只有黑暗，只能走向罪恶，走向死亡。

位置低，往下走无路，只能往上走。

中等偏高的位置是最危险、最易迷失方向的位置。

位置高了，视线宽了，视野大了，能看到的风景多了，需要选择的岔路也就多了。但选择失误的概率就高了，风险也就大了。

位高是用功高换来的。位高则权重，功高则易傲。易接受所谓的补偿，易寻找所谓的休息和享受。木秀于林，风必摧之。补偿、享受是有风险和代价的，其中多数是陷阱。

赞美声中藏危险，巴结言中包祸心。有人功大，权位却不及别人，没有别人过得好，就心生怨恨、心生不平衡。不平衡就可能胡作非为，就可能求安慰、求平衡，就可能会马失前蹄、晚节不保。

位越高，权越大、利越大；位越高，责越大、险也越大！

人生的方向决定位置。人都愿意向高处走，没有人梦想着去讨饭、去扫马路、去蹲监狱。

无论你梦想在什么位置，一旦追求梦想位置时的奋斗方向出现偏差，方法出现问题，思维出现问题，你能走到什么位置，已经由不得自己！

判断好方向，选择好方向，把握好方向，不断努力，你就会达到理想的位置。

记住，方向分向上走、向下走两种噢，千万不能搞反！

2015. 2. 5

# 稳定与连续

近期学习打乒乓球。教练要求我用直拍横打方式连续攻球 50 个不能失误。

起初，怎么也上不了 10 个。多数是自己失误，少数是教练失误。教练失误还是因为我时快时慢、时左时右、时轻时重、时长时短。我用平时与他人比赛或训练时的打法，结果始终无法达到连续攻球 50 个不失误的要求。

教练告诉我：今天对你只有一个要求，就是能连续、不失误。他说，训练与比赛不同，比赛要求取胜，每球的板数越少越好，不要连续。所以比赛时要不断变化，变化发球的旋转方向、旋转力度、发球落点。打球时应长短结合、左右结合、快慢结合、轻重结合，让对方来不及反应，有意给对方制造困难，让对方频繁失误，自己得分。训练则讲究稳定、连续。尽可能不变化、少变化，让球在对方球台的落点位置基本固定。这就要求发球旋转方向稳定、旋转力量稳定、速度稳定、前后左右距离稳定。而落点稳定就要求击球力量稳定、击球节奏稳定、击球时球拍触球的部位稳定、球拍角度稳定。

按照教练指导，我将打球的注意力放在落点上，结果很快突破了 10 个、30 个，又连续打了 50 个、70 个，最后竟打出 110 个没失误的好成绩。

观念变了，行动才会改变，行动变了，结果水到渠成。

现在许多年轻人喜欢跳槽，两三年就换一个单位，有的人一年换几个单位，用稳定与连续的观点分析，这种做法不可取。

没有一个稳定的工作，就无法拥有一份稳定的心情，自己不开心，家人不安心，朋友不放心。没有一个稳定的工作，就难以获得对某一单位、某一行业、某一个人群的深刻全面了解和正确理解，就很难找到适合自己特点的职业、单位、岗位。打仗就得上战场才能展示你的英雄气概，唱歌就要上舞台才能展示你的歌喉甜美，长时间找不到战场、上不了舞台的人，谁会承认你是英雄、歌唱天才？

长期频繁变换单位，前面所做的所有努力，在你离开原单位的瞬间就被一笔勾销，化为乌有，到新单位要从头再来。你将宝贵的青春年华浪费在没完没了的适应新环境、认识新单位、结识新朋友等单调重复的学徒路上、复读途中。没有机会转正，没有机会展示才华，没有舞台发挥特长。如果这样混过 5 年，你的朝气、勇气、闯劲就会泄完；混上 10 年，你的才华大部分已过期，自尊心受伤、自信心受挫。相当于你把自己人生的起跑时间一再推后，把自己的品质降低了三等，你的优势尽失，取胜的把握不断打折。

实践告诉我们，一个人从参加工作到适应工作，大约需要 1 年；全面熟悉单位的事务和人员，至少需要 3 年；完全适应本岗位的工作，大概需要 5 年。要干好本职工作，必须全面了解单位所在的行业特点、单位特点、岗位特点，是谓知彼。了解自己的性格、特长、适应性，是谓知己。在自己的性格、特长与行业、单位特点、要求之间找到契合点、着力点，能用自己的专长，提高岗位和单位业务水平，提高管理水平和经济效益、管理效率，干出成绩，做出贡献，需要花费 10 年时间。10 年以后，你就是单位的财富，行业的精英，社会的栋梁。

人才就是这么一步一步、一年一个台阶熬出来的。是在发现问题、解决矛盾过程中磨出来的。是在爱岗、敬岗，有责、守责、尽责中锻炼出来的。

只有稳定才能连续，只有连续才能提高。只要连续提高，必有骄人成绩！

2014. 12. 15

# 设计与施工

设计与施工是工程术语，用在打乒乓球上，用在工作与生活上，颇有一番韵味。

打乒乓球中的设计，就是想怎么打。施工则是实际是怎么打的。

高水平的乒乓球选手是设计与施工水平双高。

如果说县乒乓球冠军有 3 套设计方案即 3 种打法，施工精准程度能达到 5 厘米无误差，那么市冠军就可能有 10 套设计方案，施工精准程度为 4 厘米；省冠军可能有 20 套设计方案，施工精准度为 3 厘米；国家冠军可能有 30 种设计方案，施工精准度为 2 厘米；世界冠军可能有 50 套设计方案，施工精准度为 1 厘米。

有 10 套设计方案的人与有 20 套的人相比，假如 10 套基本吻合，另外 10 套自己从来没见过，怎么比？

设计水平的高低决定着比赛胜负大局，低水平设计者永远不可能战胜高水平设计者。

施工精准度高者永远会优于施工精准度低者。

设计方案的多少，施工精准度的高低，都是通过实践训练出来的，是通过悟性总结出来、提高上去的，没有捷径。

这就是说，打球一要多动身体，二要多动脑子。只动身体不动脑子，施工水平永远提不高，设计水平更是无从谈起。只动脑子不动身体，施工水平不会提高，那只是画饼充饥，纸上谈兵，设计水平同样无法提高。没有经过实践检验的设计水平，是否合理都没法鉴定，高低也无从谈起。

设计水平、设计能力、设计思路源于实践中的成功经验，更源于实践中频频失误的教训。要从赢球的经验中总结，什么球用什么打法更有效，更要从失球的教训中总结，什么球不该这么打，应该那样打。

设计要一球一方案，一类一打法，不能"照抄"，不能"套图"。

要搞好设计，必须从搞好设计的前期工作做起。要进行充分的设计前调研、分析和判断。要搞清来球的旋转方向，才能设计出球拍的朝向、角度和手的用力方向；要看清来球的落点位置，才能设计出脚步、身体移动位置和手臂应在的位置，才能设计出合理的击球点；要根据击球点，设计球拍运动距离、球的落点和球运动距离。

有了正确合理的设计，才会有正确合理的施工。对设计意图的理解是否正确，贯彻执行是否全面、到位，会影响施工质量。

施工的核心在于配合与协调。拍与球配合、拍与手指配合、手指与手腕配合、手与小臂配合、小臂与大臂配合、大臂与上身配合、上身与腰部配合、腰部与胯部配合、胯部与大腿配合、大腿与小腿配合、小腿与脚配合、眼睛与球配合、眼睛与大脑配合、耳朵与球配合、耳朵与大脑配合等等，多达十几种配合与协调。而踝关节、膝关节、胯关节、肩关节、肘关节、腕关节这六个身体转轴，可能会随时改变方向，影响身体各部位之间的配合与协调，影响集全身之力于球拍，集全身力量于一点的总体目标。这是施工环境的复杂性，也是施工过程的连续性与施工要求的步调一致性之间最难调和的矛盾。每一个部位、每一个器官、每一个关节，都成为影响施工质量的一个因素。

想打好乒乓球，并非易事。即使当了世界冠军，站在乒乓球设计与理论角度分析，冠军所打之球未必个个设计合理、板板运用合理。有最合理的设计，他们并不一定清楚，有最科学的施工，他们并不一定知道。

打乒乓球尚且如此，我们的工作、生活中能用到设计与施工原理的地方很多很多。

做饭需要先设计后实施，制衣需要先设计后实施，装修房子需要先设计后施工，旅游需要先设计后实施。我们的工作计划、工作目标、理想、信仰就是我们对自己工作和人生的设计，我们执行计划、完成目标、实现理想、追求信仰就是对自己的工作和人生进行施工。

如果把人生比作两个阶段，那么，参加工作前就是学习和设计阶段。我们所学的道德、信仰、知识、技能，就是一套一套设计方案。小学水平、初中水平、高中水平、大学水平等就是设计水平和施工水平。

需要特别声明的是：无论是小学水平还是博士水平，其知识技能一定要与道德信仰相适应，设计方案一定要全面。博士的道德素质和信仰如果还不如小学生、初中生，那就不算真正的博士水平。设计水平必须与施工水平相适应，眼高手低就是两者不适应。

人们参加工作之后，就进入人生的施工阶段。要把脑中的设计方案转化为生产生活所要求的各种行动，为生产出力，为生活添彩。一个人为社会生产生活贡献越大，说明他的施工水平越高，设计水平越高。如果是茶壶煮饺子，有再高的设计水平，施工中表现不出来，那也是白搭。犹如打球，想得很好，打得很差，导致得分很低或者为零，他的人生价值就会很低或接近于零。

人生的设计与施工两阶段并不是绝对的。设计阶段去实践、去施工，能检验你的设计是否正确、是否合理，有助于你不断修改完善自己的设计思路和设计方案。然后再检验、再完善，直至完美。施工阶段若感到所学不足，就得再深造、再充电，用新设计指导新施工，解决新问题。

人生就是在设计——施工——设计的循环中，不断往复，螺旋式上升，递进式发展，不断提高，不断进步的。

2014. 12. 31

# 高贵与耻辱

高贵的气质令人敬仰，但某个人的高贵能得到世人公认，却非易事。

高贵不是源于显赫的出身，一旦家道中落，高贵可能会被出身出卖；高贵不是高高在上的官职、官位，一朝退职、退休之后，高贵则因人走茶凉，树倒猢狲散而化为乌有；高贵不是富可敌国的财富，当财富易主之后，"高贵"就易名改姓；高贵不是倾城的美貌，西施与妲己同样拥有倾国容颜，一个是人人赞叹的美女，一个则是妇孺唾弃的妖精；高贵更不是华丽的衣裳、高档的首饰、豪宅、豪车，剥掉身体之外的一切，若没有高于绝大多数人的优秀品质，那就不是高贵。

高贵之人，克己之行严苛，对己之束严厉。

高贵是长在血脉中与生命融为一体，控制着你的思维，制约着你的行为，主宰着你的习惯的东西。高贵的人行为标准永远高于别人，行为表现因稀而贵。

人之所以比动物高贵，是因为人比动物更懂得羞耻。人们穿衣除了御寒，更多是遮挡大家都认为不该暴露的身体部位。如果有人给脸部穿件"衣服"，变成蒙面人，大家就会认为那个人不正常。人变着法穿衣、化妆打扮，是追求美、享受美。服装能从直观上分出人与动物，拉大人与动物的差距，显示人的进化、进步和文明程度。

人们建造厕所，为的是不再像动物那样随地大小便。人们又将厕所分成男厕、女厕，再装上一格一格挡板，是怕羞，不是怕臭。

人们建造房屋，成立家庭，生儿育女，办学校让人学知识、学技术、学道德、学法律，办医院，办工厂造出汽车、火车、飞机、轮船，改进饮食结构，锻炼身体等等，都表明人类学会了改造自身、改造社会，让自己所在的社会发展、进步，把人与动物的差距不断扩大，把人类的文明程度不断提高，让人类离不知羞耻的动物越来越远。

著名散文家朱自清"宁可患病而死，也不接受侮辱性施舍，不领美国的救济粮"，他把人格尊严看得比生命更重要，认为领美国的救济粮是极其耻辱之事。

文天祥被俘后，元朝大将、丞相、皇帝几番劝降，甚至以宰相之职做诱饵，他严词拒绝，"愿以一死足矣"，并留下"人生自古谁无死，留取丹心照汗青"的千古绝唱！

抗金名将岳飞带领他的岳家军"冻死不拆屋，饿死不掳掠"，让金军感叹："撼山易，撼岳家军难"。他的《满江红》成为后人争相吟诵的经典爱国诗词！

泰坦尼克号沉没时，当时的世界第二巨富斯特劳斯的太太罗莎莉把救生艇的位置让给了她的女佣，并潇洒地脱下毛皮大衣甩给女佣："我用不到它了！"

他们这种把生命品质看得比生命本身更重要的价值观、人生观、世界观，不但很高而且很贵。

这就是高贵！是高于常人贵于常人的道德情操。高贵的灵魂几乎不夹杂任何动物思维，他不会弱肉强食，不会自私自利，就像毛泽东主席赞扬的白求恩、张思德、雷锋、焦裕禄，他们全心全意为人民服务，毫不利己专门利人。

高贵没有止境，全社会敬仰的高贵之人少之又少。

但对于普通大众而言，能做到海明威在《真实的高贵》书中所说的"优于别人并不高贵，真正的高贵应该是优于过去的自己"便好。

2015. 4. 13

# 目的与手段

目的，古人称眼睛为目，箭靶的中心位置为的。射箭是为了正中靶心，行动要最终达到的地方或境界，就叫目的。

手段，是指为达到某种目的而采取的方法和措施，所使用的技能和本领。

目的和手段之间的差异非常明显，但它们的联系也非常密切，所以常有人把它们搞混，分不清二者谁是谁，甚至将它们颠倒。

人的主观能动性的拥有和发挥，能够让人们在行动之前，设置好行动的目的，调动所拥有的技能和本领，利用周围资源，选择适当的措施方法，使行动结果符合或接近目的。

如果没有目的，行动就会盲目。盲指眼睛看不见，当然也找不到想去的地方。如果目的不明确，只知道大概，没有具体唯一的指向，朝什么方向行动就无法确定。如果目的太小，去大海捞针，用什么手段估计一辈子也难找到；如果目的太大，举手就能得到，人们便失去了行动的兴趣和动力。

人生的目的，说大一点儿叫目标，再大一点儿叫理想，应当是追求快乐、幸福的生活。为了实现这个目的、目标所采取的一切行动都属于手段。

目的和手段看似简单，但常常被弄错。目的中有手段，手段中有目的。大目的中包含许多中间目的，中间目的中又包含数不清的小目的；大手段中套着许多中等手段，中等手段中又套着无数小手段。稍不留神，它们之间就会出现串行、串门，人们就搞不清谁是谁家人。

只要认准人生的最终目的是快乐、幸福，其他一切均是手段，并按这个原则，决策我们每一步行动，推算行动的最终结果是否朝着最终目的方向前进，就容易摆正目的与手段的关系。

2015. 5. 12

# 时间与能力

先讲两则打乒乓球的事例。

某日，一位行业内公认的乒乓球高手，也是我熟悉的领导，与另一位我不熟悉的老先生打比赛，这位老先生年逾七旬，而领导今年才退休。

老先生比赛时的状态真可谓生龙活虎。头脑反应之快，脚下动作之麻利，进攻之迅速，出手动作之干脆、果断、大胆，令人瞠目结舌。任何球他都敢扣，并且，总站在离台两米开外的位置，再短的球他不怕，再偏的球他无惧。几局下来，他的表演赢得满堂喝彩，场场都有赞叹与掌声。若不是他满头银发与额头上的皱纹做证，没有人相信他已 70 多岁。

老领导是业余的乒坛老将，在行业内找不到对手。征战了快 30 年，总是胜多败少。但面对这位有着 40 多年乒龄的老先生，老领导似乎像个新手。

还有一个故事。我的乒乓球教练是省内高手，曾获得过省运会冠军。他对我讲，他跟一般水平者打球，根本不考虑对方来球的旋转方向和旋转强弱，只要看清落点位置，一种方法打到底。可有一次，他与国家队的一名球员打球，人家发的球他压根儿就接不住，强下旋，他一碰球就下网。而他发出极强的下旋球，人家直接就扣死了，根本没法打。

笔者由此总结得出：能力与时间成正比。

近 30 年的训练比起 40 多年的训练，少了十几年的功夫，表现当然有差异。累计打球 10000 小时比 30000 小时差多了，水平自然不在一个档次。

俗话说，台上一分钟，台下十年功。这是对时间与能力的最好诠释，也是对时间这个能力系数与能力之积的形象化、数量化关系的概括。若换算用分钟表示，即为，台上一分钟表现出的能力，是台下五百三十万分钟时间训练出来的。这样换算虽然不一定合理，但用相对数比较，能充分说明一个道理，任何一点能力的形成，都是通过非常多的时间耗费换来的。

笔者对时间与能力的关系还有一个较为形象的比喻。假如一棵树苗每年只长一个根系，这个根系每月只长 1 厘米。那么，这棵树苗第三年就有 3 个根系，每个根系有 36 厘米长；第十年就有 10 个根系，每个长度 120 厘米，第 30 年则有 30 个根系，每个长度 360 厘米。几个月的树、1 年的树、3 年的树、10 年、20 年、30 年的树，根系的数量是不同的，每个根系的长度也不同，其吸收营养、抗风、抗寒、抗旱、抗灾等各种能力差异就非常明显。

小树苗长成参天大树，是一天一天慢慢长大、长高的。它长大、长高的每一天，就是吸收营养、储存能量、强大自己的每一天。

人的成长与小树一样，以时间为系数，一天天长大、长高着自己的身体。同时，一天天学习、磨炼，提高着自己能力、强大着自己的大脑。

良好的习惯是一天一天慢慢养成的，高尚的道德是一事一事逐步培养的，渊博的知识是一点一点慢慢积累的，丰富的阅历是一次一次积攒的。人认识问题、分析问题、解决问题的能力，就是在反复不断的实践中磨炼出来的，古今中外没有例外。

现在许多年轻人怕吃苦，不愿干这个，不愿干那个，总想走捷径，这种思想是自己坑害自己。不愿干，你在这个方面就没有经验、没有体会、没有收获。就相当于别人在长根、吸收营养、储存能量之时，你选择放弃。你的树根比别人少了好多枝，储存的能量只有别人的一半甚至更少。当你与别人竞争时，你能取胜吗？当你向你的孩子输出能量时，你缺这缺那，虽然同样是 30 岁、40 岁，你的能力只有 20 岁、30 岁的水平，你不受制于人，你有本事"治人"吗？你的孩子也会因为你的脑子穷，变成穷脑子。而你的孙子、曾孙、玄孙呢，都会受到父辈的影响。

除了时间直接影响能力的数量和质量外，更为要紧的决定因素是思维。如果没有想通，没有完全明白有关道理，纵使花费更多时间，你的能力也上不去。俗话叫脑子笨，官话叫效率低，但笨鸟先飞一定会赶上甚至超过聪明鸟。先飞实际上就是花费更多的时间，以时间补效果，这又回到时间是能力的正相关系数的结论上了。

世界上有很多不公平，但时间对每个人都是公平的，无论是总统还是平头百姓。如果你的能力比别人差，最重要的原因就是你花费在提高自己的能力方面的时间比别人少。

　　天下无难事，只怕有心人。有心人就是愿意花时间，喜欢动脑子，勤于动手之人。其结果自然也会是功夫不负有心人。

　　愿急于求成者、寻找捷径者改变思维，要懂得，时间才是能力、财富、名誉、地位、成功的正相关系数的道理。

2015.1.4

# 求人与帮人

大千世界，芸芸众生，没有人能做到万事不求人，也没有人能够做到一生只顾自己，不去帮助任何人。

在家庭，儿女都接受父母的帮助，任何人都必须帮助子女，孝老护幼是所有人的基本义务。

在家族，帮助父母之外的亲戚，接受来自父母之外的亲戚帮助，也是亲情的体现与要求。

在生活与工作中，帮助同学、老师、同事、邻居，接受来自他们的帮助，是友情的基本表现。

在社会，帮助他人，同时接受他人帮助，这是人性的体现。

三百六十行，隔行如隔山。没有人帮忙领路，很难找到进山出山的路口。

中国有30多个省，300多个地级市，56个民族，960万平方公里的国土，我们不知道的地方，搞不懂的事，不知道的人，就得问人，寻求帮助。

问人，证明自己能力不足、人脉资源不广，不得不求助于别人才能完成某件事情。就是借助别人的资源，克服自己的困难，解决自己的问题。

求人帮助，就欠下别人一份人情。求人越多，欠下的人情越多，求人的事越重要，欠下的人情债越大。

欠了别人的债，就算加倍还上了这份人情债，不能因为债已还、情已报而消失。纵使自己飞黄腾达，也不能干过河拆桥、卸磨杀驴之事。若不承认别人对自己有恩，即属于忘恩负义的小人，与自己现在的名誉地位格格不入。若承认，则曾经的能力不足得以证实，同时也证明了自己进步之快、为人坦荡。

好借好还，再借不难。欠债必须偿还，交往才能持续。有时，因意外原因没法偿还，就有父债子还、夫债妻还之说，这是有道义受尊重的做法。守信用、有道义者若再次需要帮助，别人定会慷慨解囊。若不需要帮助，自己就成了可以放贷的债主，成为帮人者，成为物质和精神的双收获者。

能自己解决的问题，可以自己克服的困难，一般不要求别人。欠人情总得还，不还是赖子，没有人品。

常常会遇到没有求人也能得到帮助的两种情形。

一是无功受禄。即在自己没有任何付出的情况下，得到别人的帮助。

帮人就是帮自己，谁投资，谁受益。你不受益，你的子女和家人就成了理所当然的受益者。

二是帮人的人。在有困难的情况下，会有曾被自己帮助过的人主动找上门来提供帮助。

求人和帮人，其实也是识人知人的过程，是社交活动的深化和升华。

求人可以知道被求对象的能力大小，什么能力办什么事。有的人嘴上的功夫很好，求他办上一两件事，便可知道其实际能力到底有多大。实际能力包括办事能力和社交能力（求人能力）两大方面。

求人和帮人能知道彼此的人品。是贪是廉、是暴是绵、是聪是愚、是傲是谦、是疑是信、是勤是懒，交往之后便知。

求人能了解帮人者对自己的重视、忠诚、尊敬与认可程度。

不同的人，对自己的重视和忠诚程度大不相同。这与能力无关，只与人品有关，与自己和对方的相对地位有关。

一般而言，人们都会求助于比自己能力强、人品好、信誉度高、认可度高的朋友。所有人都喜欢交这样的朋友，他能成为我们人生的导师、恩人，能帮我们向上向善。每个人都需要几个这样的朋友。

人品好，纵使能力不足，但把朋友的事当成自家的事办，甚至比自家的事还用心，这种朋友即使没把事情办好，我们也会认可他，更坚信对方的人品。在感谢对方的同时，我们会指出他的能力问题，并主动帮助其提高而不求回报。对这类朋友，我们今后要让他办其力所能及的事情。

能力很强，但人品不佳，要么势利眼，只给有权有势有钱的人办事，而对地位低、能力差、财富少的人，理都不想理，要么傲慢无礼，让他人毫无脸面、丧失尊严；要么利欲熏心，当场索要利益，不给好处不办事，让办事成本比收益还大；要么过河拆桥，不守信用。总之，这种有能力的人，不是不办事，就是办事成本太高、代价太大，付出无回报，或者付出多回报少。与这种人打过一次交道之后，我们就会敬而远之。

既无能力又无人品的人，谁都不会求他办事，若求他，那就是瞎了眼。

帮人能换来感激，感激会让自己和他人快乐。

尽可能多地帮助别人。帮人不但能满足别人的需求，更是建立自己良好的社交关系，储存人脉资产、获得尊重和认可、体现自我价值、达到自我实现、满足自己需求的最佳渠道和方式。

在人的一生中求人是必然的，帮人更是少不了的。求人与帮人，是我们甄别真假朋友的测试仪和验钞机，是我们去粗取精、去伪存真的过滤器。不要对求人有顾虑，更不要对帮人产生吃亏恐惧心理，真正的朋友，是在求人与帮人的质量检测仪检测过滤之后，留下的宝贵财富。

2015. 12. 14

# 选择与被选择

人生始终处在选择和被选择之中。

年轻的时候，我们主要是被别人选择的对象，由于心智不成熟，没有资格成为选择者。虽然我们对选择的结果不满，但无法改变，只能无条件服从。

我们的父母是谁，自己无法选择；我们的家庭是书香门第还是行伍出身，是皇亲国戚还是一介布衣，是官宦人家还是平头百姓，是家财万贯还是一贫如洗；父母是德高望重之人还是鸡鸣狗盗之辈，是才能超群还是凡夫俗子；我们出生在天子脚下、天府之国、鱼米之乡还是深山老林、高原沙漠、不毛之地，我们无法选择。

你想属猴还是想属狗，是愿当男孩还是喜欢当女孩，是胖子还是瘦子，是高个还是矮个，是漂亮美女还是丑小丫，是说山东话还是河南话，等等。我们无权选择。

我们与谁做邻居，上什么幼儿园、什么小学、什么中学，自己无法选择。也就是说，在人生起步的 18 年内，我们的一切主要、重要决策，几乎都是父母和他人代我们做出的，我们只能服从并执行。

无权选择的东西，常常决定我们的命运。我们被选择 18 年，基本奠定了人生发展的基础，决定了我们发展的高度、发展的方向。我们的子女同样被我们选择和控制了 18 年甚至更久。我们每个人既是选择者，又是被选择者。按照现代"谁决策，谁负责"的原则，我们的父母得承担由于决策不当、选择错误给我们所造成的损失责任，我们也必须承担由于选择失误对子女造成的伤害责任。

有些选择与父母无关，比如语言、习俗、地理水文地质气候条件、自然灾害、流行疾病、社会变化等。

有些选择父母有部分权利，比如儿女的性格、习惯、爱好是否培养，特长能否发挥，是否上大学，学什么技术，从事什么职业，工作中如何表现，遇到矛盾怎么处理，选择什么样的人做终身伴侣，等等。

有些决策失误、选择错误所造成的损失，永远无法弥补。比如纵容、教唆子女干违法乱纪、违反社会公德之事；娇生惯养，使子女养成自私、残忍、孤僻无诚信的性格。

所以，在选择和决策之前，选择者必须对所选事项可能的结果进行预测、评估，两害相权取其轻，两利相比取其重。不经调研、不做分析就盲目决策、冒险选择，该吞的苦果两代人甚至三代人就只能咽下，无人可以替代。

当我们有自己的思考能力、分析判断能力、决策能力之时，我们就具备了选择权。

我们可以选择与谁交朋友、与谁结婚、何时生小孩。可以选择上什么大学、学什么专业、毕业后到什么单位做什么工作。可以选择工作勤奋还是敷衍，守时还是迟到早退，积极加班还是拒绝加班，与同事计较还是不计较，帮助别人还是不帮助别人。有了困难坚持还是放弃，受到打击忍受还是还击，做出成绩炫耀还是低调，与人相处是大方还是吝啬，遇到矛盾是沟通化解还是回避，被误解后是释怀还是生气。我们可以选择的事情很多，选择的方案绝不是非此即彼那么简单。

有位女大学生非常优秀，本科学习机械设计，研究生学中文，后又进修经济管理。参加公务员考试以优异成绩被录取，成为一个国家级贫困县的政府某局副局长。她家在该省省会，爱人、父母、公公婆婆都在省会有不错的工作和不菲的收入，她一个月只有区区 3000 元工资。第二胎降生后，该副局长就陷入了两难选择。好好工作，就顾不上孩子；要管好孩子，就顾不上工作。她向组织部门申请调到离家较近的地方，组织上说你是定向招录的干部，不能调；提出辞职，单位不批；要求开除自己，单位说没有理由。

选择带孩子，就意味着要牺牲自己的事业和前途；选择工作，就意味着要牺牲两个孩子一生的幸福，她非常头痛！

婚姻的选择是影响三代人幸福的大事，许多年轻人不知所措。

选择有钱有房有车的离异人士，也许能舒服享受后半生；选择有共同语言、志同道合但无钱无车无房的未婚青年一起奋斗，让很多人非常纠结，但似乎选择前者成了当今的一种社会潮流。

选择先到边远艰苦的地方锻炼，逐步向上走，还是不去基层，就留在县城、中等城市，或者去大城市、特大城市；选择创新、创造，还是照抄、模仿；选择省吃俭用过简朴生活还是豪宅豪车山珍海味的奢靡生活；选择有事好好说还是呵斥指责痛骂；选择出门坐公交、骑车还是驾车；选择遇事忍一点儿、退一点儿、让一点儿，还是不忍、不退、不让；选择闲暇时间去读书、锻炼，还是喝酒、打牌；选择对己严对人宽，还是对人严对己宽；选择诚信待人还是欺上瞒下；选择孝敬老人还是虐待老人；等等。我们一生需要选择的事情太多，几乎时时需要选择，事事需要选择。

我们被选择时，选择者就成为我们选择时的老师，他们教会了我们什么事该如何选择。

我们选择时，子女就是我们的学生，我们教会了他们该如何选择。

所以，选择绝不是单方面的事，要考虑许多因素；选择也不是选择者个人的事，它不仅影响被选择者的前途命运，还会影响被选者所选之人的前途命运。

选择者不知该如何选择时，就会向老师、同学、同事、邻居学习，向前人学习，看他们是如何选择。当我们知道更多的选择成功案例后，我们自己就会选择更科学、更完善、更高明的路径和方案，失败离我们就会越来越远，我们就不需要"后悔约"。

选择是世界上包含知识量最大的一门学科。

被选择是选择的背面，它能验证选择的科学性。

2015.6.23

# 过去、现在与未来

有人说：未来，就是还没有来。多么简单又深刻的表达，体现了中国古人的智慧。

未来，就是还没有来，但它一定会来；现在就是当下的状况，很快就会成为过去；过去，就是已经离开，已经走过、看过、体验过，已经去了不可能再回来的事物。多么形象、多么精确。这就是中华文化的深奥之处，是汉语的魅力所在。

过去、现在、未来是宇宙时空观中的时间概念。是以现在为基准，将时间划分为三个阶段，用来纵向比较同一主体在两个阶段中的变化情况，预测第三阶段的发展趋势，横向比较不同主体在同一阶段的状况，描绘第三个阶段的蓝图。

席勒说，时间步伐有三种：未来姗姗来迟，现在像箭一样飞逝，过去永远停止不动。

如果我们用秒为单位计量，过去、现在、未来就会在一秒之内完成转换。现在的每一秒就会立即成为过去，未来的每一秒就会马上变成现在。就像走路，我们脚下的地方对应的时间就是现在，身后就是过去，眼前能看到的和看不到的都是未来。过去的会永远成为过去，不可能像录像带那样，可以倒回来；现在真的像箭一样飞逝；未来并不遥远，它就近在眼前。

过去、现在、未来能广泛用于世间所有的人、事以及物。每个人都有自己的过去、现在和未来，每个家庭、家族、国家、党派、民族有自己的过去、现在和未来，每个行业、每个产品有自己的过去、现在和未来，人们将这些记录下来，就构成了人类社会发展的历史。

　　每个人在出生之前，没有过去、现在和未来。出生之后，就有了。到死亡的那一秒，过去、现在、未来就同时汇聚在一个点。之后，只有过去，没有现在和未来。事与物和人同理。所以，对于每个人、每个物、每件事而言，过去、现在、未来极为短暂，仿佛一闪而过。多数人仅能充当看客，过去了也就过去了，没有留下姓名，没有留下文字，没有留下让后人能记住的任何事情。来过与没来过没什么区别，在与不在是一样的。只有少数人，那些为人类进步做出过巨大贡献的创造者，在人们分享他们留下的成果时，就会记起他们过去所做的事，知道他们曾经来过这个世界，一直持续几百年、几千年也难以忘记。孔子、老子、孙子、达尔文、爱因斯坦、莎士比亚等，他们是人们难以忘怀、人人敬重的圣人、伟人，他们才真正实现了生命的意义。他们虽然早已离开人世，但思想和精神永远与世长存，成为后来者的指路明灯，成为所有人未来的航向标。

　　时间对任何人都是最公平的礼物，每一分钟对任何人都一样长，没有人能够多得一秒，也不会有人少得一秒。然而，每个人对于时间却并不公平。不同的人对相同的时间有不同的态度，不同的人将同一时间耗费到不同事件上。同样是 2015 年 8 月 6 日 19:30—20:30，有人为他人做好事、为社会创造财富、给老人捶背洗脚，自己学习充电、健身；有人制假售假、发诈骗短信、逛街、闲聊、打牌。100 个人有 50 种以上消费时间的方式，每个人会按自己对时间的认识和习惯，处置这看似人人平等的 1 小时。不同的用时方法自然会产生不同效果。每天相差 1 小时，1 年差 365 小时，10 年差 3650 小时，效果就有天壤之别。别人升职、加薪，成了科学家、艺术家、文学家，而我们总是原地踏步，只是无名小卒，原因在于对时间的把握运用不同。

　　回忆和总结过去，是为了让现在不迷失方向，未来少走弯路、不走弯路。过去的辉煌不是用来炫耀的，它是现在的高度，未来的起点。现在必须保持它，未来应当超越它。如果停止奋斗，它就会成为人们骄傲堕落的资本，成为毁掉自己大好前程的精神鸦片。

　　有人说，你现在的状态是 3 年前决定的，你 3 年后的状态就是现在决定的，它道出了过去、现在、未来三者的因果关系。过去已经死了，你无法改变。未来还没有出生，你不能做什么。只有现在才是你唯一可以把握的时间。我们应当以过去为参照，以未来为目标和方向，运用好现在的一分一秒，储备足够的知识技能、勇气信心、品德和社会资源，掌握克服未来可能出现的各种艰难险阻的本领，我们的未来一定会超过自己的过去和现在，一定会比许多人的未来更精彩。

2015. 8. 12

# 身与心

　　每天起床后，人们都要洗脸、刷牙、梳头，穿上干净整齐漂亮的衣服，戴上心爱的首饰，然后照照镜子，感觉满意之后才出门。

　　我们追求吃山珍海味，喝洋酒补品，穿名牌服装，戴钻石黄金首饰、奢华手表，住大宅别墅，坐奔驰宝马，一切的一切，主要是围绕我们的身体打转，都是在做表面文章，按现在的说法叫作干劳民伤财的"形象工程"，不符合古人"内外兼修，修内重于修外"的要求，可能产生"金玉其表败絮其中"的问题。

　　我们对自己的外在形象，对身体的重视程度超过了对内心世界的关心。把绝大部分时间、精力、金钱、财富等资源，用于外在的"形象工程"建设，让身体住在设施齐全、豪华、宽大、舒适的别墅中。而对我们的内心，投资时间少、付出精力小，让我们的心仍住在简陋、低档、狭窄、阴暗、漏雨、潮湿、地面坑洼不平的茅草屋中，这公平吗？

　　人是由身和心两部分组成，身的所有行为由心指挥，心是领导，身是部下。部下的地位待遇比领导高，这合适吗？

　　许多人搞不清身与心的关系，将两者关系颠倒，认为身是主人，心是仆人，或者认为身体好一切皆好，身的享受就等于是心的享受。其实两者结构不同，功能不同，所需的"食物"和"营养"绝大部分是不同的。身体需要的是物质食粮，可以从自然界获取。心需要的是精神食粮，是在自然界找不到的营养物质。比如，认识、情感、意志、信念、言行等等。

　　追求快乐、幸福的生活是每个人的愿望。快乐幸福是精神层面的东西，是人类的高级需求，物质营养是永远无法满足的，它只能满足生理、安全等低级需求。高级的精神需求只有人类才有，优质的精神食粮才可以让我们找到长久的快乐与幸福。

衣服皱了，我们知道需要熨烫；脏了，知道需要清洗；破了，知道需要修补；衣服不能穿了，知道要扔；衣服不够了，没有合适的衣服时，我们知道需要买新衣。这是衣服的新陈代谢。

夏天我们要穿单衣，冬天要穿棉衣，热了要减衣，冷了要加衣。什么场合穿什么颜色、款式、质地、规格的衣服，我们心中有数。懂得"人靠衣裳马靠鞍"的我们，过分依赖衣裳等外在因素，常常采取投机行为，大搞"形象工程"，忽视了对我们的内心世界的投资。

有投资才有回报，没有投资自然没有回报。投机取巧往往会弄巧成拙。

内外兼修，苦练内功，好好维护、充实我们的内心世界吧！这才是靠得住、可持续、有稳定收益甚至会有超额回报的投资行为。

我们应该每天把自己的心也进行一番梳妆打扮之后再去见人。

把被弄脏的心洗洗，带上干净的心出门；把被弄破了的心补补，带上完好无损的心上路；给空虚的心吃点儿东西，让它不再嗷嗷叫；给寂寞的心找个伴侣，让它不再了无牵挂；给无聊的心找点儿事做，让它不再惹是生非；给抱怨的心送上公正，让它不再失衡；给委屈的心送上补药，医治好它的创伤；给焦躁的心送上关爱，让它不再暴戾；给阴暗潮湿的心晒晒太阳，让它不再发霉变质；给沉重的心卸点儿担子，让它轻装上阵；给沉沦的心加点儿支持，让它不再堕落；给沉痛的心送点儿安慰，让它不再痛苦；给抑郁的心送去开导，让它不再想不开；给失落的心找到方向，让它不再迷茫；给绝望的心送去希望，让它重新起航。

社会上的"形象工程"都被叫停了，换成了许许多多"民心工程"，我们建设自己身体的"形象工程"是否也该下马，换上一批修身养性的"人心工程"呢？

2015. 8. 30

# 人生三件事

每个人的一生中，至少应当干好三件事。

第一件，报答生养我们的老人，有六个验收标准。

一要敬：对老人的付出和成就发自内心充满尊敬、崇敬。

二要孝：为老人提供充足的生活条件，陪老人吃饭、散步、游玩，侍奉老人的饮食起居，陪老人聊天、解闷，化解老人心里的孤独、寂寞，让老人相信你就是他们的依靠。

三要顺：要尊重老人节俭、传统的习惯，不强求改变，顺从他们的意愿。

四要谏：对老人不健康、不积极、不乐观、不大度的行为习惯，要善于引导劝谏，帮助老人过上健康、快乐的生活。

五要葬：要按照当地传统礼仪为老人举办葬礼，让老人体面、有尊严地离开这个世界。

六要祭：要在老人去世后，按照传统礼仪祭奠，在每年清明节、农历十月一日、春节进行祭拜，让老人在我们的心中永生。

第二件，管理好自己，做有德有才有为之人。

首先要做一个正直诚实善良的有德之人，其次做个有一技之长的人，最后要把自己的德才奉献给社会。要为国尽忠，为单位尽职，为家庭尽责，为子女做好表率，为社会留下美名。

第三件，养育好我们的子女。

养育子女的标准是：一要管护子女长大成人，达到身心健康，让子女成为有德有才有为之人；二要协助子女成家立业，为家庭和社会承担责任、做出贡献；三要教导子女尊老爱幼。

人生三件事，件件有着落，事事有好结局，我们的人生才算尽职尽责，才算圆满，否则就留有遗憾。

2015. 9. 6

# 人生的油门、刹车与方向盘

开过汽车、坐过汽车的人都清楚，油门是加油让汽车启动的，刹车是负责让汽车停止的，方向盘是控制汽车运动方向的。这三个东西对汽车而言非常重要。运用得好，才会有安全的行程、快速的行动、舒心的享受；运用不好，就可能出安全事故，甚至付出生命的代价。

超速，指的是司机运用油门有余而刹车不足，结果因车辆失控而发生事故；闯红灯，指的是该刹车时不刹车；违规停车，是不该乱停乱放，要么影响其他车辆和行人通行，要么会导致严重的交通事故；逆行，指的是朝着与规定方向相反的方向前行，这与站在飞驰而过的火车正前方效果是一样的，不是自杀便是嫁祸，要么精神不正常。

所有人的身上，其实都有油门、刹车和方向盘，只不过它们是无形的，全部装在每个人的大脑中。

每个人的油门，就是自己的欲望和需求，包括生理需求，比如衣食住行用；安全需求，确保生命安全和财产安全；社交需求，要交朋友，与人沟通寻求相互支持帮助；尊重需求，需要得到他人认可，让别人看得起，有面子；自我实现需求，希望能按照自己的想法生活工作，让自己的主观能动性、特长爱好得到最大程度发挥和展示，能够成为人中龙凤，成为人人羡慕的对象。

每个人的各种需求和欲望就是自己生存、生活的最大动力，这种动力驱使自己为吃饭而劳动，为吃好饭而努力学习、工作；为穿好衣、住好房、开好车、购好物、玩好各地名胜而拼命赚钱、存钱、花钱，等等。

每个人的"油箱"都装着知识、经验、技能、道德、规律、规则和与生俱来的力量和智慧。

每个人头脑中的法律、道德、规律、规则是控制自己欲望和需求的刹车。违反法律、违反道德、违反规律、违反规则，如同闯红灯，如同逆行，注定要付出沉痛的代价。

快速致富、快速成才、快速成名、快速升官，如同超速行驶，由于不懂得使用刹车，只会踩油门，肇事的概率极大。它不符合自然规律和社会规律，就是古人所讲的拔苗助长，枯死是必然的。

神童、神医、大师、大腕、大款属于超高超宽超重式的"超限"行为，对自身和社会危害极大。有人总结人生有三大危险：少年成名、出身名门、偶发横财。神童即少年成名，据说中国的神童长大后，均成了凡夫俗子，没有将其美名保持到中年；出身名门、偶发横财的人身上背负的担子太重，严重超载，结果不久便抛锚了。

每个人的"方向盘"是其信仰和智慧。

这个"方向盘"结构非常复杂，其最根本控制航向的导航仪为信仰，具体则由智慧的罗盘指引。第一层级的方向坐标点是法律，坐标点不多，如同每个省的省会城市、地级市；第二层级的方向坐标点是道德，坐标点较多，如同每个县城；第三层级的方向坐标点是规律、规则，坐标点最多，如同每个街道办（乡）、每个社区、每个单位、每个行政村、每个自然村、每个家庭。

我们能干什么、不能干什么、绝对不能干什么，那是由法律、道德、规律、规则划定的禁止线、允许线决定的，信仰和智慧的"方向盘"要依照规定线路选择两个或多个运动的坐标点。在不违反法律、道德、规则前提下，要干什么、不干什么，则需要靠我们智慧的"方向盘"掌握和选择。我们干什么工作需要选择，如何干工作需要选择，有了成绩怎么办，需要选择，出了问题怎么办，需要选择；怎样对待朋友需要选择，怎样对待同事需要选择。如何踩欲望的油门、何时踩道德的刹车、何时转智慧的弯、转到什么坐标位，需要选择。

不同的选择会出现不同的结果。预测可能出现的结果，再做出选择和调整，同样需要智慧。

油门、刹车与方向盘对汽车的安全性、速度、舒适性非常重要。每个人欲望与需求的油门，法律、道德、规律、规则的刹车，都需要用信仰和智慧掌控方向，用智慧控制油门大小、车速快慢；用智慧选择何时拐弯、拐到什么方向，何时刹车。只有管好油门、刹车和方向盘，人生才会到达幸福与快乐的目的地。

2015. 8. 28

# 人生的行、界、岗

俗话说，三百六十行，行行出状元。

俗话又说，男怕入错行，女怕嫁错郎。

笔者以为，两句俗话虽然都说到"行"，但两者的含义有所不同。前者主要指行业，如纺织、机械、煤炭、电子等，而后者主要指职业，如教师、医生、警察等。

行业是个大概念，就像一棵棵大树。职业是小概念，如同大树的树枝。一个行业可以有无数个职业，不同行业中的同一职业既有相同之处，又有不同特点。铁路警察、民航警察、海事警察、交通警察等，虽然都是同一职业，但其职责、权限、工作环境、艰苦程度、危险程度大不相同。政府部门会计、事业单位会计、中大型国企会计、驻外机构会计有很大差异。

三百六十行，每一行都有许许多多职业。若将各行各业按职业目标划分，大致就是以升职为目标，以赚钱为目标，以学术成果为目标三种，笔者称之为人生三界，即政界、商界、学界。

三界是人生走向成功的三条道路，除此之外，别无他途。

三条道路相互平行，一般不相交叉。如果有交叉，一方面表明某条路是成功之路的辅道，是临时停靠车道或紧急避险车道；另一方面，说明可能跑偏了，走邪了。

各行各业均有三界之分，成功均有三条道路。

搞医疗卫生，有当官的、有挣钱的、有搞学术研究的；搞体育，有当官的、有挣钱的、有搞学术研究的；搞经济，有当官的，有挣钱的，有搞理论研究的。各行各业均如此。

当官的一般在政府部门工作，其特点是领导他人，组织、指挥、协调有关机构、单位和人员按照政府的意图和计划为社会大众服务，发挥个人的管理才能。有能力、有品德、有机会进入政界的仅仅是社会中的极少数人。在政界，能当政绩突出、政声闻名遐迩的好官，便是成功人士。

搞学术研究的人一般都在大专院校和科研单位，其他单位和民间也有，但数量极少。而在大专院校和科研单位中，大约有二分之二的人属于管辅人员，真正搞学术研究的不足三分之一。在学术界，能有重大科研成果，重大发明、创造、创新，重要论著等体现高等级学术成果者，才能算成功人士。

学术界的成功相对政界要容易，学术界的研究对象往往是自然界和人类社会中较为固定的东西，方法是发现规律并反映客观规律，研究者个人主观性受到限制。不像政界的管理对象是人，主观能动性很强，不好管。只有比别人的智商和情商高出很多，才能管住管好别人。搞学术的人对智商要求非常高，对情商要求较低。常常是智商越高、情商越低的人受外界的干扰越小，越利于取得重大成果。

除了政界和学术界，其余的人均属于商界。

商界有超级商人、高级商人、中级商人、小商人、微商人之分。

跨多个行业、多个国家和地区的商人，就是超级商人。其特点是，业务涉及的行业、国家和地区超过两个以上，资产规模庞大，分支机构多，员工人数众多，对社会影响重大的企业家，如巴菲特、比尔·盖茨、张瑞敏、任正非等，他们都是商界的精英，是商界成功人士的代表，是社会的重要奉献者。

在一个行业，一个国家和地区，将业务做到了极致的商人是高级商人。他们是行业的领军人物，专业化程度极高，资产规模庞大，分支机构众多，员工人数甚众，社会影响较大。他们也是商界的精英和成功人士，是社会的主要奉献者。

中级商人在一个国家的一个省、一个市、一个县的一个行业或多个行业有较大影响力，资产规模相对较大，有分支机构，员工人数较多，社会影响较大。他们属于商界有一定成就的人士，是社会的奉献者。

小商人是以经商为职业，但其资产规模较小，没有分支机构，员工人数较少，社会影响力极小的小企业主。他们以养活自己及员工为主，以奉献社会为辅。

微商是不以经商为职业，也不是从政、从学的社会大众。政府机构的非领导职务人员、学术研究机构的管辅人员、工人、农民、农民工等，除了军人和学生之外的所有人员，均属于微商。

从政的人追求当大官，服务大众；从学的人追求当科学家，让更多人从其学术成果中获益；从商的人追求成为大款，同时给他人和社会带来更大的利益。

从政的人不能兼职经商。兼职经商时在遇到自己利益和公众利益发生冲突时，很难做到公平公正。照顾自己的利益必然会损害他人和公众利益，妨害社会公平正义，损害政府形象和公信力。

从政的人可以搞学术研究。可以总结自己的从政经验、研究从政规律，为大众提供有益的精神产品。但不能以赢利为目的搞研究，不能利用职权推销、摊派自己的学术成果。

从商的人同样不宜兼职从政。但可以从学，可以将自己从商的体会，经验教训与他人分享，可以在分享中获利。

从学的人可以兼职从政，只要不为私利而是为公众利益，为政府部门献计献策，为百姓利益和社会进步鼓与呼应予提倡。

从学的人可以兼职从商，只要不妨碍从学的大目标，用少部分精力经商或辅助他人经商，有利于丰富完善自己的学术成果。

从学的人必须爱学习、爱思考、爱钻研，专心、严谨，有独立思想、有主见、有探索和创新精神，以崇尚科学、追求真理、探求自然和社会规律为己任。

与从政、从商者比，从学的人原则性强，与人相处少，需要独自工作的时间长，除对自己的专业研究较深外，对社会了解偏少，待人处事真诚实在，但不够灵活、不圆滑、比较固执，不随波逐流，比较死板，不会看眼色，不会见风使舵。对世俗看不惯，显得清高而孤傲，不合群。有宁为玉碎不为瓦全的气节和不为五斗米折腰的情怀。

与从商、从学者比，从政的人灵活性大，与人相处多，独立工作时间较少，对社会了解透彻，待人处事委婉，考虑问题较全面，善于变通，显得随和、亲民。常常像演员一样，扮演多种角色，要求其心理素质极高，心理承受力极强。需要较强的全局意识、长远意识、重点意识、公平意识、领导与示范意识。需要较强的组织能力、协调能力、观察能力、分析能力、判断能力、决策能力、感召与动员能力，应变能力、表达能力、倾听能力等等。从政者需要极高的情商和较高的智商，达不到上述条件者慎入。

无法从政、不宜从学者，只能选择从商。商有很多行业，每个行业中又有许多环节，有上游、中游、下游之分；每段商流中又有很多企业，每个企业中有很多部门，每个部门又有很多岗位。从政、从学同样有许多岗位。

不同的行、不同的界、不同的岗位，都有不尽相同的要求和特点。

当每个人的特点、特长与社会上的行、界、岗位之特点与要求的相近度达到最大值时，其特长才会有用武之地，犹如吸铁石找到了铁，鱼找到了水。个人求职找到了需要个人特点、特长的岗位，就有可能干出一番大成就。否则，吸铁石扔进木头堆、石头堆起不了任何作用，鱼放到沙漠不一会儿就得死。小脚穿大鞋、泥路穿布鞋、烫脚的路穿凉鞋，肯定不舒服，肯定走不快，多数都走不到终点，鞋已破，脚已烂。

正确选择人生的行与界，准确找到适合自己的岗位，我们的一生才会轻松愉快，才能到达幸福的终点，才有可能成为令人羡慕的成功人士。

2015. 9. 15

# 人生离不开数学

一次处级领导干部培训班上，一位资深处长当众感慨：我们过去学的数学，现在只有在菜市场有用，更别提物理化学啦！

此言一出，得到了大家的认同：精辟！经典！还是老处长看得深，看得透。

从小学一年级开始，每个人、每学期都要学数学。花了十几年的时间，难道白费了？学错了？不该学？不学语文和数学，我们又该学什么？数学真的如此无用吗？国家费了那么大精力，难道是误人子弟？

笔者是学会计、做会计的，几乎一辈子都在和数字、数学打交道，一生离不开数学。不搞数学、不搞会计、不搞理科的人，能离开数学吗？

日常工作生活中，门牌号、车号、车次号、航班号、座位号、排队序号、身份证号、护照号、执业资格证号、营业执照号、税务登记证号、网址号、邮箱号；长度、高度、宽度、厚度、温度、湿度、强度、硬度、柔韧度；第一名、第二名、最大、最小、最长、最短、最高、最矮、最拿手、最出彩等等，说明数字是实现管理有序、激励有目标、处罚有对象的不可缺少的工具。

所有人都有身高、体重，有高低胖瘦之分。服装的尺码、鞋子、袜子、帽子的尺码必须按照身高体重胖瘦选择。女人讲究身材、讲究"三围"、喜欢打扮，戒指、项链、手镯都须按尺码选择。人对自己的"武装"，就像是做数学题。

所有人都要社交，社交中需要发挥自己的智商、情商。智商、情商是数学计算的结果。谁的智商高、谁的情商高，要对比分析，要依据对方的行为表现打分，社交也是道数学题。

许多人喜欢打麻将、打扑克，这两种游戏不懂数学，根本没法玩。大字不识几个的人，账算得不一定比大学生和研究生差。教授与农民工打麻将、打扑克，结果是教授输的机会更多，算不过人家嘛！

许多人爱旅游。旅程长短、分几天走、哪天住哪儿；何时吃饭、在何处加油、加多少油；逛几个景点、每个景点待多长时间；计划总共花多少钱，每天、每个景点花费多少钱，这都是数学。

农民种粮，何时下种，播多少种子；何时浇水，浇多少水；何时施肥，施多少肥；何时收割，收割了多少，丰收了还是歉收了，要用到数学。

办红白喜事，请多少人，摆多少桌，上多少菜，买多少肉、多少烟、多少酒、多少糖、多少瓜子花生，要好好算账。

书法家写字，写多少字，用多大的纸，用多粗的笔，每一行几个字，每个字有多大，每个笔画多粗多细多长多短，都是算好的。

摄影家搞创作，什么时间、什么地点、什么角度，焦距多少、光圈多少、镜头多长、曝光时间多长，哪种颜色多重，哪种景色占多大比例，是算出来的。

文学家搞创作，量词的运用，表示时间点、时间段的词，表示空间位置及其转移、事物变化大小、状态程度高低，表示结果的前后对比，都必须借助数字、数学，才能给人留下准确而深刻的记忆。

搞体育离不开数学，以打乒乓球为例。乒乓球台有长、宽、高的数量限制，有网高的限制，超出限制或达不到限制即为失败。每个球的飞行曲线、落点位置的坐标值、球离底线、边线的距离，球与网的相对高度，球的旋转方向与旋转力量，决定了接球者身体、脚、手、拍的上下移动幅度、左右移动幅度、前后移动幅度，决定了球拍与台面的横向夹角、纵向夹角大小，决定了接球的时间长短、力量大小、速度快慢，决定了分别向前、向左、向右、向上运球距离的大小。打乒乓球其实是在做数学综合运算题。

哲学和宗教离不开数学。质变量变规律、中庸思想、"常有欲以观其徼"理念、过犹不及原则等，是数与量的集中体现，是数学的高级应用。

历史以时点、时期的数字为轴展开，政治以时点、时期的数轴为序，延续历史。

经济和经营工作，几乎全是数学应用题。

文中开头提到的，数学只有在菜市场有用，从经济和经营角度看，有失偏颇。生活不单只有菜市场一个地方，要算账的地方很多，如装修房子、买家具、吃饭、交朋友，都会用到数学。卖菜的大叔大婶都离不开数学，买菜的人同样也离不开数学。

管理是高等数学。虽然用不上微积分，但权力分配、责任分配、利益分配、资源分配、财产分配却是管理工作的主要内容。计划手段、财政手段、税收手段、利率手段、汇率手段、统计手段、会计手段、财务手段、审计手段等等，所有的管理手段，说穿了，全是算账手段，是为了实现公平、效率、协调、平衡的管理目标，对数学的开发和应用。

公平、效率、平衡、协调、可持续，是社会管理的要求，但其中运用的统筹学、线性规划、线性代数、概率论、数理统计等应用数学知识，简直高不可测、深不见底。

总而言之，人的一生，无论是谁，无论在何处，无论在何时，都离不开数学。

2015. 12. 25

# 人必须有目标

有目标的人，知道该向什么地方走，知道实现目标有几个路径，会选择其中最合适的路径到达。

没目标的人只会在原地打转或者胡跑乱撞，因为不知道要去哪里。

有目标的人，会沿着既定的道路不停地向终点冲刺，他们在做向前运动。

没目标的人，一会儿走这个道，一会儿走那个道，一会儿做前后运动，一会儿做左右运动，一会儿原地踏步或者原地转圈。虽然他们也在运动，但没有位移；虽然他们出了力，但却不产生功。

有目标的人睡不着，因为要按期完成目标，要思考完成目标面临的困难和问题，心中有压力，行为有动力，做事有激情，成果有回报，成功有喜悦，就能吸引住自己往哪儿想、朝哪儿奔。不然心里就放不下、睡不着。

没目标的人睡不醒，因为不知道起来去干嘛。起来反倒更难受，空虚、寂寞、孤独、恐惧会一个接一个向他报到，怎么赶也赶不走。只好借酒消愁，借烟麻醉，借牌、"借黄"等打发漫长的时光。只能走一步看一步，拿出暂时填补心灵的空虚的招数，用抢险救灾的办法驱赶孤独寂寞和恐惧。困了累了，就大睡一觉，不愿醒来。

有目标的人在感恩，感谢指路的人，感谢途中给予帮助的人。因为获得了帮助，取得了成果，收获了满意与开心，就希望与大家分享，就懂得感恩。

没目标的人在抱怨，抱怨没有人帮他，抱怨别人比自己过得好，觉得全世界都欠他的。没目标的人无所事事，不需要帮助，没有任何成果，就不满意、不开心。心胸狭隘的人，看到别人有成果就会羡慕；看到别人的成果很多，就心生嫉妒；看到别人的成果自己一辈子也得不到，就可能产生恨，就会怪罪别人不帮自己，甚至会采取骗、偷、盗、抢等违法手段掠夺他人成果，达到自己认为的公平。

有目标的人，能力就有用武之地，遇到困难会努力克服，能力会逐步提高，自信心得以增强。在他人眼里越来越受到尊重。

没目标的人，有能力没有地方使，原有的能力渐渐地衰退、过时。自己对自己越来越没有信心，认为这也不行，那也不行。别人看不起自己，都在嘲笑自己。在他人眼里越来越受到蔑视。

人的一生，每一天都必须有目标，每件事都必须有目标，每一时都应朝着目标前行。人生的发展与进步，就是在一个接一个的目标实现过程中螺旋式上升，在一次接一次的追求中，渐进式发展。最后回头一看，那一串串实实在在的奋斗足迹，证明自己的人生没有虚度，非常充实；一次高过一次的人生目标全都变成现实后，表明自己很有能力很有价值很有贡献。

目标要正确，要按照真善美的标准制定，切不可在假恶丑的道上瞎走；

目标要远大，不能一年时间只有半年目标，半年时间无事可干；

目标要连续，每一个阶段都必须有该阶段目标，不能出现"断头路"；

目标要有挑战性，不能不费吹灰之力就轻而易举实现；

目标要客观和切合实际，不能制定无法实现的目标；

目标要有阶段唯一性，一个阶段只能有一个目标；

目标要有事件唯一性，一件事只能有一个目标。

目标对每个人非常重要，它是人生的导向器、导航仪，没有目标，人生就会迷失方向！

2016. 1. 22

# 人应当从低处起步

庄稼生长要一天一天慢慢长成，必须经过春夏秋冬的风吹、日晒、雨淋、霜染之后，才会结出丰硕果实。春种夏长秋收冬藏是农业生产规律，在此规律之下，还有具体操作指南，到底在春天什么时候种，种什么，种多少；夏天如何浇水、施肥、除草、间苗，什么时候应当长到什么程度；秋天什么时候收什么作物；冬天藏什么、怎么藏等都有非常详细、具体、准确的实施规范。

庄稼生长尚且如此，人的成长比起庄稼，不知要复杂几万倍，但也有规律可循，更有几百个，几千个操作指南。

但我们许多人不懂规律，不学习规律，有的人无视规律，违背规律，凭自己的感受喜好意愿行动，没有好结果，那是再正常不过的事。

人从出生时不会说话、不会走路、什么也不懂的婴儿，到能说话、会走路、知道一点点的孩童，到能讲很多道理，能跑得飞快的少年，再到懂得很多、有一两门专长的青年，最后到能发明创造的壮年，要经历几十年的时间。要学习听说读写练、观察、分析、判断、决策、执行、检验、修改、完善等知识，从无到有、从少到多、从多到专、从专到精，一点一点积累，从低处向高处渐渐量变、质变、再量变、再质变，递进式发展、螺旋式上升才能成才。

当人们从最低处一步一步向高处走时，一路的风景尽收眼底，一路的收获装满心胸，一路的苦楚写满心间，很充实、很有底气。

如果人们从半山腰向山顶走，山腰之下的风景便一概不知，一路的收获缺了一大半，对苦楚的感悟只有一点儿，心里很空虚，没到过底部，很难有底气。

网上一篇《上帝爱你的方式其实你不知道》写得非常好：我们向上帝祈

求力量，他却给我们困难，我们克服了困难就拥有了力量；我们向上帝祈求智慧，他却给我们问题，我们解决了问题就拥有了智慧；我们向上帝祈求希望，他却允许黑暗临前，我们走出了黑暗就拥有了希望；我们向上帝祈求成功，他却给我们挫折，我们克服了挫折就拥有了成功；我们向上帝祈求幸福，他考验我们是否懂得包容，我们学会了感恩就拥有了幸福；我们向上帝祈求财富，他让我们发现别人的需求，我们满足了需求就拥有了财富；我们向上帝祈求平安，他让我们学会珍惜，我们开始满足珍惜就拥有了平安；我们祈求，他就给我们，但不一定是按照我们的方式。有时候，上帝用我们没有想到的方式，爱着我们。

越走越高是人的成长规律。从低处一步一步走，每一步很踏实。该经历的痛苦，该经受的考验，该体会的辛酸、挫折、委屈、磨难全部尝过了，才能学会如何面对，才能体会到什么是快乐、什么是幸福。看到缺失手的人后，才懂得，有一双手是多么幸福；看到缺失脚的人后，才知道脚的作用有多大。没有了父母，才发现失去了天下最关心最疼爱自己的人是什么滋味；失去了儿女，才晓得真爱是如此撕心裂肺，奋斗的动力有许多是来自骨肉亲情。

现代的年轻人，特别是独生子女，家庭经济条件优越，不用自己努力就可以得到很多东西。但这些都是外在的、物化的东西，与自己的品格能力无关。他们大多数没有从低处起步，而是半坡起步、半山腰起飞。他们普遍缺少挫折的考验，人生的基本功较差，除了生理和安全这两项最基本的需求容易得到满足外，社交能力不足导致与人相处困难；缺少优秀品格难以受到尊重；能力不足，没有顽强意志和不屈斗志，很难达到自我实现。

没有底气，缺少基本功就走不远，飞不高。

奉劝那些贪图享乐，不愿努力奋斗，只想投机取巧的年轻人：切莫违背人生发展的规律，要从低处起步，才能快乐、幸福一生。

2015. 7. 10

# 人要多少钱才算够

网上一篇帖子："一个男人挣多少钱才能维系一个家？很震惊的数据！"笔者看后认为有必要回复。

帖子的结论是：一个男人挣 541 万才能维系一个家！看上去确实令人震惊。不过，笔者以为，这是一个彻头彻尾的拜金主义宣传帖，是充满欺骗与谎言的无稽之谈。

请问，中国家庭，包括男人和女人一辈子能挣够 541 万的有多少个？估计 80% 以上的家庭都达不到。家庭解散了吗？孩子饿死了吗？夫妻有一个人病死了吗？

在中国的广大中小城市和农村，住房用得了 80 万吗？不买车，家庭就不能稳定吗？所有中国孩子都得大学毕业吗？四个老人每人每月都必须给 500 元吗？能连续给 30 年吗？如果真是这样，那中国老人太幸福了，中国老龄化问题也就不是问题了。维系一个家庭每年必须旅游吗？三口之家的生活费每月必须 4000 元吗？

这种以点代面、以偏概全、依据不足、标准偏高、漏洞百出的算法，缺乏客观性，没有普遍性，丧失科学性。它只会误导大众赚钱、赚钱、再赚钱。一切为了赚钱，赚钱就是一切！赚到死，80% 甚至 90% 以上的中国男人仍无法达到 541 万元的最低目标，死了也不会满足、无法甘心，终生会在抱怨、遗憾、痛苦、失望中度过！

据说有一个农民，在自家地里干活时突然挖出一尊罗汉，纯金的，足有一公斤多重。村里人知道了，纷纷去他家参观，来的亲戚朋友络绎不绝，他成了方圆几十公里的大名人、大红人，许多人想和他攀亲结缘，他让周围所有人羡慕、眼红。"这家伙命真好，我怎么没有这种运气？""这下他该享福了，这辈子不用干啥也够吃够喝了。"

起初几日，他乐得合不上嘴。可没过几天，他整天愁眉苦脸，比挖到金罗汉之前憔悴多了。一位好友不明白，问他原因，他才说出实情。他挖出宝贝的第三天后，就每天一大早到地里刨，已经挖了几遍了，怎么还没有发现另外 17 尊罗汉的踪影，它们到底藏在什么地方呢？

还有一个真实的案例。这是号称新中国成立以来全国最大的一起招生受贿案——四川省泸州市大中专招生委员会办公室原副主任石仁富受贿案。

据石仁富交代，自己快要退休，以后挣钱越来越难了。就想赶在退休之前，存个整数 30 万，退休生活就有保障。没想到，30 万元的目标很快达到。他将目标调高到 50 万，结果很快突破。他又调到 100 万。离退休的日期越来越近，但离最终目标仍有不小差距。他干脆把发放高考录取通知书作为捞钱的最后手段，要求所有考上大学的学生来他们家领录取通知书，一手交钱，一手发通知书。

一时间石家车水马龙，家门外、院子里都站满了等候的人。石仁富共收取 400 多名考生家长的现金达 41 万元。许多家在农村、经济困难的考生被迫到处借钱，有的在银行贷款。

部分考生家长实在弄不来钱，就拿鸡蛋、菜籽油、猪肉等抵账，石让妻子拿到集贸市场出售。

石仁富在 1990 年~1993 年 4 年间，受贿 70 多万元。1994 年被执行死刑，时年 60 岁。

农民挖到金罗汉，应当很高兴、很享受、很幸福。然而只有一尊，还缺 17 尊，让他很郁闷、很辛苦、很痛苦。

石仁富快退休了，有工资、有社保，应当很满足。可他却步步定目标、层层加码，为敛财不择手段，到了丧心病狂的程度，结果被枪毙。没有了晚年，再多的钱也没法享受。

人要多少钱才算够？这可能是困扰许多人一生的问题。

有个小伙找对象，谈了二十几个都不满意，他的一位亲戚提出忠告：世上的姑娘多着呢，难道你要全部谈一遍？

笔者套用一下：世上的钱多着呢，难道你想一个人霸占？

既然一个人不可能挣完世上所有的钱，那挣多少合适？

一个人生活在一个特定环境，一生该花多少钱、能赚多少钱基本定型了。

吃、穿、住、行、用是基本开支。只要本着就低不就高，能不花则不花，能少花则不多花的原则，生活过得一样充实。

幸福与快乐与否，是由心情决定的，与金钱无关。与自己喜欢的人在一起，喝凉水、睡窝棚都幸福。与不喜欢的人在一起，吃山珍、住别墅照样痛苦。

生活在一个城市或者农村，每月收入能达到该城市或农村的平均水平即能满足。

就笔者本人而言，每月 5000 元收入与每月 10000 元收入、20000 元收入相较，对生活质量毫无影响。

该吃一碗面吃两碗撑得慌，该穿一件衣穿两件热得受不了。住 50 平方米或 100 平方米、150 平方米房子对健康影响没有差别、对改善睡觉质量没有差异。开 20 万元、50 万元、100 万元车，该多快还是多快，该出事还要出事，与车好车坏无关。游遍 32 个省、转遍世界各地，你能办到吗？每个省的好地方多着呢，你能逛完吗？

真正需要多花钱的地方只有一个，就是学习。学习能让你的思想成熟、人格健全、见多识广。能改变原有的对人、对事许多不正确的看法。能自己给自己当心理辅导老师，把不开心变成开心，不快乐变为快乐。学习能让自己丰富知识，增加技能，增加赚钱的渠道和方式。

用经济学观点讲，学习能增收节支、开源节流。增加知识和技能就是开源，就能增收；改变思维方式、调整心态就能节支，就能节流。学习是经济效益最好的投资项目。

其实学习方面需要花的钱并不多，需要的是多用心、多用时间。

有些人为了多赚钱，走邪路、使歪招，就像石仁富那样，必亡。有些人为了多赚钱，透支身体、不顾健康。没有好身体，吃不了、喝不了、玩不了，要钱何用？有些人为了钱拼了命，家里的支柱倒了，但你在单位的那个岗位不会因为你的离开而一直空缺，它马上会有人顶替。可孩子的父亲无人能顶替，父亲的孩子无人可顶替。

钱是用来流通的，每个人只是自己手中钱的暂时主人，钱会每天更换主人。花掉的才是自己享受的钱，没有花掉的，那叫遗产，已经与你无关，至于与谁有关，天知道！

有人千方百计赚钱，为的是留给子女、留给孙辈。

子女、孙辈对捡来的财富根本不知道珍惜，可能会挥金如土，撑不了几天。他们有了钱，就再也不会有赚钱的动力，无法体会赚钱的酸甜苦辣，难以享受人生必要的经历、体会各种滋味和乐趣。会让他们变得无能、无知、傲慢，与谁竞争都是失败者。子女的子女，孙子的孙子在这种父亲、母亲培养下，能成为人才吗？子女、孙辈因有财富而变成社会财富的专职消费者，不是创造者，他们来到世上只需利用本能，不需要什么本事，这是富豪父母残害子女最有效、最阴险的招数。自古寒门多才俊是对它的注解。

人的欲望是无限的，人对钱的追求是无限欲望最现实的表达，钱是人的欲望最重要的载体。理性控制对金钱的需求，是控制人的无限欲望的最有效手段。

每个人对钱的承受与管理能力是不同的，也是有限的。既要尽力而为，更须量力而行。稳步轻车简行，钱就成为幸福快乐的牵引车，超速超载超限，钱则成为走向痛苦与罪恶的肇事车。

2014. 9. 1

# 人如计算机

人很复杂，但简单看，人如计算机。

如果将人比作一台计算机，人的肉体就是计算机硬件，精神则是计算机软件。

既有硬件，也有软件，才叫计算机。既有健壮的肉身，又有健全的大脑，才算正常人。

有硬件无软件，没有计算机的功能，无法运转，应该不算计算机。有肉体没有精神，没有思维，就是植物人。思维不正常，被称作"怪人"；精神有问题，医学上叫"精神病患者"，都不算正常人。

有软件而无硬件，软件根本没有地方安装，也做不成计算机。只有硬件和软件完美结合，才是正常的计算机。只有肉体和精神相互配套，才算正常之人。

人的长相也分为肉身长相和精神长相。肉身长相由父母决定，每个人的身体结构基本相同；精神长相由民族文化决定，每个民族都有自己的文化基因和不同于其他民族的文化长相和精神长相。其内容、结构、形式、规模、变化，无法定量、难以定性。人与人之间的精神长相，差异太多了、太大了。

肉体发育快于精神的，属于痴呆症；肉体发育慢于精神的，属于侏儒症。肉体长相与精神长相应当同时发育、同步成长、同步成熟，才符合人的生长规律。

人的精神软件可分为信仰与道德、知识、技能三大部分，统称为精神文化。计算机是否值钱，主要看软件系统，人是否有价值，主要看他所拥有的精神文化。拥有崇高信仰和良好道德、拥有丰富知识、拥有绝技者价值大于未拥有者。家有百亿而道德败坏、目不识丁、无任何特长者，人们在心中其实看不起他，与他交往完全是看在钱的面子上，或者说就是为了把他的钱拿走。当他身无分文时，没有人再理他。一个德高望重者，纵使到了要饭的地步，有很多人会送钱上门。有道德、有知识、有技术者能靠"软件"吃好饭；只有身体，没有道德、没有知识、没有技能的人，只能靠"硬件"吃差饭，有时连差饭也混不上，还可能随时吃"牢饭"。

信仰与道德是人的精神长相体系中起基础作用、平台作用、先导作用的最关键部分，犹如计算机的系统软件。DOS 系统、Windos 系统功能不同，而 Windos 系统又有不同版本。在数据整理、文字处理、图片处理、视频处理等方面有着不同的表现。

思维属于道德中"智"的内容，有统领、统筹信仰与道德、知识、技能教育成果的职能。这些内容是否使用，何时使用，如何使用，使用程度的决策、执行和使用效果预测由"智"来操控。思维是教育的最高目标，是道德的最高表现。

道德的背后操控者是信仰，它是生成人的世界观、人生观、价值观等决定人的选择方向的指挥者，是道德指令的发布者。信仰决定道德，道德决定着人如何立于世界，以什么样的方式与他人交往，决定人的行为方式和前进方向，前进方向又决定着人行动后所能达到的位置。

道德系统主要包括行为习惯、自我行为管理与调控、情绪管理与调控、兴趣爱好形成，人际交往方式、态度等善恶表现、是非认知与荣辱判断方式和判断结果。道德是决定人性程度的标尺，是长期持续影响人的生活质量和人生品质、发展趋势和发展结局的最基本指标，是个人基础性、发展性、战略性软件。它会影响个人的财富承受力、名誉承受力，影响个人发展能走到多高位置、能走到多远距离、能走多快等等，是影响个人理想实现，信仰追求的关键指标。

知识系统属于应用基础软件，是人类认识世界、打开未知世界之锁的钥匙，犹如计算机的工具性软件。它的兼容性比道德小、兼容容量比道德大。其系统的稳定性不如道德，它是开发应用软件之基础，能帮助应用软件快速准确输出结果。Word，Excel，WPS 即为工具系统软件，我们日常所学除道德之外的全部科目即为知识系统或者知识应用系统。

技能系统是知识系统的升级和应用，是人们利用知识改造自然、改造人类心灵、改造世界的技术和能力。它具有极强的时效价值和商业价值，利用它可以立刻拥有所需求的东西。网上支付、网上购物、网上聊天等能立竿见影的软件，即为技能系统。唱歌、唱戏、乐器演奏、绘画、体育、舞蹈、书法、汽车修理、服装设计、机械加工等均属于技能系统。

技能系统有非常强的实用性，学会就可马上使用，用后就能赚到钱。正因为技能系统实用性很强，容易立即见效，受到功利色彩深厚的人群的青睐。

作为身体健康大脑健全的人，应当对道德及其相关的思维与信仰、知识、技能之间的关系有较为全面和深入的了解、理解，并能正确把握、正确运用。学好道德，用好思维，树立好信仰，有赖于知识和技能。否则，非但无益反而有害；学好知识，技能才会有根基，才可以拓展、提高，成为专家。技能的确有现实的利益，是成才成名成功的标志，但没有道德把握方向，信仰出现重大偏差，才会变歪，名会变恶，功会变过。

2015. 9. 10

# 怎样才能比别人赚钱多

多赚钱是许多人的梦想。在同一座城市，干同一份工作，你的收入能达到别人的两倍以上吗？

多数人做不到，但有人做到了。上海出租车司机臧勤，用月均收入8000元，比当地出租车司机平均工资高2.67倍的事实证明，干同样的工作比别人多赚钱是可以实现的。

臧勤赚钱的秘诀被中央电视台《社会记录》栏目以《快乐车夫》为题，进行了报道，台湾东森电视台对他进行过采访，他还被微软公司总裁邀请，给微软的MBA讲课。能给微软讲课的人，绝非凡人。

经过梳理分析，笔者把他的赚钱秘诀归纳如下：

其一，以阳光心态、良好状态投入工作，把工作当成自己的乐趣，在工作中不断发现美、享受美。

"快乐车夫"是臧勤的第一特点。

他的脸上总是挂满笑容，嘴上时常流淌着快乐，身上散发着活力，心中充满着热情，犹如冬天的火炉、盛夏的绿荫，人们不由自主地想靠近他，分享他的快乐、活力和热情。这一切，源自他的阳光般的心态。他习惯在工作中发现美，享受美，品尝工作的甜头，久而久之，工作就成了他的一个乐趣，成了他快乐的源泉。所以他会干劲十足，压根儿感觉不到每天开车17小时的疲惫，他20多年干同一件工作，把在别人看来是非常单调、枯燥、乏味的差事，变成了令人发现美、享受美的好事，变成了令人愉快和开心的乐事。

工作中并不缺少美，缺少的只是一双发现美的眼睛。臧勤的眼睛总能发现美，他也懂得如何享受工作之美，所以他与众不同，出类拔萃。

其二，干一行爱一行，乐业敬业。

"乐业敬业"是臧勤的第二特点。

他比其他出租车司机更了解出租车行业的特点，更了解开出租车的风险和成本。

他懂得出租车行业与其他行业的最大不同是，别的行业有底薪，有基本工资，即使不干活或少干活也饿不死。出租车行业的底薪为负值，有份子钱，有油钱，就像开饭店无论有无收入，每天要付房租水电费一样。出租车每天拉客不足 6 小时，份子钱就挣不够；拉 12 小时，才能赚够油钱；12 小时之后，才是自己的生活费和利润。

他明白，时间是出租车司机的最大成本，没有利用好时间，就是自己的经营风险。为此，他不断研究时间、利用时间、整理时间，计算时间与收入的关系以及时间与成本的关系。

他总结自己每小时平均的运行成本是 40 元，每小时平均收入是 84 元。一般小活用时 7 分钟，若 3 分钟可以挣 10 元，则合算，可以干。这就是敬业精神，就是乐业的表现。

其三，积极学习，不断探索，创造奇迹，享受创新之美，实现自我价值。

"善于创新"是臧勤的第三特点。

在他全身心投入工作之后，每月收入最高只有 5000 元。达到了峰值，遇到了上升的瓶颈。他就积极主动地向成功人士学习，寻找自己的短板并努力弥补。功夫不负有心人，他获得了巨大成功。

他从分析研究行业、研究自己，转向研究顾客、研究市场，事前算账，不做亏本生意是他多赚钱的主要经营理念。经过分析研究，他找到比别人多赚钱的诀窍。

一是拉高端客户。看客人的外表就知道生意的好坏。

二是驻高端企业。他常在徐家汇两个高端企业的门口定点等客，等待时间较短，很少有空驶现象。

三是找高峰生意。他爱听广播，非常关注哪个地方有商品交易会和文化活动，他一定不会错失这些生意。

四是走繁华路段。他常在经济繁华地段行走拉客，基本不去偏远之地。

五是找特殊客人。他喜欢送病人入院。人生病后心情紧张，重在抢时间，关注病情，不太关注钱多钱少。只要能快，多付钱也愿意。他也喜欢拉出院病人。出院病人有重获新生之感，经过数日、数十日的"健康"专题教育，健康高于金钱的理念正盛，压抑的心情在他的开心和宽慰引导之下，客人用钱表达高兴，表示感谢已很自然。

六是知道如何花小钱"买"大时间。

遇到堵车之时，他会建议客人上高架桥走远路，并声明多走的几公里路免费，按未上高架的价格结算，客人一般不会拒绝。他只用几块钱的油钱，"买"来了拥堵耽搁的几十分钟时间，赚了多做几单生意的机会。

其四，工作有目标，每天都希望刷新自己的纪录，保持持续的工作动力和更高的工作期望。

每天都有新目标是臧勤的第四特点。

用臧勤的话说，当我收到第七张百元大钞，我就期待能收第八张。这是对工作目标和工作持续动力的通俗表达，也是期望刷新纪录的另一种说法。只有保持目标不断提高，动力才不会衰减，奋斗才不会停止。奋斗不停止，成功就不会停止，收获就不会止步，收入就不会减少和停止不动，只会比别人多，达到别人的一倍、二倍甚至三倍。

用现代经济学总结：臧勤通过家庭教育和学校教育，形成了良好的性格习惯、乐观的心态、积极的状态，树立了在工作中发现美、创造美、享受美的基本理念。又通过向成功人士学习，掌握了创造美的许多方法和技能，变成了一位优秀的出租车司机。在保持良好的心态、状态之下，运用自己的技能和方法，知己知彼，取彼之精华为我所用，赢得了顾客的好感，改变了一般出租车司机饥不择食、慌不择路、贪小失大等弊端，对自己的运行线路、顾客对象进行了流程再造，时间再排，达到了最大成本（时间）的最小浪费，实现了顾客数量增加，收入质量提升，个人业绩与收入增长。

比别人赚钱多并不难，只要像臧勤那样做，就能办到。

2015. 6. 19

# 我们自豪， 因为我们是 "60后"

我们没有上山下乡的经历，却了解知青之苦，知青之不易。知道耽误的学业难以补回，失去的青春多么宝贵。

我们没有遭受"文革"之罪，却知道十年浩劫是什么滋味，深知无法无天的痛苦，懂得法治的重要、稳定的珍贵。

小时候，我们能吃的东西很少，也经常吃不饱，但我们很充实，也很满足。

红薯、玉米、高粱、土豆、萝卜缨、白菜帮是我们的主食、主菜。吃上一口白馍、细面，会让我们高兴好几天。有机会到亲戚、朋友家吃顿"汤水"、赴个"大宴"，那真叫小伙伴们嫉妒、羡慕。

小时候，我们穿得很土，但从未降低快乐的温度。

母亲织的土布汗衫、土布裤子，做的土布鞋，就是我们的日常衣着。就是结了婚，还总爱铺老家的土布床单。哥哥的衣服弟弟穿，姐姐的裤子妹妹穿，能让我们感受到兄弟姐妹间的温暖，穿件"的确良"，心中比蜜甜。

小时候，我们玩的很低档，但能让我们的童真、童趣完全释放。

我们一块儿滚铁环、打陀螺、抓"坏蛋"。我们自制弹弓，比谁打得更准、更远。虽然满身是土，脸上很脏还流着汗，我们却非常快乐。

我们能吃苦、爱劳动。

从上小学起，挑水、割草、拾麦穗是我们必须参加的劳动锻炼。种麦、除草、收麦，简单的农活我们样样能干。挖土、砌墙、装车，对于我们并不算难。

我们会珍惜、懂节俭。

"汗滴禾下土"，我们亲眼所见，我们的汗滴也曾把禾苗"浇灌"；"粒粒皆辛苦"，我们亲身体验，从种到收，我们接受了全程训练。不倒剩菜剩饭、不扔旧衣物，是我们多年的习惯。借书、抄书十分常见，用灰色的废旧水泥袋厚纸做笔记本，插上圆珠笔芯的小竹棍当笔杆，无笔无本无书没能阻止我们把书读完。

我们很幸运，能如饥似渴求知。

我们是恢复高考制度的最大受益者，上学有助学金，毕业后包分配。许多寒门子弟、工农儿女，在千军万马挤独木桥时，把命运改变。上大学的机会来得太难，求知的欲望、动力大得无边，大学文凭成为当时最耀眼的光环。电大、夜大、职大、函大、业大的校园总是那么繁忙，复习、考试、拿文凭、获学位是我们这代人最大时尚。

我们很幸福，知识将我们抬得很高、送得很远。

争当"四有"新人是那个年代的光荣，拥有知识让全社会敬仰。无论出身多么贫寒、多么低贱，只要有文化、有知识，没有一分钱也能把恋爱谈。无论多么富贵、多么漂亮，文化不高、知识不多的年轻人，也不敢奢望把穷大学生高攀。寒门出身的省长、市长、县长，科学家、艺术家、企业家非常普遍，"60后"成为当今社会人才的高端。

我们懂得一切必须靠自己，所以学会了独立。

我们逼着自己学习、独赴高考考场、单闯大学学堂，毕业后独自去单位报到，白手起家、自谋生路，就是结婚、调动、提拔、晋级，完全靠自己努力。

我们恪守孝道，兄弟姐妹互敬互爱，朋友同事互帮互助。

我们知道老一辈的传统，每到吃饭，父母不到，我们不敢动筷子、不敢碰碗碟，留给父母的座位，谁也不会去抢占。我们兄弟姐妹虽多，但彼此关照、互敬互爱，心贴心的情感只会增不会减；我们把同事、朋友视为兄弟姐妹，彼此关怀、互帮互助，手拉手的情谊只会浓不会淡。

我们有理想、有信念，热爱祖国之心永远不会变。

我们从小立志，要做革命事业接班人，要为实现共产主义、解放全人类做贡献。董存瑞、雷锋、焦裕禄是我们心中的英雄，井冈山、南泥湾、海南岛是我们仰慕的风景，黄世仁、南霸天、刘文彩是我们声讨的对象，钱学森、华罗庚、陈景润是我们学习的榜样。我们懂得，改变中国贫穷落后面貌，必须从我做起、从现在做起。我们坚信，团结就是力量，五星红旗永远会高高飘扬。

善于继承、不断汲取、勤于思考、勇于探索，诚实、踏实、务实的"60后"，几十年拼搏奋斗、不断锤炼，我们已经成熟，有自己的信仰、品德，我们是社会的中坚，单位的脊梁，父母的骄傲，孩子的榜样。

我们自豪，因为我们是"60后"。

2013. 5. 23

# 2014，给中国点赞

趁着 2014 的脚步还未走远，甲午的岁月还在续延，让我们一起回播 2014 中国声音，欣赏 2014 中国智慧，体味 2014 中国胸怀，感悟 2014 中国胆略吧！

2014 不是 1894！翻过近代旧中国的历史，且看：

1999 年，美国轰炸我驻南斯拉夫大使馆；

2000 年，中国申办奥运会失败；

2008 年，中国奥运火炬传递屡遭干扰；

2012 年，黄岩岛、钓鱼岛闹剧频频上演。

这些，似乎就发生在昨天，作为东方大国，我们有何颜面？

日历翻到 2014 年，同样是东方大国，中国向世界展示最多的，是我们的笑脸。

亚太梦、亚洲梦、中国梦一经呈现，引起全世界共鸣与震撼；

"一带一路"战略蓝图刚刚铺展，东半球西半球一呼百应积极参建；

APEC 自贸区一经推出，互联互通的亚太网络就开始布线；

金砖国家银行、亚洲基础设施投资银行、应急基金、丝路基金账户还未设立，发达国家纷纷报名参演；

人民币自由结算银行如雨后春笋般开盘；

以高铁技术为代表的中国科技走向世界的梦想天天在实现。

率先打破冷战思维，交友结拜不结盟，中国新的全面战略合作伙伴遍及五洲。我们的好邻居不断增多，好朋友遍及全球。中国文化、中国思维的魅力让全世界感叹。

这一年，乌克兰四面楚歌，俄罗斯危机四伏。中国果断出手，以过人的胆识和智慧，签订中俄重大项目合作合同。欧洲北部企稳，全球形势未出现较大震荡。

这一年，西非国家出现肆虐的埃博拉病毒，中国以世界大国的责任与担当，出钱出物出人，毅然跳进苦海，像帮助自己亲人兄弟，让西非民众从死亡线逃离。

这一年，马尔代夫缺水，中国没有迟疑，饱含善良仁义的淡水，及时到达马累，滋润着当地受灾百姓的心肺。

这一年，马航失踪，载有包括154名中国公民在内的239名乘客下落不明，中国没有惊慌、没有指责，以博大胸怀、不屈斗志，积极搜寻。

这一年，香港占中活动闹得沸沸扬扬，中国政府用自信与胆量，静观其变。占中者在香港同胞的声讨中，乖乖走进法院。

这一年，中国设立国家宪法日，"法"的名字第一次以"国"的名义正式提出，法的力量成为国家命运、社会安定、人民幸福的源泉和支柱。

这一年，中国设立国家公祭日，第一次以"国"的名义，为人民祈福，把国家之耻、民族之仇、人民之恨，永久刻进华人的骨中、心里，以期不忘过去、开辟未来。

这一年，中国猎狐，680名潜逃海外避风的中国贪官被擒。腐败后路被堵，盗窃的国家财产重新入库，贪腐的念头从此有了"紧箍咒"。

这一年，中国改革在深水区作业，在难啃的骨头上找肉。无论多险，虎穴也要闯；不管多难，我们挺得住；即使骨如铁石，我们定能抓铁有痕，踏石留印。法治理念、法治思维，点燃华夏之光、再现中华之魂。

这一年，我们铁拳打虎也不忘拍蝇，扫黄、禁毒、抓赌，一切危害社会的毒瘤，悉数铲除。

这一年，我们尝试依法治国，首先在各级政府、官员头上动土。让权力在阳光下运作，权力清单、决策程序、执行过程、办理结果、对社会承诺、"六位一体"监督，全部公开，在阳光下晾晒。权力之虎被关进制度之笼，责任之剑高悬在握权者头顶。

这一年，行政审批、行政许可、行政文件、行政会议、行政检查、行政收费、行政表彰、行政培训、公办用房、公务用车、公务接待、公费出国等，所有妨碍公平效率的事项，减了再减、限了再限；个人事项报告、作风建设、学习、调研等，涉及能力提升、效率提高、公平改进的行为，实了再实、严了再严。

这一年，会员卡、商业预付卡被清理，吃空饷者被清理，高级会所被清理，高价培训被清理。刀刀见血，招招治病。

这一年，支撑"官僚"的柱子被锯，上演"形式"的舞台被扒，提供"享乐"的轿子被砸，滋养"奢靡"的土壤被铲。党和国家、国家与政府、党和群众、干部和群众的关系，逐一理清、理顺。

这一年，改革的指针始终指向利国利民，改革的理念不断朝着中国优秀传统文化转轨，社会主义核心价值观逐步深入人心。

2014，是展示中国自信、播种中国希望的一年，是中国百姓对党和政府打分最高的一年。

2014，是中国国际形象被点赞最多的一年，是展示大国风范、争当世界领头雁最成功的一年。

2014，是中国政治、经济、文化、社会、生态、国防、外交取得重大成果的一年。

2014，给中国点赞！

2015. 1. 13

# 特别的付出才能换来特别的收获

国外有句谚语，经历逆境会让你知道谁是真正的朋友。

有位老领导总结出一条交朋友的经验：真正的朋友都是在遇到困难时结交的。笔者感同身受，并悟出：特别的付出才能换来特别的收获，普通的付出只能换来普通的收获，没有付出便不会有收获，除非遇到特别的人。

特别的付出最典型的就是我们的父母，尤其是我们的母亲。

世界上与自己相处时间最长、对自己付出最多但不要任何回报的，只有母亲。

母亲从十月怀胎到生下子女，所受之苦，天底下至少有一半人无法体会。孩子的生日又叫母难日，足见母亲为生育子女付出有多么巨大。婴儿靠母乳生存，只有躺在妈妈的怀里，才觉得安全和温暖。孩子学习翻身、学习走路、学习说话、学习吃饭、学习穿衣、学会玩玩具，哪一次没有妈妈的付出？孩子上幼儿园，上小学，上初中，哪一天没有妈妈的身影？孩子上高中，上大学，可能会远离母亲的视线，但母亲的心从来没有离开过他，时刻关注着他的温饱冷暖，关注着他的喜怒哀乐。即使长大了工作了，在母亲心中，你还是永远也长不大的孩子，纵使你已经 30 岁、40 岁、50 岁、60 岁。当你真的无须母亲操心，母亲又会把对你的关切，延续到你的儿子、女儿。

除了母亲，世界上还有谁，能几十年如一日，关心你和你的影子？

这就是天底下最伟大的爱，天底下最特别的付出！这样的爱，这样的付出，换来了最特别的收获。收获了全世界公认的最伟大的爱的赞誉，收获了全天下儿女们永远感恩的心，收获了人间真情的永恒传递，收获了一个无比温馨、无限美好的人类世界！

如果说，母爱是亲情的最高峰，那么，一见钟情就是爱情的最高峰，患难之交则是友情的最高峰。

在我们的记忆中，能留下最深刻印象、留下永远无法抹去的记忆，除了父母亲情和轰轰烈烈的火热爱情，就是我们患难之时出手相救的友情。

在家靠父母，出门靠朋友。谁的一生都不可能一帆风顺。我们患难之时，如同走上了泥泞路，走进了沼泽地。若没有人拉一把，可能会摔倒，可能会陷进去。这时的我们面临着众多困难、巨大危险。拉我们的朋友，同样面临损失和危险。我们奋斗、拼搏的足迹，此时此地最曲折、最深刻，印记最清楚。我们走在平坦的柏油马路上，不会摔倒，无须人扶人拉，印记最平顺、最模糊。这就像力学中的作用力与反作用力，作用力越大，反作用力也越大。

作用力就是我们的付出，反作用力则是我们的收获。

特别的付出好比在泥泞路沼泽地中助人一臂之力，自己可能摔倒、摔伤，甚至可能付出生命代价。刘胡兰、黄继光、邱少云、白求恩、焦裕禄等，牺牲自己，挽救和保护他人，人民永远记住了他们，永远怀念他们。

特别的付出不分年龄大小、不管职务高低、不论出身贵贱，都会让人们记住，成为人们心目中永远尊敬和爱戴的人，都会得到报答，不管付出者要求与否。

特别的付出有多种形式。可以是钱，如常香玉为抗美援朝义演捐飞机；可以是荣誉，像粟裕辞元帅只要大将军衔；可以是智慧，如张良、诸葛亮献智刘邦刘备；可以是感情，如王宝钏寒窑苦等十八年。

只要有一颗纯真善良的心和乐于付出的情怀，特别的付出谁都可以有。

我非常喜欢景岗山《步步高》中的一段歌词："世间自有公道，付出总有回报，说到不如做到，要做就做最好。"

有人说，你想怎样让别人对你，你就应当怎样待别人，这与笔者提出的特别的付出才能有特别的收获，普通的付出只能有普通的收获，没有付出便没有收获意思基本相同，也与《步步高》歌词表达的意思相同。

笔者之所以分解阐说，主要是它更容易让当代年轻人明白，你的收获不大，是因为你的付出不多；你没有真心朋友，是因为你对待朋友没有付出真心。

没有无缘无故的爱，也没有无缘无故的恨。付出了爱，收获的必然是爱。付出的是恨，收获的一定是恨。没有付出真心，没有在朋友患难之时义无反顾鼎力相助，便难以获得真心朋友。

年轻的朋友们，如果你想拥有特别的收获，就先给予特别的付出吧。

2015. 3. 23

# 获得与享受快乐的法则

快乐是心中的美好感受。

心中有善意，行为有善举，心中便会产生美好感受。有了美好感受，心里就会舒服，心情就会快乐。若心中充满恶意，行为总会伤害他人，即使自己快乐，别人也会感到难受和痛苦。一个人快乐，另一个人痛苦，加在一起，结果是痛苦，而不是快乐。

快乐是与痛苦相比较之后得出的结论。

飞奔的汽车如果没有蜗牛般的自行车做参照，就不知道它有多快；婚礼的笑声如果没有葬礼的哭声做参照，就无法体会快乐与痛苦的巨大差异。没有痛苦，就不会有快乐的感受；没有大痛苦，就没办法感知大快乐。快乐的果子离不开痛苦的种子的孕育、生根、发芽、开花。不要害怕痛苦，更不要拒绝和逃避痛苦。害怕无济于事，只能吓自己；拒绝等于停滞不前，无法进步；逃避了这个，下一个还等着你。坦然面对，欣然接受才是面对痛苦唯一正确的选择。把痛苦当作快乐的起点，当作走向快乐的桥梁和垫脚石，走过了痛苦，终点就是快乐。

付出是获得快乐的源泉。

付出是展示胸怀、善良和能力的唯一最佳舞台，是储备人脉资源、收藏人情资产的最直接方式，是感情和人脉投资的最合理渠道，是体现自我价值，获得尊重和认可的唯一有效方法，是获得美好感受，获得快乐的恒久源泉。

快乐应当分段品尝。

人生的道路漫长，途中的曲折和矛盾时时有、处处在，痛苦无时不有、无处不在。既然痛苦遍布人生之路，我们就应当将快乐也分散在人生之路的各个关口，让快乐之光照亮我们前行的脚步。

以买车为例。起初骑一辆二手破旧自行车，感觉比走路快多了，比坐公交方便多了，舒服；之后换一辆城市旅行车，比二手自行车骑着省力，坐着舒适，高兴；之后又换一辆轻型摩托车，又比城市旅行车更高端大气，让人感觉上档次，不仅省力、舒服，可以带全家三口人走远路，去更多的地方玩，开心；之后坐上别人开的手动桑塔纳，比轻型摩托车又不知好多少倍，毫不费力，很舒适，可以去很远很远的地方，惬意；之后可以自己开帕萨特、途观，就两个字：自豪！

每一次换车的过程，就是一次满足和快乐的过程。自己的劳动成果、个人的进步历程、家庭的幸福历程、社会的发展历程，在车辆提档升级中历历在目。

如果没走过路，没挤过公交，没骑过自行车，没坐过摩托车，没坐过手动低档车，很难感受到坐帕萨特、途观、奥迪、奔驰等到底有多快乐多满足。

人往高处走。如果刚上班，就让父母买辆 50 万的车。过了 10 多年，车旧了，要换新车，我们能换辆什么？换 80 万的，我们能养得起吗？换 30 万的，我们心里会是什么感受？别人又会怎么看？自然是越混越不行！于是，就不舒服，就快乐不起来。开 30 万的车，还没有骑自行车、开摩托车、开 10 万汽车的人快乐，好像讲不过去，但这是事实！

唱歌时，第一句调子起得太高，后面就可能唱不上去；跑马拉松时，刚开始就跑得很快，后面肯定跑不动；没有上小学和初中，直接上高中、上大学，肯定学不动。这就叫循序渐进。快乐也得循序渐进，分段品尝，苦中不时有乐，乐中不时有苦，才是人生的最佳节奏。

懂得了快乐的定义、来源、参照和分布规律，制造快乐、发现快乐、享受快乐便能有的放矢，我们追求快乐的人生目标就会变得更容易，幸福生活就会常常伴随自己。

2015. 12. 12

# 笑　脸

脸，每个人都有，不多不少，就一张。

脸位于身体最高、最正、最重要、最醒目的位置，有视频与音频信号发射和接收设备、有嗅觉和味觉感知系统。她是人的大脑主机的显示屏，就像电视荧屏，能连续播放大脑接收、加工、改编后发出的信息。喜、怒、哀、乐、忧、苦、傲、谦、慕、妒、恨、怨等，心中的各种感受，都由她来表现、公演。

脸色铁青、面红耳赤、脸色煞白、红光满面，是对不同境遇的诉说和不同状态的描绘。脸像消息树，她是无言的新闻发言人，是展示心灵的舞台。

人们遇到喜事、乐事，会不由自主露出笑脸，向他人表达自己心中的快乐与幸福。遇到悲事、祸事，会身不由己地将痛苦、悲伤、惊慌、恐惧写到脸上。遇到不好不坏、不喜不悲的事，则会表情平静自然，犹如没有风的湖面。

人都有给他人留下美好印象的心愿，长者智者还有引导他人情绪的责任。人会有意识控制和调节自己的情绪。脸部上传的各种图片，除没有意识和能力控制自己情绪的人之外，都是经过剪辑、加工、后期制作、装帧装潢之后的效果图，不是原汁原味热蒸现卖的原始感情底片。人生就是演戏，社会就是舞台。演员说哭就哭、说笑就笑，一会儿当儿媳、一会儿当婆婆、一会儿当爸爸、一会儿当儿子的演技，在社会的舞台上，在脸上，每天都能看到。

在脸部表达的成千上万种感情"胶片"中，笑脸无疑是所有观众共同喜欢的一种。

笑脸向人们发送出的信号，有许多种意义。

社交中，见到素昧平生的人，笑脸相迎，礼貌相待，双方很快就能成为朋友。

面对困难、挫折、失败、灾难，有人含着眼泪仍能面带微笑，那是乐观心态、长远眼光、全局思维支撑起来的人们最向往的形象，能体现排除万难的勇气，能展示化解悲痛的能力和决心。

面对排挤、诬陷、报复、暗算，我们淡然一笑，坦然面对。这是气度，它来自身正不怕影子斜的自信和邪不压正的公信。

心中有美好，脸上才会有微笑。美好包括现实美好和对未来美好的憧憬。

遭人诽谤诬陷露出笑脸，是对自己人品和他人道德的了解，是对善恶报应规律的崇敬，是对群众眼睛是雪亮的、纸包不住火的领悟。

谁都可能有过失、犯错误。如果我们无意中犯下过错，就用笑脸应对批评指责，表明对过错的承认和改正的意愿。

笑脸上传的是热情，能温暖所有人的心。

笑脸上传的是美好，表达着结交美好之人、享受美好之事、赞美美好之物的喜悦感受。

笑脸上传的是尊重与认可，是仰慕与崇拜，是友好与礼貌，是坚强与乐观，是祝福与安慰；是人品，是处世态度，是人格魅力，是成功。

笑脸有丰富的表现力，能产生极强的穿透力，有极大的影响力和极深极广的感染力。

笑脸，是一朵芳香四溢、艳丽迷人的花。

笑脸，是一首沁人心脾、动人心弦的歌。

笑脸，是代表和平友好的橄榄枝。

笑脸，是一双希望久久相握的手。

笑脸，是向疲惫的身心提供的一张床、一把椅。

笑脸，是一双期待紧紧相拥的臂膀，能拉近心与心的距离。

笑脸是一张适合各种年龄、各种情况、古往今来、国内国外的万能王牌。

接收笑脸的人，一定很开心，很快乐，很幸福。

愿人人天天都有笑脸。

2015. 12. 31

# 请给批评加点 "糖"

人常说：良药苦口利于病，忠言逆耳利于行。

记得自己很小的时候，每次生病，母亲总会将药丸放在一勺白糖的上面，连糖带药一块喂我。糖的甜味抵消了药的苦味，感觉药就不那么苦，很快吃下了。后来，发现药苦糖甜、药难咽糖好吃，就只肯吃糖，而把药吐了出来。有一次，母亲外出干活时，将药藏在勺子底部，用糖盖住，说我喜欢吃糖，专门为我准备的。当我吃糖时，不小心将药咬碎，那个苦啊，真叫人难以下咽，我就咽下了糖，吐出了药，并踩在地上。母亲回家，看到地上的两个白印迹，教训了我一通。

苦与甜是两种截然相反的味道，连小孩子都能分辨得清清楚楚，处理起来干干脆脆，何况大人呢？

若干年后，研究医药的人也发现了药丸太苦，不便患者吞咽，就给药丸外面加了一层糖衣，和母亲做法的原理基本相同。只是母亲让我将甜与苦一块吞下，而糖衣让人先尝到甜味，进到肚子之后，才有苦味。有了糖衣之后，舌头尝到的良药并不苦，而是甜味，进到肚子、胃里之后，苦味才会散发。但肚子和胃没有味觉，感知不到苦与甜。这样的良药，既不苦口，也利于病。

现在，人们已经做到了"良药爽口利于病"，那为什么不能做到"忠言顺耳利于行"呢？

我上大学的时候，教我们机械制图的老师见人总是满面笑容，说话和声细语，就连批评人，大家都爱听。

一位同学的作业做得实在不怎么样，老师看后，非但没有生气，反而表扬说她的作业做得真不错，挺用心的。只是若能把这个地方这么改一下，那个地方那么改一下，另一个地方再这么改一下，你的作业就更棒了。如果再把第四个地方改一下，把第五个地方改一下，把箭头画得再小些再尖些，把字写得再大些再工整些，你的作业就非常完美了。

同学乐滋滋地按照老师的要求认真地修改着。我看了同学的作业，听了老师的点评，感觉这个老师太有水平了，批评人竟没有出现一个让人接受不了的字眼，他那种真诚谦逊的态度，有谁不喜欢呢？

一次因去相亲，到姑姑家借了一辆崭新的自行车。由于当天下雨，车子难免沾挂泥水，还车时姑姑说："看你的样子，感觉挺好吧？如果你能将自行车上的泥水和脏东西擦一下，就能让你显得更帅气、更吸引人。"我这才恍然大悟，详细察看这辆车子。借车时车圈、辐条明光锃亮，红黄蓝相间的车架色彩缤纷，还车时车轮上附着的泥巴、杂草清晰可见，车圈、辐条灰暗无光，车头那亮丽的色彩变得黯然失色。我羞愧难当，赶忙将车子推到大门外，取了一块抹布，认真地擦洗起来。

如果这是拿我姐姐家的车子，姐姐会先劈头盖脸地大骂一通，然后逼着我去洗车。我可能满心不悦地把车子大概收拾一下，也可能回一句"一辆破自行车有啥了不起，等我有钱后，给你买辆更好的"。说完走人。

年轻时常和几个朋友在某个朋友家打麻将。那朋友的妻子见自己的爱人总是带人在家里打麻将，招数用尽，掀桌子、砸桌子、扔麻将、烧麻将，折腾了不知多少次，但她家的麻将摊一直持续着，任凭她再骂再砸再烧都无法制止。

换到另一个朋友家后，朋友的爱人回家看到自己的老公不上班竟和几个同事在家打麻将，她虽然心里感到不悦，但嘴上却笑着说："没事，你们继续玩。"几个朋友再也不像没人时那样胡喊乱叫，胡说乱骂，竟都乖巧起来，匆匆打满一圈散场走人。

小孩子有逆反心理，其实成年人同样有逆反心理。按照对逆反心理的定义，人们为了维护自尊，往往对对方的要求采取相反的态度和言行。尊重，是人的最基本需求之一，俗称"爱面子"或"顾脸面"。随意剥夺别人的自尊，给别人的脸上抹黑，谁都不会答应，都可能反抗。就像作用力与反作用力一样，如果有人讲给我们的话很难听，我们就不爱听；如果别人在我们身上打了一拳，我们可能会还击，跟他"顶牛""对着干"，甚至还会以反常的心理状态，来显示自己更"高级"，并用"非凡"的行为捍卫自己的"尊严"，这都是反作用力发挥的表现。

　　糖衣是医药工作者为了让患者吃了良药但并不苦口而发明的一项利人治病的技术，实践证明，它非常成功。

　　给批评加点"糖"，给指责加点"糖"，就是要求说者应站在听者的角度，让听者听到良言、忠言但并不逆耳的一项利人不损己的做法。只有利他，他人才愿意接受，也乐意接受。只图自己顺口、顺眼、顺习惯，再善意的批评、再有理的指责，虽然对方也知道利于行，但因其逆耳、刺耳得让人受不了，感觉不顾自己的面子，就会当众反驳回去。吃了没有糖衣的药，会嫌苦，直接吐出来。没有加"糖"，不带"甜味"的批评，也会被顶回去，双方的面子都搁不住。

　　给批评加点"糖"，绝对是个好办法。

2015.11.11

# 看桃知人

桃是每个人见过、吃过的水果。不同的人，对桃的认识各不相同。不同的认识，反映出每个人不同的层次。

层次最低的人，挑选桃子只看表层，不管其他。表皮是否光滑，色彩是否鲜艳，果形是否端正，个头是否较大等外观指标，是他们评定是否为好桃的重要标准。

第二层次的人，除了观察表层之外，还会注重内涵。桃子是酸是甜，糖分有多高，水分有多大，维生素、矿物质含量是多少等。他们重点关注桃子的味道和营养价值。

第三层次的人，在关注表层和内涵的基础上，还会观察核层，是黏核还是离核，这种桃子与另一种桃子有何不同，为何不同。

第四层次的人，还会研究桃子核仁的特点，如何构成，能否食用或药用，有无开发加工成附加值更高的衍生产品的可能等。研究什么样的核仁能生长成什么样的桃子。

第五层次的人，喜欢分析桃子生长的自然环境。什么样的纬度、经度、气候条件、土壤条件、水分条件、光照条件、温度、湿度等，探索某地能生长某种优质好桃的根源。

第六层次的人，在分析自然环境的基础上，注重研究桃子的大系统。从历史上，查看桃子的"档案"；从民俗文化上，看各地吃桃的习俗和传统；从栽种方面，看各地与众不同的品种；从销售上，看不同桃子的不同销售渠道、销量、售价；从储存保管运输上，看其独一无二的技术；从深加工方面，看其品种繁多的衍生产品等等。

第七层次的人，会研究某地某种优质桃，能否在别的地方移植。

最高层次的人，会探索如何改进、改良某种桃子，提高其外观质量、内涵营养，能否与其他水果嫁接变成新品水果。

不同层次的人，代表着不同的知识、阅历、能力、眼界、胸怀。意味着对他人、对社会、对国家的不同贡献，意味着个人不同的社会价值。

曾经红极一时的郑州亚细亚，起初发展很快，在全国建起几十个连锁分店。他们挑选分店经理的标准，就是只看外表，不管其他，如同挑桃子只管表层的人。结果选出的多数女经理长得像模特，非常迷人，只是没有多少文化，根本不懂经营，不会管理。以致开店之日便是亏损之时。这个层次是完全不懂桃子的人。

这二层次的人是社会的绝大多数。他们懂得吃桃子是吃味道、吃营养，而不是吃表皮，吃颜色。他们只懂得桃子能够食用，有营养价值，至于为什么能够食用，有什么营养价值等更多问题，他们并不关心。这个层次的人，对桃子的了解最多能达到50%，可谓一知半解，属于纯物质享受型人群。

第三层次与第四层次者，已经达到一定的高度，有相当的专业水准，对桃子本身达到近乎全面的了解，具备对桃子进行深加工、开发应用的基础条件，是创造性人才大军的预备军。

第五层次与第六层次之人，是胸怀更宽广、眼光更远大的人。他们能够站在桃子之外看桃子，从外围方面分析、研究。如果一个人能够达到既有专业深度又了解环境与系统的广度，那么他就非常全面，非常强大，是创造型人才的不二人选，是新的生产力的潜在代表。

第七层次能够移植桃子的人，是通过改变桃子的生长环境和系统，创造新桃，是桃子产量提高的创造者，是造福更多群众的奉献者。

第八层次能够改良桃子之人，是通过改变桃子的内在结构而创造新桃，是桃子质量提高的创造者，是向社会提供更优质产品的奉献者。

懂得了人的层次划分，就会明白，第一层，既无知识又无技能，是社会的纯消费者甚至是社会资源的浪费者，他们是社会的负担；第二层，知识不多、技能不足，是消耗大于或者等于创造之人，用到点子上能创造一定价值，用不到点子上，就没有创造，只有消耗；第三、四层，专业知识丰富但系统知识和技能不足，有创新潜能但难以转化成创新产品；第五、第六层，专业知识、系统知识丰富但创造动力不足、能力不强；第七层，有中等创造创新能力，是社会中等进步、小进步的推动者；第八层，有高级创造、发明、创新能力，是社会巨大进步的主要推动者。

社会进步是在第七、第八层人的推动下前进的。

爱迪生、瓦特、麦斯威尔、蔡伦、毕昇、张衡、袁隆平、孔子、老子之所以能让世代铭记，正是因为他们对人类进步做出了巨大贡献，人们在享受他们的成果的同时，自然而然会记住他们，感恩他们，他们的名字将与人类共存。

要达到第七、第八层次，没有第三、第四层次的专业深度不行，没有第五、第六层次的宏观眼光和战略思维更不行。

有理想、有抱负的年轻人，希望自己成为能创造奇迹、能留下不朽作品、能让人们永远铭记的人。那就好好读书，变成第三、第四层次者；全面训练，潜心钻研，变成第五第六层次的人；积极实践，大胆尝试，变成第七、第八层次有中高等创新能力和有创新成果之人。

当下的中国为年轻人提供了广阔的创造、创新空间。让中国产品进入世界各个角落，要靠年轻人不断地创造与创新。

当人们在享用您的创新成果之时，您的社会价值就得以体现，您的美名也会流芳百世。

2015. 9. 18

# 年轻人的软肋在哪里

年轻人充满朝气，有知识、有理想、有热情、有抱负。为了实现理想，实现抱负，充分运用自己的知识，释放自己的热情，总想很快干出一番大事业。不愿干小事、心理素质较差、急功近利是年轻人的三大软肋，是许多年轻人工作生活态度的大敌。

年轻人普遍存在的突出问题一是大事干不了，小事不愿干，眼高手低，心比天高，命比纸薄。

根子在于不能正确地认识自己，以为自己大学毕业、研究生毕业、博士毕业了，学到很多先进知识，有高强的本领，能承担起大事了，让自己干鸡毛蒜皮的小事就是埋没自己的才华，不能实现自己的人生理想和远大抱负。

他们并不知道，知识并不等于能力，书本知识更不能马上转化为实践能力。

社会是复杂的，现实中的许多事情根本不是仅仅依靠书本知识就可以解决的。现实中要运用的知识比书本上的知识要多无数倍，比如如何与人打交道，如何与不同的人沟通，如何得到别人的理解支持，如何应对突发事件，如何适应不同的环境等等。这些书本上没有的知识，只能靠一点一点、一天一天、一件一件事情的实践、观察、分析、训练、体会来积累，这种经验性知识和实践性技能没有三年五年甚至十年八年积累，根本就不够用。年轻人用热情代替科学规律和变化万千的环境，用书本知识代替经验知识和实践性技能，缺少三分之二甚至更多的实践中必须使用的东西，干大事注定会失败！

一位某名校财经专业硕士毕业生应聘到某中型国企当会计。当他得知领导他的财务科长只是大专学历时，他从内心就没瞧上老科长，表面顺从，心中满是不服。科长安排他登记材料明细账，他认为这有什么好干的，简直是埋没人才嘛！他很快完成了任务。科长指出他工作不细心、态度不端正等问题，让他重新干。他满不在乎地接过来又很快干完了。科长发现他登记的明细账比总账少了 200 多万元，问这么大的差错是你赔还是我赔？他傻眼了。科长领他到人事科结算了当月工资，让他走人。他走后万分后悔，但非常感谢科长对他的教育。

二是个人心理素质达不到社会要求。

包括热情、周到、耐心、坚强、毅力、观察、分析、判断、推理，如何与领导打交道，如何与同事打交道，如何面对困难、挫折、失败，如何面对表扬、鼓励，如何看待新单位、新业务、新同事，如何形成对工作的责任心、爱岗敬业精神等等。责任心不强、缺乏爱岗敬业精神是一些现代年轻人的通病，也是致命弱点。不爱岗就很难敬业，没有责任心，工作差错就会随时随地出现，工作有差错给单位、给同事造成的损失可能难以弥补，这些都是年轻人的知识空白点和经验欠缺点。没有经历，没有磨炼，遇到问题后就会不知所措或者胡作非为，将问题变得更为复杂。

三是急功近利，付出马上就要得到回报，小付出要求有大回报。

年轻人总想付出一份，得到两份，今天付出明天回报。这不符合自然规律，也不符合社会规律。

庄稼春种秋收，必经过播种、施肥、发芽、除草、浇水、打药、收割等半年多的时间和一步一步精心的付出才能有收获，但遇到天灾时，可能会颗粒无收。农民必须重新耕种、一天天等待，收获终会得到。

盖大楼要办理土地证、建筑规划许可证、施工许可证等各种证件手续，要先挖好地基，楼越高，地基越深，基础桩越多、越深。要通水、通电、通气，平整土地，即搞好"三通一平"。要从地基最深处一米一米地灌注桩基，直至完成大楼的全部框架。要从地平面开始一块砖一块砖地筑砌外墙，要搞外装修和内装修，要引水、电、气入户等等。高层建筑从开始动工到使用，一般需要两到三年，不是十天半个月。这两到三年中，每一天都要有进度，有达到质量要求的进度，否则，四年五年甚至十年八年也盖不起来。

主体竣工后我们还要搞装修，墙面、地面、厕所、厨房、客厅、卧室、阳台一个都不能少，灯具、家具、厨具、餐具、床上用品样样不能缺。看似简单的一套住房也得经历漫长的历程，才能从无到有适宜居住。自然界和社会上的一切事物，都有其发展规律，都不简单。

人的成长和成功比种庄稼、盖大楼、住房子要复杂得多。庄稼、大楼、房子是死的，有固定的目标和基本相同的标准。人是活的，人在成长和成功过程中要受到自己思想变化的干扰，受自己能力的限制，受周围人群的干扰甚至破坏。受自然条件的限制，受社会的限制，受所在单位、地区、行业机制、历史背景、工作环境制约。受生活习惯影响等太多太多。不断变化的目标，不确定的标准，自己对自己的影响，别人对自己的影响，环境对自己的影响，社会对自己的影响，太复杂了。年轻人看不清、搞不懂这种复杂性，认为许多事情就应当像数学计算题一样，套上公式，就能得到正确答案。大错特错，这就是年轻人的幼稚和不成熟。

不成熟是年轻人的共同特点。不成熟的人能干出很成熟、很成功的事，闻所未闻。

希望所有年轻人正视自己的软肋、弱点和不足，踏踏实实、一步一个脚印干好每一件小事，多积累经验，多学习书本上学不到的社会知识，充分接地气，把自己的朝气、热情、知识、理想、抱负融入每一件小事，增强工作责任心，用先进知识和先进理念提升干每一件小事的质量和效率，你的成长就来源于小事干得比别人好。无数个小事必然成就大家对你的认可，也是干大事取得大成功的起点！

2014. 8. 9

# 用打麻将的精神工作

笔者在网上看到一段文字"用打麻将的精神工作",颇受启发。

原文如下:"分工之后如何配合?边缘工作谁负责?这是很多企业管理中难以应付的问题。打麻将的时候,这些问题都不是问题。比如,麻将掉在地上,谁离得近谁捡;打麻将的人从不迟到,说好8点,刚到7点半就到了3个人,另一个平时舍不得打车的人马上打车,进门还会说不好意思,迟到了;打麻将的人经常夜战从不抱怨加班;打麻将的人从不抱怨工作环境不好,冬天捂着被子打,夏天光着膀子打,没桌子在纸箱上打,停电了点上蜡烛打;打麻将的人输了从不抱怨别人,只怪自己点子背!六条与九条、九万与七万,那么小的差别一摸就知道,为什么?他们用心了!"

将上述文字稍加整理,把打麻将比作一项劳动,与工作相比,可以得出以下结论:

(一)劳动纪律好。日常工作总有迟到早退、擅离岗位、开小差等情况且屡禁不止,打麻将则极少出现不遵守劳动纪律现象。

(二)劳动态度好。日常工作多干一点儿、多干一会儿就不高兴,打麻将连续奋战十几个小时从不叫苦叫累。

(三)对劳动环境要求低。日常工作时,冬天没有暖气不行,夏天没有空调不行,办公室无桌子就无法办公,停电什么也干不成。打麻将就不讲究工作条件和工作环境,甚至不讲究吃喝。吃喝晚点不要紧,吃喝差些不计较,不吃不喝照样"工作"。

(四)责任意识强。日常工作时,即使是分内工作也不一定能干好,那些责任不清的边缘工作,临时工作能推则推,多一事不如少一事。打麻将则不用分配,无须监督,各项边缘工作、临时工作都能干好。

（五）勇于承担失败后果。日常工作中，自己出现了问题、有了失误，总会抱怨别人，将责任推到别人头上。打麻将输了也很坦然，不会追着别人退钱。事实上，逼着别人承担责任、退钱也无人认账，反而会被视为"职业道德"有问题，人品不好，会被人瞧不起，以后没人愿意跟你玩。

（六）用心钻研技术、不断总结规律。日常工作钻研技术、总结规律的人越来越少。无论是简单技术还是复杂技术，一时半会儿都学不会、干不好；不管是大差别还是小差别，都难以分清。而麻将技术与规律许多人烂熟于心，倒背如流。比如，抓牌规律，"七六十三，两把抓干，七七十四，抓把留一，七八十五，掐头不数"；打牌规律，"盯上防下看对门""打大不打小，打小是傻帽儿""打孤不打靠""鸡不离西"；碰牌规律，"上碰下炸"等等。如果我们像打麻将一样，把日常工作的规律总结得如此细致、全面，将各项工作的差别像能摸出九万与七万一样，我们的工作不出成绩，老天爷都不答应。

为什么打麻将有如此巨大魅力？打麻将的精神竟让我们在工作中的表现显得如此逊色？可否将打麻将的精神移植到我们的工作中？

首先，打麻将全过程的公开、公平、公正，成员之间的平等参与，不断变化带来的乐趣是日常工作无法比拟的。

俗话说"麻将场上无父子"。作为一项竞技游戏或者叫娱乐活动，麻将的规则对所有人都适用，没有例外。工作中讲职位、讲学历、讲关系，麻将场上统统作废。全过程的公开、公平、公正，人人平等是麻将魅力的源泉之一。而无穷无尽的变化，不同的牌，不同的对手，用不同的打法，出现不同的结果，让参与者总是充满期待，充满希望，这是麻将魅力的又一源泉。

其次，打麻将者绝大多数衣食无忧，没有重大麻烦，安全有保障。

打麻将者一般身体健康，吃喝穿戴不用发愁，也没有尚未解决的麻烦事，生理需要和安全需要已经得到满足。而有些人可能有衣食方面的忧虑，有健康方面的担心，有孩子逃学、夫妻闹矛盾等方面的顾虑，他们的生理问题、安全问题没有解决，一般不去打麻将，仍然埋头工作。

第三，打麻将能更好地满足个人的社交需要，解决工作生活中解决不了的问题。

打麻将能消除孤独、寂寞，让无聊的时光有滋有味地度过，能让人忘记工作和生活中的各种烦恼，换一种环境，换一种心情；能扩大社交圈子，结识新朋友。平时工作、生活上没有多大关系的两个人，通过打麻将可以坐在一起，将原来的生人、不太熟悉的人变为熟人、朋友；能了解人，在一起打麻将时间久了，谁大方、谁吝啬、谁干脆、谁磨蹭，谁好说话、谁难说话，谁真诚、谁虚伪，谁人品好、素质高，谁人品差、素质低一清二楚。

第四，打麻将时能够受到应有的尊重，弥补工作场合受歧视、被人瞧不起之不足。

打麻将规则公平、机会均等、人人平等，让工作中总被"潜规则"、遇到好机会常常被人抢走者充分享受到了公平；让工作中论资排辈、评关系升迁、靠金钱进步等现象无容身之地。不会因为非自身的不足和失误而受到伤害，不会被歧视、被人瞧不起。无论你年长或者年幼，不管你是博士还是文盲，不考虑你是局长、处长、科长还是平头百姓，你牌打得好，就会得到赞赏，你牌风正，就能得到褒奖。人人平等，人人受到同样的尊重，在这里是有尊严地"工作"，每个人的尊重需求皆可在此得到满足。

第五，打麻将能满足自我实现需要。

麻将的无穷变化，说不清道不明的诸多不确定因素，不仅满足了人们的好奇心，也勾起了人们的猜测、分析、判断。久等不来的牌又在考验人的耐心、恒心；是否下炮，下几个炮反映着个人的胆量。只炸不和，单吊绝张又体现其勇气和决心。对胜利的期待和不懈追求，表露其信心。抓到久违的边张、卡张即使不和也很兴奋，显示其实现阶段性目标的满足。几把胜利的高兴，全局赢钱的喜悦，是能力、经验的综合，也是手气、运气的光顾。即使最终输钱，也无怨无悔，这是风险的承受和对失败的担当。打麻将的全过程就是个人素质、能力、经验、运气释放的过程，是自我实现需要满足的过程。

打麻将与工作似乎风马牛不相及甚至完全对立。如果我们换一个角度，把打麻将中所体现的人性的优点加以提取，注入工作之中，用打麻将的精神工作，我们的工作纪律、工作态度、对工作环境的要求、责任意识和承担失败后果、钻研技术、总结工作规律等各方面、各环节将会发生翻天覆地的变化。

2013.5.29

# 用弯腰对付蔑视

当我们陷入人生最低谷的时候，有时会招致一些无端的蔑视；当我们处在苦苦挣扎的关头，有时会遇到肆意践踏你尊严的人。

针锋相对是我们的本能反应。但蔑视者、践踏别人尊严者本来就不是什么良善之人。他们缺知少教，习惯将自己的快乐建立在别人的痛苦之上。你的反抗会给他们提供进一步整治的借口，他们的蔑视和践踏会变本加厉。

人在屋檐下，不得不低头，能屈能伸才是大丈夫。

柿子专挑软的捏，欺软怕硬是人的本能。因为世上有君子，也有小人，况且君子较少小人居多。

处于社会底层的人，是社会上永远的软柿子。农民、农民工、乞丐、拾荒者、流浪者、残疾人、智障人士就是社会底层的软柿子，常常受到歧视、蔑视，甚至人格被侮辱、尊严被践踏。

处在社会中高层之人，在危难之时、低谷之际，也会成为同类人中的软柿子，也会经历底层人士的遭遇。

软柿子硬度不够，但很醒目，一眼就能看出。软人，能力不足、关系不硬、地位不高、财产不多，穿着土气，说话俗气，行为带点匪气。有时一眼就能看出，有时相处之后就能分辨。软人常常会被那些自认为能力强、关系硬、地位高、财富多者蔑视、欺辱，甚至践踏尊严、侮辱人格。

在施加恶行换得自己高兴者眼里，侮辱别人，便能证明自己更有本事、更有尊严和地位，能长自己的志气，灭他人的威风。但是他们却不敢用这种方法对付比自己本事大、关系硬、地位高、财富多者，那样风险太高，搞不好会自取其辱，还可能给自己带来意想不到的麻烦。

面对蔑视和羞辱，有两种应对方法。

一是以牙还牙，针锋相对。但对各方面处于弱势的人而言，讨不到任何便宜，反倒会让对方借题发挥，自己的尊严和面子丧失得会更彻底，这不是明智之选。

二是甘拜下风，忍辱负重，以图日后东山再起。

甘拜下风就是承认自己不如别人的现实，承认自己是弱者，向对方举起白旗，缴械投降。大家都有同情弱者的情怀，战场上不能虐待俘虏，生活中也不能欺辱弱者，这是最基本的人性要求。

这也是顺其自然、顺势而为的表现。明明自己属于弱者，还不承认，不服气，非得等别人通过欺辱等方法证明后，才认账，这也是部分弱者自找的结果。

在甘拜下风的同时，如果我们真有自尊、自信，就应当暗下决心，将耻辱记在心间，以它为动力，增强自己的能力，扩充自己的实力，积攒自己的人脉，提高自己的地位。

暂时承认是弱者、是输家，为的是摆脱欺辱，为自己赢得安全的环境，赢得发展的时间和空间。弱者应当以谦逊的态度请求别人帮忙，借强者之势、之资源、之人脉扩底子、强身子、健脑子。

强者不会恒强，弱者也不会恒弱。尊重和崇拜强者是任何社会都不会改变的规律，弱者只能得到少许同情，根本得不到尊重和崇拜，这也是所有社会的规律。

暂时的低头弯腰为的是以后长久的抬头、直腰。不弯腰可能会被折弯，不低头可能会碰破头。越王勾践卧薪尝胆，换来的是吴国的灭亡，否则可能就是越国的灭亡。韩信接受胯下之辱，之后才成为名扬天下的大将军。如果他当时不受辱，可能连命都保不住。

低头弯腰的核心目的在于日后能抬头直腰。如果一味低下去、弯下去，就失去了低头弯腰的意义，就会过着永久没有地位、没有尊严的生活。

请记住，暂时弯下的是腰，但抬起来的，却是你无价的尊严。

**2016. 1. 11**

# 耐心是治急性子病的良方

年轻的母亲欲验证教子有方的成果，把两个苹果喜滋滋地给了年幼的儿子。接下来，她等待儿子把一个苹果送给妈妈。可是儿子接过苹果后，看都不看她一眼，就一个苹果咬了一口，年轻的母亲非常伤心，正要发怒呵斥儿子的自私贪婪。谁知就在这时候，幼稚的儿子细声细语地说：妈，你吃这个苹果，我尝过了，不酸！妈妈的眼泪瞬间就流了下来。

某领导有个习惯，一个事情考虑到七八成，就认为可以干了。下属干着干着，出现了他没有预料到的问题，他批评下属无能，把事情给办砸了，要求谁办砸谁收拾残局，自己撒手不管。后来下属都不敢听他的话，他极不高兴。

有些人性子很急，安排的事情总想立竿见影。别人稍慢一点儿，他就不耐烦，就接二连三地催促，看不到结果就乱发脾气。

苹果生长不足期，吃起来又涩又酸；猪饲养的时间太短，肉吃起来就不香；孩子孕期不足，叫早产，生下来就不健康甚至可能夭折；说话太快，别人没听清楚，就很难理解所说的内容；唱歌要换气，不能一口气唱完一首歌；说话要等对方讲完，才能做出正确判断。

时间是世界上一切事物存在的必要条件。没有足够的生长时间，世间万物就无法成熟。办事情需要时间，没有足够的时间，事情就办不完、办不好。

人们常说，心急吃不了热豆腐。心急听不到全过程，领会不了全部意思，执行中就会产生误操作，误操作就会出现不希望看到的结果。

有时候，我们之所以愤怒，是因为没有时间、没有耐心等一个答案。

耐心，就是给对方留足思考的时间、消化的时间、准备的时间、执行的时间，就是不要企图马上得到答案。

在思考不成熟、消化不彻底、准备不充足、执行不完全的情况下，给出的答案、拿出的结果肯定让各方均不满意。

提问者焦急，就会给解答者在时间上压缩，有时没等对方说完，就急于插话、急于下结论，结果就误会了对方。

汇报者往往级别低、资历浅，上级让停不敢不停，上级插话不能不让插，上级误会得出了错误结论，下级有时还不敢申辩、不能申辩。误会得不到及时纠正，上级不知道，但下级心里会不服气，总觉得冤枉、不舒服。

错误结论一旦得出，随后就可能有批评、责罚等一系列动作，将错误结论扩大化，错误地影响现实化，将"错误"与被错误者的利益挂起了钩。由于领导的错误导致下级受到无端责罚，下级肯定不满，会认定领导在有意找茬，故意刁难自己，部下与领导的隔阂由此产生。若能很快找机会说清、纠正，隔阂才能部分消除而不能完全清除。若无机会，两人的矛盾便在不知不觉中产生。若出现第二次、第三次类似现象，双方的矛盾便很难化解。

急性子的人永远会着急，连续犯两次、三次错误的概率很大。慢性子、性格内向的人一般会将这种错误、隔阂、矛盾藏在心里，这两种性格的人在一起，矛盾就难以避免。

性格是带有先天性因素的个性特质，每个人都有其不同的性格特点，由此可能产生与性格相关的问题和缺点。克服和弥补性格缺陷只要能对症下药，比如治急性子病多服耐心这服中药，一定会有很好的疗效。

2016. 1. 11

# 中国人为什么喜欢大声说话

中国人在公共场合大声说话，让外国人很不满，中国年轻人也不理解，这是为什么呢？

中国人为什么喜欢大声说话？

首先从中国的历史传统、习惯形成说起。

大声说话的传统首先来自农村。

中国地大，地形复杂，通信基本靠吼，是几千年中国农民的习惯和传统。不大声点，对面山上人听不见，旁边地里的人听不清，就是放牛放羊，声小了，牛羊也听不到，信息传送失败，难以起到沟通交流的作用。

大声说话的传统其次来自军队。

军人以服从命令为天职，军令如山。军令就是军人行动的指挥枪，声小一点，成千上万的士兵根本听不见，军令传不出、传不远、传不清，如何让战士执行？声大代表有底气，有力气，有威慑力，有感召力。表明动员有效果，命令很清晰、很准确、很公开，可以相互监督，有利于命令的贯彻执行。

农民、军人进城后，变成工人、干部。但几十年形成的大声说话的传统并没有因为身份改变而自然改变，有时一辈子也改不了。

进入工厂后，许多矿山、工厂的机器震山响，不大声点，对工友说出的话就会被机器声淹没。

进入商业系统当销售员，给别人卖东西，要大声吆喝，顾客才知道你在卖什么，才有生意。

当了干部，要经常开会，给大家讲话、发号施令，就像军官一样，台上声太小，底下根本听不见。

在中国，过去的大喇叭、扩音器，现在的音响、话筒，都是为大声说话准备的，小声说话根本不需要这些。

第二，中国的传统理念崇尚大声说话。

在中国的传统观念中，声音洪亮是豪爽、自信、有人格魅力的象征。小声说话被视为不光明正大，是搞阴谋诡计。咬耳朵、窃窃私语、交头接耳，是不雅、不正大、不磊落的表现。

第三，大声说话代表有身份、有钱、有理、有英雄气概。

领导人的嗓音都比较洪亮、高亢、有气势，那是一种资本、一种身份、一种能力。有钱人说话声音比较大，财大气粗嘛。有理时，人的说话声音较大，要让大家知道，理在我这边，不在他那边，大家都要支持我，理直气壮也。声大，能代表英雄气概。张飞一声大吼，吓退八十三万曹军。能以毒攻毒，若我声小别人声大，我就会处于被动，处于劣势。

现在我们的生活方式改变了，国际交流频繁了，国内的许多城市国际化进程加快了，适合大声说话的土壤越来越少。但因此就否定中国人大声说话的传统和习惯，扭转国人几千年崇尚大声说话的文化和理念，认为大声说话者素质低，恐怕有失公允。

大声说话的文化、传统、理念、习惯，是在中国的土地上养成的，适合中国广大的农村地区，适合多数工厂、多数商圈，适合多数中国百姓。当然它不适合外国的某些场所，不适合北京、上海、广州、深圳等国际化程度较高的地区。遇到不适合大声说话的少数地区，我们适当予以注意，别干扰他人、妨碍他人就行。

2013.9.9

# 不守交规　性命堪忧

交通规则是人们出行安全的防护网和守护神，守之则安全，践踏之则有性命之虞。

笔者曾经吃过不遵守交通规则的苦头，两次差点儿丢了小命。

第一次大约在 1986 年。上大学期间，笔者借了同学一辆自行车，去位于西安市西五路兴盛里的亲戚家。

骑车走到西五路路北，需横穿马路才能到达路南的兴盛里巷。那时街上车辆很少，人行斑马线也不多。看见大马路空荡荡的，我就用力蹬车横穿马路。刚走没几步，一辆外地牌照的小货车由东向西慢悠悠开着，司机边走边欣赏风景。只听刺啦一声，我的自行车屁股让货车挂了一下，车打了个趔趄。好在是轻擦，人没倒。我急忙用力朝南蹬。由西向东开来一辆公交车，只见公交车司机猛踩刹车，大骂"你不想活啦！"我在公交车身前大概一米左右冲了过去。刚要松口气，公交车背后又有一辆摩托车，又是刺啦一声，摩托车的头部蹭到了自行车尾部。我的魂都吓没了。到亲戚家吃过饭，怎么也找不到自行车钥匙。原来，钥匙一直在车上，几个小时竟没人发现。

第二次大约在 1998 年。我周末要去位于东二环的西安理工大学听课。因儿子得了腮腺炎，我需先送他到医院。看病的人比较多，回家后去上课，时间有点儿紧张。我骑着小摩托车，一路不断加速。

骑到东二环与咸宁路十字，绿灯刚亮，我加大油门。不料一辆右转的大货车车头已经横在我眼前，我急忙猛踩刹车，摩托车一下子把我扔出去两米多远，摔在人行道旁。当时手上、肘部、腿上直流血，右腿上扎满了马路上的碎石子，半天弄不下来。右小腿蹭地之处皮掉血红，就像汽车的刹车印痕一样。旁边的好心人扶我坐到人行道沿上，将车扶起，放在我身旁。他们递给我很多餐巾纸，全都被血染红。我想站起来向大伙儿表示感谢，谁知那种钻心的疼痛开始发作，根本站不起来。

虽说没有伤筋动骨，但这点小伤也折腾得我半个月不能上班。幸运的是，当时自己比较年轻，脑子反应很快。如果刹车稍微慢一点点，我就钻到大货车车轮下了……

两次教训，让我对交通规则的认识更加深刻，遵守交通规则的自觉性也大大提高。

我的三位老同事、一个本家嫂子、一个同学还有几个同事、同学的亲人，均因交通事故遇难。

有多少曾经的能人、富人，就因一次交通事故，家破人亡，妻离子散，全家的命运从此发生了逆转。

交通事故是全世界公认的人类第一杀手。在限制酒驾前，我国的交通事故死亡的人数每年均在 10 万人以上，如今也有七八万之多。全国每年因交通事故死亡的人数一直高居各种死亡事故榜首。

逆行、高速公路上倒车、闯红灯、醉驾、无证驾驶、超速、超载、超限、肇事逃逸等，是制造人间悲剧最直接、最严重、最恶性的交通违法行为。遵守交通规则，是给他人安全，给自己安全，更是给家人的安全和幸福。

2015. 2. 24

# 交规方向限定的人生启示

交通规则中关于方向的限定有两种：

一是对前后行为的限定。包括只能向前、不能向后和不能向前、只能停止等待。

对于相同方向的车辆，要求只能向前、不能向后，不能倒着走，即不允许逆行。

如果前进过程中遇到十字路口、丁字路口，遇到有其他方向的车辆和行人，则必须停止，等待该方向的车辆和行人走完后方可继续，否则就会与其他方向的车辆、行人相撞。

为了能让驾驶人员更好地识别垂直方向是否需要停止、何时停止、停止多长时间，人们发明了红绿灯，要求红灯停绿灯行。

假若人们无视此条规则，偏要逆行，硬要闯红灯，等待他们的可能就是医院和另外的世界。

二是对左右行为的限定。人、非机动车、客车、货车各行其道，是左右方向的第一规则，也是基本要求。某些路段绝对要各行其道，某些路段可以变道，但变道前要打招呼，要"说话"，要告知其他同行者。不能强行变道，不能猛拐硬插。

车灯是汽车的语言系统。车灯"说话"了，其他车辆就能听懂，就知道你的车要干什么，就会与你配合，互不碍事，大家都安全。

如果你不打招呼就随意变道，猛拐硬插，其他司机来不及反应，就可能发生碰撞，严重者可能会引发连环相撞，几十辆车追尾。别人的人车受损，你的损失会更大。这种损失，可能你终身赔不起！不仅是钱，还有良心！

左右规则的第二个要求是，不能驶出公路界。即不能跑到公路两边的白实线之外。跑出内道白实线，就可能撞上中央隔离带，可能跑入另外一个方向的车道，就是逆行；跑出外道白实线，就会走到路肩、滑向排水沟、掉进河里、摔到沟里、撞到山上。

左右规则的第三个要求是，不能在紧急停车带行车，即不能在生命救援通道上行驶。占用生命通道，等于抢夺了他人生命救治的希望和机会。

人生的前后方向，也是只能向前走、不能向后，不能倒着走，不允许逆行。

向前走，就是沿着真善美的方向行事，只能做善事、做好事、做实事、说真话，为自己和社会的美好而行动。

向后走、逆行，则是朝着假恶丑的方向行进。为了能让人们更清楚什么是好事，什么是坏事，国家制定了许多法律、法规，我们的老祖先制定了许多道德规范，这就是人们行为的红绿灯、白实线、黄实线。

人生的红灯就是法律、法规、党纪、制度；人生的白实线就是道德。人生向前的指路明灯和最终正确方向，就是共产主义的崇高信仰。违法、违纪、违反制度就是逆行。不忠不孝、不仁不义、无礼无信、少廉寡耻、无智不悌就是偏离了正道，跑出了人生的白实线、黄实线，撞墙、掉进河里、摔到沟里，那是迟早的事。

依法依规依纪行事，走在仁义礼智信孝悌忠廉荣的道德白实线、法纪制度黄实线之内，恪守红灯停绿灯行规则，你的人生才不会肇事，工作、生活才可能减少停工大修，才可能避免进监狱、见阎王。

各行其道就是各司其职、各尽其责，不越权、不推责。沟通、协商是人的本能，它比"车灯语言"要丰富得多。

用它"打招呼"，变道、请求帮助、寻求了解、恳求理解、祈求谅解，人生之路走起来就顺畅得多。用好自己的权、得自己应得之利，尽好自己的责、干好自己该干的事，才能避免人生之险。

2015. 2. 25

# 交规大小限定的人生启示

交通规则中，关于大小限定主要包括超速、超载、超限三个方面。

超速就是超出规定的速度限制。

"十次肇事九次快"，超速是引发交通事故的最主要原因。随着我国高速公路、一级公路、二级公路等高等级公路的通车里程不断增加，路况改善为提高行驶速度提供了硬件保障，加之现在的车辆性能越来越好，人们快速出行的愿望得以实现。

但是，高等级公路毕竟只占少数，还有许多山区路、桥路、弯道、坡道、隧道、涵洞；及雨雪雾霜天气，容易发生路上交通事故。

车辆限速，是交警部门根据公路等级、路况、天气、灾害等情况做出的安全车速规定。我们不能把所有的公路都当高速肆意飞奔，如果车速不减，超速行驶，出现紧急情况就刹不住车，就可能出事。

超载就是超出货车载重量、客车载客量。若设计载重量为10吨，装了30吨、50吨，车受不了，会抛锚，会刹不住；桥受不了，会被压断或者压伤；人受不了，会被处罚、可能开不好车，有三重安全隐患。客车超载，同样会给车辆、司机、乘客带来多重安全隐患。

超限就是超过了规定的装载高度、长度、宽度。超高会被卡在桥洞中，超长转弯很危险，超宽妨碍其他车辆通行，都存在极大的安全隐患。

人生中的超速表现主要有：

升得太快。其实自己并没有相应的能力干起来也很费劲。到头来坑了自己，害了单位和社会。

富得太快。靠非法或不正当手段、方法短期致富，一定不会长久。

红得太快。一露成名、一脱成名、一睡成名、一歌成名、一炒成名等，估计也不会有好果子吃。

车辆超速不安全，人生超速同样不安全。"一口吃不下一个蒸馍"，万丈高楼需要一砖一瓦去盖，量变到一定程度才能发生质变，也必定发生质变。那些鼓吹并追求快速致富、快速成名、快速成功的言行，不符合社会发展规律，迟早会遭到惩罚。

超载超限的目的，就是想少拉一趟降成本，多挣才是核心，这叫贪得无厌。能吃一个馍，硬塞两个，是贪吃；能背 100 斤粮非要背 200 斤，是不自量力。

凡事皆有限度，凡人同样有限度。

身高不同，衣服的大小有限度；出身不同，成长的环境有限度；学识不同，认识问题的水平有限度；阅历不同，处理问题的方法有限度。

客观存在着许多限制条件的我们，主观上却不讲限度，只要求别人有自己也得有，别人有多少，自己要与别人一样甚至比别人更多。这与不分高速低速、不管平路坡道、不顾转弯直行、不论天晴下雪、不问路通路堵，都开 100 码飞奔，有何分别？

超出自己限度的要求就是不合理的要求，就是贪。

贪的危害有多大，相信诸君都很清楚。

2015. 2. 27

# 服饰语言

老话说：吃饭穿衣亮家当，人靠衣裳马靠鞍，三分长相七分打扮。都表明服饰对人的重要作用。

其实服饰的作用远远不止这些。那些与我们每个人形影不离、终生相伴的服饰，我们似乎了如指掌，但多数人只知道一些皮毛。服饰作为一种"语言"，能发出许多"声音"，能传出非常丰富的信息，能"出卖"你的身份、泄露你内心不为人知的秘密。

笔者通过观察分析，现将从服饰语言中看到、听到的二十余种"情报"列举出来，供大家参考。

1. 职业信息：服饰透露你所从事的职业。警察、武警、解放军、海关、城管、税务、保安等，无须我做介绍，见服饰知职业。

2. 行业信息：邮政、铁路、民航、冶金、纺织、石油、公交，看到服饰就可知所在行业。

3. 地区信息：寒冷的东北、炎热的海南、秀美的苏浙，黄土高原、辽阔的草原，不同地区均有各自独特的服饰标志。

4. 民族信息：藏族、维吾尔族、哈萨克族、蒙古族、回族、达斡尔族、傣族、苗族、壮族、彝族等，看到服饰就能区分。

5. 宗教信息：和尚服、佛珠、观音表明为佛教信徒；道袍、道士帽为道教人士；白布帽、头裹白纱巾是伊斯兰教徒，还有戴着十字架的基督教徒等，都表明了不同的宗教信仰。

6. 经济状况信息：吃饭穿衣亮家当，家当就是经济状况，这是人们最熟悉最常用的信息。

7. 性别、年龄、体形信息：不用看正面，仅从侧面、背面看服饰，就能知道性别、年龄段、体形等外在信息。

8. **身份信息**：服饰可以大致区分某个人从政、从学、从商，是大官、大知识分子还是大款，是白领、蓝领还是灰领。

9. **地位与级别信息**：古代帝王穿黄袍戴皇冠，明朝时文官服饰上有 10 种"飞禽"，飞禽越高贵，代表官员的级别越高、地位越高；武将服饰有 9 种"走兽"，走兽越凶残，表示级别越高、官越大。古代将尊贵和凶猛作为文官和武官的追求目标，很科学，能体现文官不贪财，武将不惜死的用人标准，有为社会当好表率、引领社会风气向好的巨大作用。这样的服饰时刻提醒文官要像仙鹤般高贵，武将需像狮子一样勇猛，发挥各自的表率和模范作用。

10. **权利责任信息**：公共场所出现打架斗殴、小偷小摸等影响公共秩序和他人利益现象时，穿警服、军服等制服者如果在场，就得出面制止；在马路上开车，有交警执勤，司机就不敢插队、闯红灯、乱停乱放；街道上摆摊设点的小商小贩，看见城管就会急忙收拾东西走人。

11. **运动信息**：登山服、滑雪服、武术服、柔道服、体操服等，各种运动服饰告诉大家穿着者所从事的运动项目。

12. **家庭教养信息**：打扮凶残、怪诞、袒胸露乳、浓妆艳抹、奇装异服者，基本可以肯定，他（她）没有受到过良好的家庭教育。

13. **消费理念信息**：宁缺毋滥者与宁滥毋缺者服饰不同。有人喜欢每月花 100 元买两件衣服，追求月月都有新衣穿；有人每年只买一件衣服，花费 1200 元。有人看见自己喜欢的东西就买，无论贵贱，哪怕柜子装不下，哪怕鞋子有几十双、裙子有几十条、包有几十个，有好的还要买；有人看见降价打折的就赶紧抢，生怕抢不到吃亏；有人喜欢穿名牌，非名牌不要，非高档货不买；有人没钱也要穿名牌，借钱也得买；有人追求名牌，即使假名牌也高兴，最爱高仿；有人本着有钱不置半年闲，不需不买；有人专挑半年闲、一年闲的东西，认为过季促销、库存积压处理最实惠。

14. **审美情趣信息**：服饰是对人的装饰，其目标是让自己更美丽、更漂亮、更帅气、更潇洒。选择服饰的直接目标是让瘦人变精神、胖人变富态、高个显魁梧、干练，矮个变精干、小巧玲珑。

美的标准虽然因人而异，但公认的美是要符合真、符合善的要求，符合传统的道德规范，适合自己的身体条件、工作与生活环境、地区文化与社会环境。"进口"的理念、服饰，常常会水土不服。

15. 习惯信息：服饰能告诉我们不同的人不同的生活习惯。有的人服饰无论新旧、无论值钱与否，总是周周正正、平平展展、干干净净；有的人则时常皱皱巴巴，脏兮兮。爱干净、很勤快者的生活习惯，与不太讲究、不修边幅、懒惰者的习惯，从服饰便可知一二；有人喜欢简单，有人偏爱复杂；有人崇尚节俭，有人追求奢华，服饰可以展示各人的不同习惯。

16. 性格信息：外向的人容易接受新鲜事物，喜欢追求时尚、前卫、新潮，服饰也表现得比较时尚、前卫、张扬；内向的人比较传统、保守，一般难以接受非传统的东西，服饰则比较规矩、传统甚至比较保守。

17. 心态信息：乐观者心态健康、阳光，服饰颜色较为靓丽，款式较为简单、自然、随意；悲观者心态消极、失落，服饰颜色则较为灰暗，款式较为复杂、奇怪。

18. 其他特殊信息：各种戏曲所用的戏服、乐队指挥的燕尾服、新娘的婚礼服、办丧事时穿的孝服、妇女怀孕期间穿的孕妇装和防辐射服、医生的手术服、航空员的航空服、航天员的航天服等，均能提供特殊、特定的信息。

提笔之前，笔者对服饰语言的内涵和外延初有所悟，真正动手以后，越写越感到服饰语言的丰富和深奥。服饰语言的表面信息容易捕捉，内涵也比较浅显，而有关其能提供地位与级别、权利与责任、家庭教养、文化阅历、消费理念、审美情趣、习惯性格、心态等的"话外之音"的功能，有人称之为服饰文化。这种文化的深度、广度还有待开发，服饰文化与现实生活、生存状态关系研究，目前似乎还不够，还有许多空白，等待专家学者去深挖、去填补。笔者很乐意成为这项空白填补的追随者、协助者。

2015.7.12

# 智慧凝结 "八大怪"

人说陕西八大怪
不问缘由会想歪
秦山秦水秦喜爱
秦人智慧怪中埋

陕西面条像裤带
麦好面筋形有派
一根一碗盛起来
耐饥省事最实在

陕西锅盔像锅盖
乾陵军士挺有才
头盔烙饼多又快
厚大酥脆久不坏

陕西房子半边盖
以墙为梁省木材
房浅室内有光采
雨水流进院中来

油泼辣子一道菜
方便实惠把肉代

夹馍调面把胃开
外红里香招人爱

凳子不坐蹲起来
坐下腰窝胸憋碍
站立腰疼腿摇摆
蹲着有劲更补钙

陕西帕帕头上戴
防尘防风防日晒
擦脸擦手包装袋
七大功用很出彩

陕西唱戏吼起来
百戏秦腔祖师太
游艺献帝表衷怀
高亢激情最豪迈

陕西姑娘不对外
皇天后土育宠爱
知书达理香玉宅
何赴异乡受苦灾

都说陕西八大怪
千年文明它承载
东方古都展风采
一城文化陕西牌

2014. 2. 14

# 两个鸡蛋与一条人命 （小小说）

几年前，陕西渭北，有这么一家人，遇到了这么一些事。故事的主人公是一位"90后"姑娘，全家六口人：奶奶、父亲、母亲、她、弟弟、妹妹。

父亲患有先天性心脏病，不能承担重体力劳动，只能靠种苹果、做木匠活为生；母患脑血管病，整天头昏脑涨。

她小学没毕业就帮家里干活，弟弟只读到高中，妹妹还在上学。

这一年夏天，父病重，只能喝稀饭。为了给父亲增加营养，她买了鸡蛋，每天给父亲做鸡蛋拌汤，这算是家中最好的饭食，除了父亲，谁也不能吃。

这一年秋天，母病突发，急需住院，手术费需20多万元，她瞒着父亲，四处借钱。

她去找舅舅。舅舅家很有钱，有好几个企业。

她从小就感受过舅舅一家人对她们家人的歧视。舅舅一家老小没有正眼看过她们家人，也从没和颜悦色地与她们家人说过话，包括对她的父亲、母亲。看到她们家人，舅舅一家人像碰上乞丐前来行乞，更像遇到强盗那样提防。她从小就对舅舅一家人看不惯，也很少到舅舅家去，两家人有好多年都没有来往了。

虽然有一百个不情愿，虽然知道看人脸色、向人家借钱是一件非常痛苦的事情，虽然知道等待她的是舅舅的辱骂，舅妈的讽刺挖苦，表弟的嘲笑、讥讽，但想到毕竟是舅舅的亲姐姐住院，舅舅一定会念在同胞兄妹的情分上，在人命关天的当口，肯定会伸出援手，救自己的姐姐一命，救出在苦难的生活中煎熬多年的外甥女、外甥，还有体弱的姐夫。

然而，她彻底失望了。

她又去找比较有钱的姑姑。姑姑家是远近闻名的富户，城里有几套房，家里有几辆小车。

姑姑平日经常教导她和弟妹做人的道理，教他们要学会善良、学会宽容、学会孝顺、学会坚持、学会忍耐、学会自强，这一切，她和弟弟妹妹都做到了。

可是，到姑姑家她又失望了！

姑姑在金钱面前似乎也变成了傻子，她教会侄子侄女们做人做事的道理后，自己竟然全忘了！

为了赚更多的钱，姑姑竟然忘了自己还有一位年近八旬的母亲，一位患有先天性心脏病不能干重活的哥哥。

姑姑知道自己的母亲一生过得很清苦，为了生活，不得不一年到头不停地辛勤劳作。然而，姑姑没有孝心，更没有孝行，只是逢年过节象征性地给母亲送礼、拜年，从没问过哥哥的病情。

父亲40岁生日那天，领回来一个饿得面黄肌瘦、没有一点儿精神的男人。

这个男人是在村中长年收苹果的客商，因被盗，身无分文。看着他憔悴的样子，父亲把他领回家中，叫她给客商做饭，并叮嘱必须炒两个鸡蛋给客商吃。

她极不情愿，家中只剩下两个鸡蛋，这是给父亲保命的鸡蛋，除了父亲，谁也不许吃！如今父亲却要拿给一个毫不相干的外地人吃、一个贩苹果的商人吃！

为了不惹父亲生气，她照父亲的话，热情款待了客商。

之后，她又去了几个亲戚家借钱，每次都是空手而归。

陷入绝望的她已是一筹莫展。她怕父亲知道，就一个人在大门外剥玉米。双手剥着玉米，神情显得恍惚，眼中的泪水止不住地往下流。

她盘算着，下面第一步，再找一起工作过的同事、同学借借；第二步，让弟弟找朋友和同事借一部分；第三步，她和弟弟去卖血；第四步，捐献自己的肾和其他器官。这样下来母亲的住院费应该不成问题。

她一边剥玉米、一边流泪的样子被专程来道谢的那位苹果商看到了。苹果商知道了事情的缘由。

你们家的日子非常清苦，可以说是我见过的最贫穷的家庭，但你们的精神让我感动。你和你父亲是现今社会上少有的善良之人，你们的慷慨和无私，我这辈子都不会忘记，必须报答你们！

我的钱被偷、饿得两眼发昏，村上那么多人没有人主动给我东西吃，你的父亲却把我拉到你们家中让我饱吃一顿，这是何等的善良！现在你母亲在省城住院需要手术费 20 多万元，我最近苹果生意不是太好，手头资金并不宽裕，我给你们 10 万元，不要你们还。我资助的是善良、孝顺、爱心和无私。

母亲手术之际，父亲一个人在家，胸口疼得无法忍受。他知道了妻子做手术需要 20 多万元，自己的病还不知道要花多少钱。为了不给子女增加负担，父亲在生日的当天，喝下了一瓶农药，自尽了，时年 42 岁，她 20 岁。

母亲手术较为成功，保住了命，但成了偏瘫，只能躺在炕上度过余生，每天吃药、按摩、喂饭、翻身、端屎倒尿，都由她和弟弟轮流侍候母亲，同时还要照顾年近八旬的奶奶。

她暗自下决心，要带好弟弟妹妹，还清苹果商的捐款。

她雇自己的小姨专门照顾母亲、奶奶，每月给小姨发工资。自己和弟弟出来打工，欠款正在按计划清还中……

2014. 7. 13

# 时间的特点和规律

时间和空间是自然界赋予人类的宝贵资源。人类的生存、发展离不开这两大要素。人类的许多观念是建立在时空概念基础之上的。正确认识时间，科学把握时间的规律，有助于我们更好地工作生活。

时间具有如下特点：

1. 公平性：在时间供应方面，任何人都一样多，时间的供给没有弹性。不管对时间的需求有多大，供给绝不可能增加，也不会减少。

2. 不可替代性：在各项主要资源中，资金、材料、人员可以相互借用、替代，只有时间借不到、租不到、买不到。

3. 无法贮存、不能预支、不可逆转。昨天的时间永远不再回来，今天的时间留不住，明天的时间今天无法享用。时间只会朝前走，不能停，更不可能倒退。

时间的规律：

1. 必备性规律：任何人做任何事情都需要时间，时间是人类生存的必备条件之一。

2. 递减规律：时间是运动的，且只会朝未来一个方向走。

每年、每月、每天、每时、每分、每秒，时间在永不停止地减少。

3. 供需不平衡规律：时间供应量不变，但对时间的需求，不同的人、不同的事有所不同；相同的人干不同的事，用时不同。不同的人干相同的事，对时间的需求不同。

人们休息或娱乐时，总感到时间过得太快，一小时似乎变短了；参加竞赛和考试时，觉得时间过得更快，一小时缩短更多；人们工作和开会时，觉得时间变长了，一小时总过不完；人们躺在病床上，度日如年。这是思维把不变之时的"间"隔放大或缩小了，出现了供需不平衡，时间自身并没有改变。

4. 时间利用关系式：总时间 = 休息时间 + 工作时间

工作时间 = 有效工作时间 + 无效工作时间。

5. "脚""头"用时规律：用"脚"时间越多，用"头"时间越少；用"头"时间越多，用"脚"时间越少。用"脚"走不通的路，"头"可以走通。

6. 工作最低保障时间规律：每项工作必有最低保障时间要求，若用时少于最低保障线，该项工作一定做不好，原已花费的时间就是浪费，必须重新再做，又要浪费一次时间。

海南大米一年产三季，就不好吃，主要当饲料；东北大米、新疆小麦生产周期长，五常大米、新疆拉条子名满天下，这是植物生长最低保障时间的生动例子。

7. 最有效工作时间规律：研究表明，成年人的有效工作时间为 90 分钟，超过它则效率下降，少于它则难以完成。

8. 时间分割与整合规律：把整块时间分割成许多项零碎时间没有用处，等于没有时间；把若干段零碎时间整合成一个整块时间，可办几件大事。

将各种会议集中在每月某日或每周一次召开，就是时间整合规律的应用。

9. 领导的时间规律：其一，领导自己可以支配的时间与职位高低成反比。其二，组织规模越大，领导实际可掌握的时间越少。其三，部门人数越多，部门领导协调关系所用时间越多，有效工作时间越少。

管理好时间是管理好自己的前提，也是搞好自己生活和工作的前提。个人品德培养、知识积累、技能提高、作用发挥、成就展示，都需要时间。

人的生命有起始和终结，每个事件有起始和终结，人无第二个 18 岁，事无第二次在同一刻出现。要懂得抓住时机，在适当时间干好适当的事；要学会用头脑节省时间，要善于整合零碎时间，你的人生效率才会更高，效益才会更好，你的生活质量、幸福指数才会有更大提升。

2016. 3. 17

# 第五辑

## 道德 幸福的爹娘

# 善良是人类共同道德之根

真善美是全人类追求的共同目标，古今中外，概莫能外。

真是善的最低要求和最基本表现。客观反映自然界的状态及其变化，真实表白自己的内心世界，不夸大，不缩小，有一说一，是啥说啥就是真。善意的谎言本质上属于善，不是恶。假牙、假发、假肢、假花、假山等，明确告诉大家这不是真的，所以不属于欺骗。造假牙、假发的目的，是出于善和美而非恶与丑。真始于善。

美是善的影子。人们化妆打扮，装修、装饰、装潢，用文字、语言、声音、动作、图画描述自然和社会，虽然含有夸大或缩小的成分，其目的是为了清晰明了醒目地告诉大家：自然界很美，要热爱自然，保护自然，从自然中获得享受；要热情投入社会生活，服务社会、奉献社会，从社会中获取快乐和幸福。

中国优秀传统道德：孝、悌、忠、信、礼、义、廉、耻，无一不以善为根基。

仁相当于善。按字面解释，仁就是两个人在一起，用对方的思想来衡量自己的言行，符合对方要求则为仁，不符合则为不仁。推而及之，如果把对方变成周围的所有人，自己的言行多数人乐于接受，则为仁，不接受则为不仁。

信接近于真，但信与真不同。真是指自己的言行符合实际，信是别人对你的言行是否符合实际的认可程度。真是单程票，信为双程票。

义是善的升华。繁体"義"字是指为了实现美好，我可以做你的垫脚石，为你铺路，助你升迁，甚至可以牺牲我自己。义是大善，是忘我和无我之善。

孝、悌、忠、信是善心善行用在不同人群中的不同要求。

孝指对父母长辈行善的言行。百善孝为先，孝是人间排在第一位的善行，做不到对父母、对自己有大恩之人尽孝，就很难做到对父母之外、对自己没有恩德之人的行善。

悌是对同辈、对兄弟的善行要求，兄友弟恭即为悌。友即友善，恭为恭敬，均以仁善为基准。

忠是对国家、对党、对人民忠诚。忠是恒久、永不背叛的诚。诚就是真，真就是善，忠是善的另一种表现。

信是对朋友、对同事、对陌生人诚而无欺，坦而不瞒。信与真皆为善的表现。

孝与悌是站在家庭和家族的角度，忠和信则是站在家庭和家族之外的角度，对善行最基本、最核心的要求。孝与忠对应，是对比自己高一层级关系人的相处规范；悌与信对应，是对与自己同一层级和低一层级关系人的相处规范。

廉是对待财物的原则态度。廉即不贪，从定性角度看，该自己拥有的财物自己才能拥有，不该拥有的不能拥有；从定量角度看，该拥有多少就拥有多少，不能多吃多占，最好拿取比该拥有份额更少部分。获取超出应得种类和数量的财物即为贪。清廉，就是清楚自己该得什么，该得多少，按该得的项目和数量取之，不取不该得之项目，不取大于该得之数量。

礼是礼仪、礼节、规矩。是什么事该怎么办的基本程序和规范，是没有条文的约定，是约定成俗的做法，是普遍适用的行为规范。孝、悌、忠、信、仁、义，均属广义的礼约范畴，符合则有礼，违背则无礼。礼既是概括性的道德标准，又是具体衡量每一件事该如何做的程序和规范，是实施细则和实施情况的对照检查标准。礼是从程序角度阐释什么是善。

耻是对违背道德行为的评价与定性，凡不符合以上 7 种道德规范的行为均属耻。耻又是一系列具体的限制性行为规范，如同法律的禁止性条款，它划定了什么事不该做，什么事不该怎么做，让人们在行为之前就明白如何待人接物处事。耻是从善的反向角度，说明什么是善，什么是不善。

西方三大宗教倡导的民主、自由、平等、博爱，其本质与中国的"八德"完全一致，目标都是引导人们走向真善美，抵制假恶丑。

民主就是反霸权、反垄断、反独裁，让社会按照民众的共同意愿发展；自由就是反对违背人权和人性的不合理限制，让社会在法律框架内、在道德的约束中自然、自行发展，反对对人权的无理剥夺、对人性的野蛮束缚。

平等是指人格平等、机会均等，反对种族歧视，反对不公平竞争，反对不公正待遇。

博爱就是大爱，就是大仁大善大义。

西方以人性本恶的道德假设为起点，按照法、理、情为序进行道德治理和人性约束；中国则以人性本善的道德假设为起点，按照情、理、法为序开展道德治理和人性约束。起点不同，治理理念不同，治理方法则不同。中西方道德标准之间存在许多差异实属正常，但其终点完全相同，都在引导人类走向真善美，可谓殊途同归。然而，若用西方的道德标准衡量中国道德，或者用中国的道德标准衡量西方道德就显得不伦不类，其结果自然是牛头不对马嘴。

综上，善良是人类共同道德之根。

2015. 5. 8

# 正直是高等级的善良

人们给自己的子女选对象，要求的标准首先是善良、正直。那么，善良与正直到底有什么不同？

笔者以为，善良与正直都是人的品德，都以仁爱之心对待他人，都会换位思考，都能为他人着想。善良是以善心对待所有人，不区分好人与坏人。正直则是以善心对待好人，对坏人、敌人，则像秋风扫落叶般残酷无情。善良是基本的道德品质，正直是比善良层次更高的优秀品德。

正直的人，行善有原则，识善有标准，尽善看对象。善良的人，行善不讲原则，识善标准模糊，尽善不看对象。

《农夫和蛇》中的农夫是善良之人，唐僧是善良之人，老好人是善良之人，但他们不是正直之人。善良的人，一旦被坏人欺负，他们只会忍气吞声。善良的人，看到坏人干坏事会睁一只眼，闭一只眼。

正直的人眼中揉不得沙子，会让敌人和坏人感到害怕、畏惧，会让好人无比敬仰。关羽、张飞、鲁智深、武松、海瑞、包拯都是正直的人。

正直趋向于义，即正义，能舍生取义；善良趋向于仁，即慈爱。善良的人连个蚂蚁都不敢踩，不愿舍他人、他物生命，更不愿舍自己的生命。

正直的人，原则性强，倔强，不会拐弯，不愿屈服。宁可站着死，决不跪着生。善良的人灵活性强，善适应环境，能屈能伸。

正直的人，遇事会以是对是错的标准来加以衡量。他们认为对的，一定会帮忙，认为错的，不但不帮忙，还要出面干涉、制止。正直的人，有一套明确而且坚定的是非标准和处事原则，不管遇到小事还是大事，都会首先判断是好是坏，是否合乎人情道理法律；善良的人，是非标准模糊，处事原则不清，遇事不做判断或者做出的判断有时合情合理合法，有时则既不合情又不合理还不合法。

善良之人常常好心办坏事，他们的确是为了别人而不是为自己，但因其是非标准模糊，错把好当成坏，把坏当成好，结果用的是好心，干的是坏事。帮朋友打架、抢劫、绑架，包庇、窝藏罪犯、罪证，帮人弄虚作假，说谎话等，就像猪救猴子，将绳子扔到井中，自己也跳了下去，与猴子一起待在井底，就是好心办坏事。

正直之人，面对欺负老幼的行为，他们能及时站出来抵制；面对路人遭劫、遇险临难，他们能出手相助、见义勇为。善良的人，不会欺负老幼，更不会抢劫他人。但遇到坏人干坏事，只会旁观，只会声讨而不敢出面制止。

善良之人，对别人行善之时，首先考虑自己的利益在不受损失的前提下才去，若有危险，则不会作为，仅拿少一半善心对人，多一半善心留己，是谓小善；正直之人，对别人行善之时，首先考虑别人的利益不受损失，面对危险，能赴汤蹈火，舍生取义。正直之人能舍出几乎全部的善心对人，对己则不保留一点点，用他们的话说，当时没考虑那么多，或者说想都没想就冲了上去。这才是真正的大善。

正直的人，行为可预测，容易得到各方信任，威望会快速提升。社会需要善良之人，更需要正直之人主持正义、伸张正义。

社会必须依靠正直的人、有正义感的人、走正道的人引领，才能走向正义。

在国家层面，公检法机关就是正义的代表，教育宣传部门、学校、新闻媒体、报纸、刊物、电台、电视台、网络等，是正义的法定引领者。

各级社会慈善机构、福利机构、医院、养老院、孤儿院等是善良的代表者，政府民政部门是善良的法定代表者。

善良不一定代表正义，正义一定代表善良。

正直是善良的高级表现，是含金量最高的善良。

2016. 2. 21

# 节俭是美德之源

诸葛亮《诫子书》有言：“夫君子之行，静以修身，俭以养德。”

从此，“俭以养德”成为中国人立德的千古名言。

俭常与勤为伴。勤是创收，是致富，是为了过上健康、充实而快乐的生活，但能否达到，还须依靠节俭。俭就是节支，是理性、有计划的生活，是达到长期、稳定、全面的满足需求，安定而快乐的生活的基本技巧和保障措施。今日有酒今日醉，挥金如土，再勤劳也难以富裕，无法持续幸福和快乐。

俭的反面是奢。即奢侈浪费、过度享受。

“奢”指“大家庭”，如皇家、《红楼梦》中的“贾府”；“侈”指人多，即佣人多、随从多。

为什么古人提出要用俭来养德，而不是诚，不是善，不是孝，不是礼，不是智？俭究竟能养出什么德？

节俭就是不贪、不奢、不虚荣，享受的欲望小。

如果节俭变成了我们的习惯，那么我们就会对奢华不习惯、不适应、不感兴趣，就会拒绝接受。一旦对奢华不感兴趣、拒绝接受，我们肯定不会去追求它，也不会羡慕它，进而不去攀比，不爱计较，我们的心就能控制住自己的身，不为物动，不为富贵所移。节俭的人总是非常低调，不会张扬，更不会用身外之物炫耀。他们心静如水、心定如山，过着平淡、安逸、稳定但踏实、满足、快乐的生活。他们懂得人的品质和品位取决于一颗纯洁高尚的心，而不是满身珠光宝气、豪宅名车，更不是官位和虚名等外在的东西。

节俭由自律而生，表现为低调、随和、谦逊、宽容、大度的君子风度和绅士风范。节俭是俭朴、干净、得体的衣着，而非古怪、肮脏、破烂的像乞丐似的打扮；节俭是吃喝用适度不浪费。是对己严苛、对人慷慨的有爱心、有理智的行为表现，并非极度吝啬抠门的小气鬼做派。

俭能养孝。俭则家有余财。

俭能养悌。俭则理财眼光长远、考虑全面有富余备用，帮助兄弟解急救难不在话下。

俭能养忠。俭则不浪费国家和单位资财，能充分利用边角废料干正事，能为国家、单位、家庭考虑尽职尽责不欺瞒。

俭能养信。俭则欲望小，欲望小则不为名利所累。不图名、不图利则无须欺诈。

俭能养礼。俭则谦，谦则有礼。

俭能养义。俭所培养的崇高品质能彰显大义。

俭能养廉。俭则无须贪，不贪即为廉。

俭能养荣。俭所表现的行为皆符合真善美的道德要求，是爱荣恨耻、扬是弃非之举。

俭能养智。俭要求提高资源利用效率，花小钱办大事；俭需全盘考虑，长远打算，分清主次，区别轻重缓急；俭需要分析、判断，决定取舍；俭需要对人的本性欲望和需求进行调控、压制、取缔，排除外界诱惑和干扰。

俭能养仁。忠国、爱岗、恋家、孝老、敬兄、信友、尊礼，就是仁善。

节俭能培养出如此众多的个人美德，可以说，节俭是美德之源。

在社会主义新中国，人民群众当家做主，没有皇家，也不该有"贾府"，不该有佣人和随从，不该有奢侈。中国共产党的宗旨是为多数人谋福利，历来反对奢侈浪费，反对过度享受。

近年来全国开展的反对形式主义、官僚主义、享乐主义和奢靡之风活动，针对的就是违背党的宗旨、损害广大群众切身利益的人和事，其本质就是反奢倡俭。

形式主义是不注重结合实际，凡事以做样子、走过场为特征，不但解决不了实际问题，还会浪费国家资源，耽误大家时间，损耗人民精力，是有付出无收益、大付出小收益的无效和低效处事方式。反对形式主义就是提倡节俭。

官僚主义是不调查研究就做重大决策，是以高高在上的姿态指手画脚，是靠拍脑袋、拍胸脯、拍屁股方式工作的干部行为；是把决策失误当成交学费、把存在问题设法掩盖、把疑难问题推给别人，没有责任心、不敢担当、不为民做主的领导言行；是把群众当成低自己一等或者几等的贱民、刁民、愚民进行玩弄的干部作风；是对国家和人民不忠、无信、不仁、不俭、无礼、不义、不廉、无耻的不道德之徒的表现。

享乐主义是以过度享受而不愿付出为特征的社会现象。追求吃、穿、用、行的高档化、奢侈化，追求奇特怪诞带来的感官刺激，享受皇帝般的待遇是其主要表现。享乐是节俭的死敌。

奢侈之风，是挥霍浪费钱财，过分追求享受，以至于到了生活糜烂的地步。

"四风"行为不应当是共产党的官之所作所为，当多大官、有多少钱也不应追求和享受奢靡生活。

想想困难时期，为了还上苏联的债，共和国缔造者毛泽东主席，带头减掉自己最爱吃的红烧肉。

毛主席的智慧、胸襟、眼光、才能、功绩无人能比，他老人家一生都那么节俭，众多党的官员谁有资格奢靡？

想想我们还有 7000 多万贫困人口，想想老百姓还在被上学难、看病难、住房难、养老难压得喘不过气，想想我们离全面建成小康社会的目标还有多大差距，党内必不能存在奢靡之风！

当官的同志要想清楚，老百姓相信你的人品和能力，才委托你替他们办事，一旦不信你，你的官就快当到头了。

既然官位和金钱都是老百姓给的，你没有资格在国家的主人、你的衣食父母、你的上帝面前耀武扬威，你没有权利奢靡，没有资格追求和享受奢靡！

对于每个人而言，做到节俭并不难。难的是要坚持每天做，长期做，使其变成生活习惯；要自愿做，使其成为自律而非他律的自觉行为；要全面做，而非一件两件。

年轻的大学生们提倡的"光盘行动"，许多单位开展的节约一滴水、一度电、一张纸就是节俭的良好开端。坚持下去，推广出去，我们的道德境界定会大幅度提升。

抑制道德滑坡，提升全民的道德素养，请从节俭开始。追求健康、快乐、幸福的生活，请从节俭着手，因为节俭是美德之源！

2015.9.24

# 论孝道

何为孝？按照《说文解字》引申解释：上为老，下为子。小时候，上面的老把孩子整个地庇护在自己身下，为孩子遮风挡雨，撑起一片蓝天，全力给他幸福、快乐。长大了，子字成了老字的全部支撑，"子"字把"老"字整个儿背了起来。也就是说，子女要把照顾老人、安顿老人的责任承担起来，和老人相依为命，让他们安度晚年。

百善孝为先。孝为做人的第一道德，是所有道德的基础。

为什么孝是做人的第一道德，是所有道德的基础？

人皆父母所生、父母所养。子不教，父之过。父母对子女的教育伴随一生，父母是孩子的第一任老师，所以，父母对子女是生之有成、养之有恩、育之有功。

在社会上，大家都知道要尊敬师长，许多人会一辈子记得恩师、感谢恩师。而"师"与"长"充其量才是我们的第二任、第三任老师。在人生的各个阶段，我们均有自己的"师"和"长"。换句话说，师长只是我们人生某一时期、某一阶段的教育者，我们的"师"过一阵换一个，我们的"长"换得更多、更快。且师长只有教育之功，怎能与我们唯一的、对我们有生养之恩、陪伴我们一生、用全部生命呵护我们、不计任何回报的父母相比？为什么不讲子不教师之过，而说教不严师之惰？看来老师与父母在教育子女方面的职责是有很大差异的，换句话说，老师的功劳与父母比有很大差异。亲戚、朋友、同学、同事、同乡等我们的友人，最多也就和我们的师长相当。

《孝经》云："五刑之属三千，而罪莫大于不孝。要君者无上，非圣人者无法，非孝者无亲。此大乱之道也。"就是说，不孝之人与要挟君主者和非议圣人者一样，都是大祸的根源。

人为什么首先要尽孝道？要明白为什么要尽孝道，就必须弄清父母对我们有什么恩德。

重庆大足石刻之父母恩重经变相，将父母对我们的十重恩情表达得淋漓尽致。

第一恩，怀胎守护。怀孕是一件辛苦的事。母亲为了让我们能健康、聪明，会竭尽所能，比如生病不愿吃药，平日舍不得吃喝，而在怀孕期间不断改善生活，有的父母在孩子未出生前开始胎教，这也是子女欠父母的第一笔债。

第二恩，临产受苦。有人称子女的生日为"母难之期"，母亲忍受撕心裂肺之痛，生下我们，生一个子女遇一次灾难。有的母亲因生育子女落下了终身疾病，有的甚至连命都搭进去了。这是我们欠父母的第二笔债。

第三恩，生子忘忧。无论遇到多少困难、面临多少烦恼，只要看到自己的子女，父母便心生希望，对未来充满无限憧憬。换句话说，我们的未来就是父母的希望和憧憬，那我们该怎样对待父母，如何报答父母？这是我们欠父母的第三笔债。

第四恩，咽苦吐苦。父母粗茶淡饭、节衣缩食，好吃的留给子女，好穿的穿在子女身上，怕烫着、怕饿着、怕受冷、怕受热，我们何时为父母考虑得如此周详？这是我们欠父母的第四笔债。

第五恩，推干就湿。小时候，我们常尿床，父母将我们移到干处，自己睡在尿湿的地方，这是我们欠父母的第五笔债。

第六恩，哺育不尽。母亲"不愁脂肉尽，唯恐小儿饥"，这是第六笔债。

第七恩，洗濯不尽。孩子的尿布、孩子的衣服，母亲一洗就是十几年、二十几年，我们为父母又洗过几件衣服？这是第七笔债。

第八恩，伪造恶业。为了子女结婚，父母杀猪宰羊，大摆宴席。按照佛教说法，杀生是造恶业，父母宁愿自己入地狱受苦，也不愿让子女沾杀生之罪名，这是第八笔债。

第九恩，远行怀念。"儿行千里母担忧"。儿在何处，父母的心就跟到何处。当子女过着幸福美满的小日子时，想过父母如何生活的吗？是否一直操心父母的吃喝、关心父母的病痛、担心父母的健康、留心父母的快乐？这是第九笔债。

第十恩，究竟怜悯。这里"究竟"意为极致、最高，"怜悯"意为爱，即父母给了我们至高无上的爱。"百岁惟忧八十儿，不舍作鬼也忧之。"父母对子女的爱不计任何回报，他们用自己的全部生命，倾其所有、终其一生来提携子女，还有比这更高的吗？这是第十笔债。

如何尽孝道？

笔者认为，尽孝道必须做好五件事情，过了五关方算合格。

第一关，赡养关。老有所养，谁来养？当然是自己的子女，无子女者或子女无能力者另当别论。

养亲是子女对父母的最基本义务，是子女报答父母创造了我们生命、养活我们长大成人、成家立业、教育我们成才之恩的最低要求。惰其四肢者，博弈好饮酒者，好贷财私妻子者，从耳目之欲以为父母戮者，好勇斗者，是孟子所不齿、不顾父母之养的五种人。另外赡养父母还包括侍疾，即父母有疾病须及时给予治疗，父母行动不便，需子女喂饭、喂药、搀扶、帮其翻身洗澡等。因为我们的父母就是这样照顾我们的，来而不往非礼也，对朋友之恩知道报答，对父母之恩难道就无须报答吗？父母不要求，那是他们有仁爱之心，我们不作为，就是我们的不孝之举。

第二关，顺从关。孝顺是人们对孝道的习惯说法，不顺从很难达到孝。简单说，就是听父母的话，包容、尊重父母的习惯，让他们高兴。

第三关，敬仰关。孝敬是人们对孝道的另一种说法，意思是从行动上表现出赡养、葬祭、顺从，从思想上必须有敬仰之情。

孔子曰："今之孝者，是谓能养。至于犬马，皆能有养，不敬何以别乎？"也就是说，如果心没有敬仰、敬畏、敬爱之情，你所尽的赡养义务与养狗、养马、养其他动物就没有区别。父母一生赐给我们的十重恩德足以让我们敬之、畏之、仰之、爱之。如果懂得父母的恩重如山、情深似海，在敬仰的大前提下，尽孝就是我们报恩、还债、教育后代的本能反应，是我们一生报不尽的恩、还不完的债。我们尽孝哪还需要别人来劝、别人来管，甚至动用法律手段来强制。

第四关，谏讽关。即对父母的不良习惯和恶劣行为予以劝阻讽谏。

孟子曰："亲之过大而不怨，是愈疏也。愈疏，不孝也。"意思是说，子女对父母的过失，违背道义的行为不怨、不谏，甚至盲目顺从，就是不孝。

当父母有赌博、吸毒、贩毒、杀人等严重犯罪行为和明显违法行为时，成年子女必须讽谏、劝阻，而不能盲目顺从。要规劝和帮助父母，使其不能走上犯罪道路，不能干出违法、违背良知的事情。挽救犯罪、犯错的父母，也是行孝、尽孝。

第五关，葬祭关。父母逝去之后，要举行丧葬典礼，要按照习俗祭祀谒拜。

父母丧葬典礼是家庭生活中最大的一件事，它比结婚、过满月、乔迁等重要得多，因为这是唯一无法弥补的事。人们常讲的守孝三年，源自父母怀抱我们三年，这样做也是还债。

另外一层意思就是，父母有不良的生活习惯，对自己或他人将造成伤害，而父母又无此方面的知识经验时，我们应当劝阻父母纠正坏习惯。例如：奉劝患糖尿病的父母少吃他们爱吃的含糖量高的食物，奉劝患心脏病的父母戒烟、限酒、多运动等。

最后说说关于孝道的两个认识误区。

其一，"不孝有三，无后为大"。

字面意思为，没有后代就是最大的不孝，其实这是一种认识误区。

这句话出自孟子，原话为："不孝有三，无后为大，舜不告而娶，为无后也。君子以为犹告也。"这里的无后，并不是没有后代的意思，而是没有尽到后辈的责任。

汉代赵岐注释孟子的话："于礼有不孝者三事：谓阿意曲从，陷亲不义，一不孝也；家穷亲老，不为禄仕，二不孝也；不娶无子，绝先祖祀，三不孝也。"即使按照赵岐的解释，无后也不为大，而为三。此有关孝道的误区之一。

其二，"要知父母恩，怀中抱儿孙"。

原意是，儿女在没有自己的子女前，不知父母之恩，有了自己的子女之后，才懂得父母之恩。这种带有曲解、误解成分的话被后人广泛运用，对后代的贻害非常大。

父母的恩情从孔子、曾子、孟子等先哲的论著中早有记载。宋代留下的重庆大足石刻之父母恩重经变相有完整的档案资料，孝子们的著名事例数不胜数。上一代就是下一代眼前的榜样，为什么要等到我们怀中抱儿孙之时才知父母之恩？在你怀抱儿孙的时候，你的父母也许早已不在人世，你又能孝敬谁？行善、尽孝不能等也是古训，为什么有人偏偏没记住？这句话建议改为：要知父母德，大足看石刻，要报父母恩，先学弟子规。

你如何对待父母，你的儿女也会如何对待你。对父母不孝之人，对朋友、对同事能好到什么程度？

尽孝道是人之最低的道德标准。不孝者，不仁，无信，也属不智。

2013.5.23

# 孝顺与忤逆

百善孝为先，不孝即为忤逆，忤逆就是最大的不孝，是人人痛恨的行为。然而很多时候，忤逆与孝顺之间的界限并不清晰，有时甚至很难分清。

事例一：一位母亲有三个孩子，两个女儿一个儿子。两个女儿都非常能干并且很孝顺，常给母亲钱，给母亲买东西。儿子窝囊无能，母亲就经常把女儿给的钱和东西分给儿子和孙子。

大女儿知道后，没有反对。大女儿总听母亲说，看见孙子吃比自己吃香多了。她认为自己给母亲钱，就是为了让母亲高兴。只要母亲高兴，她爱怎么花是她的自由。如果能用自己的钱让弟弟和侄子生活幸福、让母亲少操心、让母亲心中的歉疚与不平衡得以消除，让母子之情加深，让母亲开心、活得更有尊严，这钱花得就值。

二女儿知道后，坚决不同意母亲的做法。她认为，自己是孝敬母亲的，不是给弟弟和侄子的，他们没有资格享用。回家后，她不停地开导母亲，要求自己所给之钱，母亲只能给自己买东西。她买来的东西非要看着母亲吃下去不可。老母亲气得什么也吃不下去，最后抑郁而死。

大女儿孝顺自不必说。有孝心，能顺从母亲的意愿，母亲高兴、弟弟一家人高兴、自己也高兴。二女儿只孝不顺，违背母亲的意愿，强迫母亲按她的意愿行事。弟弟一家人肯定不高兴，母亲由不高兴到抑郁，最后死亡。母亲去世后，弟弟可能会记恨二姐，大姐可能会斥责老二。自己也会充满愧疚和悔意，但一切为时已晚。

二女儿的行为是孝顺还是忤逆？像这样对待父母的人，不在少数，我们该如何看待呢？

事例二：老父亲80多岁了，行动不便，多种老年病缠身。大儿子辞掉工作，在父亲的土炕边支起一张小床，24小时照顾老人。

笔者春节给老人拜年，有几幕让常人难以理解。

吃饭时，我给老人敬酒，老人端起我斟满的一杯酒刚想一饮而尽，被大儿子制止，并说："抿一小口就行，不能多喝。"我不理解，但没敢问。老人想吃菜，因先上的均是下酒菜，老人拿起筷子被大儿子没收，说这些菜都不适合你。接着，大儿子拉起老人，递给他一根拐杖，硬生生地将父亲推出门外。并强调，不到半个小时不准回来。说完，就关上了大门。我更觉疑惑，儿子怎么可以这样对待自己的老父亲呢？

这一切，二儿子、三儿子、几个儿媳、几个孙子全看在眼里。

老二说，只有老大能管住他爸，也能管好。如果让我管，估计父亲早过三周年了。如果让老三管，可能比我更惨。

"就是就是。"老三附和着。

大儿子的行为是孝顺还是忤逆，其实老二、老三已经给出了答案。

事例三：母亲70多岁，患有心脏病、高血压、糖尿病、脑血栓等老年常见病。

大儿子照管期间，儿子、儿媳、孙子、重孙口径完全一致，限制母亲吃含糖量高的食物。母亲偏爱吃甜食，其他几个女儿、儿子专门给母亲买的甜食被藏起来，按时定量发放，每次严格限量，食用之时总有人监督。另外几个儿子、女儿知道后很是生气。认为老大一家人太小气，虐待母亲。有时偷偷带着母亲去街上或者自己的家里解馋。

轮到老二照顾母亲。老二一家人吸取了老大的"教训"，放手让母亲吃。母亲也常用老三给的钱买西瓜、甜瓜、糖果等自己爱吃的甜食。

没多久，母亲血糖升高，引起血压上升，脑血栓复发。住院后第二天即失语，半身不遂。糖尿病怕糖，葡萄糖注射液不敢多用；高血压怕盐，生理盐水限用。几个月后，母亲便离世。

知道母亲去世是吃甜食引起的，几个儿子、女儿、孙子都后悔不已。但世上没有后悔药。

孝顺与忤逆说起来很简单，做起来不容易，分辨起来有时更难。

要分清孝顺还是忤逆，必须结合实际，深入分析。为老人好且实际能够达到好的效果的行为，就是孝顺，反之则是忤逆。

2015.3.11

# 感恩的前提是知恩识恩

有一个富翁，每天施舍给路上的乞丐 10 块钱。后来有一天，他只给乞丐 5 块。乞丐问他为什么？富翁说：我现在结婚了，有老婆孩子要养。乞丐说：你凭什么拿我的钱去养你的老婆孩子！

这个故事告诉大家：世界上，并非每个人都知恩识恩、懂得感恩。

在生活里，你常会发现，对一个人越好时，他反倒会觉得是理所当然，是你应该做的，没有必要感谢，更没有义务回报。但若你帮他九次，一次没有帮他，他就会埋怨你甚至记恨你。这就是不知恩、不识恩。

不幸的是，现在社会上像故事中那个乞丐一样，不懂得感恩，还常常恩将仇报的人越来越多。

不知感恩，核心原因在于不知道什么是恩。恩将仇报，是不识恩，错误地将恩当成仇去报复。

要知道什么是恩，就必须知道什么是自己该干的，什么是自己的责任；什么是父母、朋友、同事等他人该干的，即自己与父母、亲戚、朋友、同事、他人的责任边界是什么。

小时候我们不会走路、不会说话、不会穿衣服、不会干家务、不会做饭洗衣、拿不动重物，开不了电视，不会招呼人，见人没礼貌等，这都不是我们的责任，是父母和家人的责任。长大后，如果我们还不会做力所能及的事情，责任就不在父母和家人身上，而在自己身上。随着年龄的增加，每个人身上的责任有增多、增大、增重的趋势。10 岁有 10 岁的责任，30 岁有 30 岁的责任，不能用一成不变的标准衡量自己的责任。爷爷、奶奶、爸爸、妈妈、儿子、女儿、孙子、孙女，家中的每个成员各负其责。走向社会，省长、市长、处长、校长、院长等社会管理者，工人、农民、军人、商人、演员、导演、观众、听众、行人等社会参与者，每个人在家有其责任，在外有其责任，不能混淆，不能相互替代。

一人身兼数职是现代社会的普遍现象。在什么地方干什么事说什么话，按照这个地方这个事的要求办，就是尽责，就要恪尽职守。事由职决定。一个人既是县长又是父亲、又是儿子，当县长要为全县人考虑而不能只顾自己的家人和亲戚朋友。当父亲就要教育好儿女，当儿子就必须孝敬父母，这三件事他必须都干，不能只干两项或者其中一项。三件事都必须干好。县长当不好有市长批评他，有百姓指责他；父亲当不好，儿子的胡作非为、没出息就是对他的惩罚；儿子当不好，没有孝心，他的儿子也会这样待他。他的朋友会远离他，亲戚会责骂他，邻居会看不起他。每个人都是家中一员、单位一员、社会一员，要明白自己在家庭、单位、社会的职责，要履行好这三项职责。

无论在家、在单位、在社会，本来属于自己该干的事，是自己的职责，但由于各种原因，自己没能力干、没时间干、没资金干，别人主动代劳，或者我们委托别人代劳、帮一把，我们就必须感恩别人。帮人是情分，不帮是本分。即使别人不帮，我们也不能埋怨他。即使帮忙时出现失误，我们也不该指责他。这叫会怪怪自己，不会怪怪别人。你看错了人，你们情分没到，他不愿帮你，怪你自己认不清人；你眼中无水，把事情交给一个粗心大意的人，一个能力不足的人，一个人品不好的人，事情办砸了，根子还是在自己。

如果误将别人代自己干的事当成别人的职责，干好了不知道感恩，干不好还要责罚，这是恩将仇报的小人之举。原因在于我们连该是谁干的问题都搞不清，我们思想上就是糊涂之人，行为上干出糊涂之事就在所难免，被别人当成小人一点儿也不冤枉。

乞丐将不是别人的职责强加给别人，未尽到职责就谩骂是糊涂之人所干的糊涂之事，就是恩将仇报的小人表现。

接受并认可职责，需要一定的条件和压力。比如父母生病、离世，家中落败、突然出现重大变故等，父母的责任和压力可以更早地传递给孩子。12岁男孩的父亲因车祸去世，母亲瘫痪在床，他除了学习之外，就必须撑起这个家，以男主人的身份，替父养母，为母做饭喂药，替父挣钱贴补家用。

极端恶劣的条件、突然变故是大家不愿看到的现象，也是传递责任的无奈之选。但在幸福的家庭环境下，父母应当让孩子尽快负担起自己的职责，至少不能推迟每个年龄段应当承担责任的时间，不能减少应承担职责的数量，不能降低质量。时间、数量、质量都合格了，家庭责任传递的第一课才算完成。第一课内容搞懂了，到单位第二课就容易懂，到社会第三课也容易懂。

在其位，谋其政，不在其位不谋其政。不当家不知柴米贵，不当家中掌柜，就没有必要操心日子怎么过；不当单位一把手，就没有必要考虑这个单位今年干什么，将来怎么发展，各部门之间关系怎么协调，每个人的积极性怎么调动。没有这么想过，何谈这么做过，没有做过，就不知道其中的难易程度有多大，这就是经历、阅历、资历。同时，有了位子，有了责任，离任者就必须把相关权责交给继任者，不能垂帘听政，不要当太上皇，否则，继任者有职无权，有位无责，就一直没有机会行使权力，没有必要承担责任。

我们的家长应当懂得这些道理，让孩子承担各自年龄段中应该承担的责任，不能大包大揽。大权在握，看似为孩子减压力、卸负担，其实是剥夺孩子磨炼、经历、成长的权利，延迟交权交责时间，就会造成孩子成长期过短，不足月、不足年；孩子成长的经历在数量上被缩减、在质量上偷工减料、在工期上不断压缩，孩子不经风、不见雨、不过三冬、不知三暑，就肯定弱于同龄人。

不知道自己是谁，不知道自己该干什么，不知道自己所拥有的是怎么来的，是现代年轻人的共性特点。该知道的不知道叫糊涂，知道的全是错误的，甚至是危害社会的叫混账。糊涂是父母没有教、学校没有教；混账是在社会上学坏了，在家里没有纠正，在单位没有处罚。看来，家庭、学校、单位、社会对年轻人是负有责任的。家长、校长、单位一把手、村组、社区领导没有尽到职责，年轻人既是受害者又是加害者。要改变这种现状必须从自身做起，从知道自己的责任开始，从尽到自己的责任着手。如果撇开责任谈感恩，那就成了无源之水无本之木。

2016. 1. 14

# 心存敬畏，做人做事才能有分寸

## ——全省道德模范先进事迹报告会有感

2015 年 11 月 4 日，省交通运输厅举办全省道德模范先进事迹报告会。会上，第五届全国孝老爱亲道德模范、《文化艺术报》总编辑陈若星，省第四届敬业奉献道德模范、西安铁路局安康工务段巴山工区工长王庭虎等五位模范分别讲述（代讲）了各自的先进事迹。笔者感到，他们的共同特点是心存敬畏。

王庭虎说：当他看到对面的烈士陵园，看到那些为建设襄渝铁路把生命都留在这儿的烈士墓碑时，他什么都能想通。先烈用生命建成铁路，自己如果管不好、养不好，怎么向他们交代！自己的一举一动，对面的先烈都看着呢！于是，什么苦他都能吃，什么罪也都能受。他把对先烈的敬，当成工作的动力，把对先烈的畏当成了工作的压力，把能否向先烈交代，能否经受住检验和考验，当成无形的鞭策。他在动力牵引和压力催逼之下，只能向前。内在强大的精神力量鼓舞并鞭策着他在爱岗敬业的路上不断奉献。

陈若星怀着对父母的崇敬之心，以及管不好父母会受到良心谴责、道德谴责、社会舆论谴责的畏惧，几十年如一日精心照顾瘫痪的父亲和痴呆的母亲，就连自己身患癌症，正在化疗期间也不曾间断。在如此巨大的生活压力之下，她的工作成就依然辉煌夺目。这种精神动力常人难以想象，她的工作与生活压力常人更难以承受。她用敬畏将压力变为动力，牵引着她的工作与生活不断向上向好。

宝鸡眉县的严平安老人，怀着对父老乡亲的敬和对丧失信用的畏，凭借顽强的意志和不屈的精神，用衰老体弱的身躯和布满老茧的双手，走上了养奶牛创业之路。他省吃俭用，用了 10 多年时间，终于一分一分地还清了儿子生前欠下的 17 万购车款，为建设诚信社会树起了一面高高飘扬的旗帜。他乐善好施，还完金钱债又免费给乡亲们送牛奶，以谢乡邻、朋友平日的相助之恩。在拜金盛行、道德滑坡、人情淡漠的今天，严平安老人无疑是全社会应当学习的楷模。

商洛柞水县的张德凤，怀着对中华传统美德的敬和不仁不善终有报应的畏，同现任丈夫一道，搬到前任公公婆婆家的旁边，一心一意照顾已经没有亲情关系的老人。她为不赡养老人、虐待老人的不孝子孙们好好上了一课。

商洛山阳的宁启水，怀着对父老乡亲的敬和害怕穷苦人苦上加苦的畏，靠双脚走遍了自己管辖的 486 户人家。自己上山时腿摔骨折，还坚持把工作干完，让村民用上电、过好年，才同意去医院。他常常免费给乡亲们捎带日用品和孩子们的学习用品，传达山里山外的信息。

常言道：头上三尺有神明。这话有点儿封建迷信的味道，但它告诉人们，你的一切所作所为，都会有人知道，即使人不知道，神一定晓得。人在做，天在看，要想人不知，除非己莫为。

人是世界上最强大的动物吗？是，也不是。

人怕狼、怕虎、怕蛇、怕水、怕火、怕电、怕台风、怕地震、怕海啸、怕雪灾、怕杀人犯、怕亡命徒、怕抢劫犯等等。令人生畏、让人恐惧的东西还有很多。由于这些令人畏惧的人、事、物来到人间的频率很低、概率很小，人们遇到的机会很少，有的人一辈子也碰不上一次，所以有些人就没有了畏惧心理，所谓天不怕、地不怕。上述都是站在人的自然属性，动物属性角度考虑的。无知者无畏，有人没有畏惧之心，那是因为他们无知。

人作为最高级的动物，有社会属性。人有思维、有语言，能劳动、会创造。人需要群居、需要社交、需要得到认可和尊重、需要最大限度发挥主观能动性，达到自我实现。

社交有社交的规则，劳动创造、自我实现有各自的法则。这就是党纪、国法、行政法规、行业和地方规章、单位制度、乡规民约、社会道德规范等等。这些都是站在人的社会属性角度总结和制定的让大家共同遵守、确保社会良性运转的法则，是人人应当敬仰和践行的准则。遵守它们，才会得到大家的认可，才能顺利开展社交、得到尊重，完成自我实现。在上述法则范围内做人做事，家庭一定和睦，社会一定和谐，国家一定繁荣昌盛。

敬是对圣人、善人、伟人、哲人等我们崇拜的偶像、学习榜样的敬仰和追慕之情。畏是对灾害、猛兽、坏人、小人等我们讨厌的对象的逃避、远离之情。敬是引领我们向上向善向好的发动机，畏是鞭笞惩处带我们走向假恶丑的刹车片。只要我们时刻心存敬畏，我们做人做事才能有分寸。把握好这个分寸，我们的学习、工作与生活才会有模有样，才会像道德模范那样活出尊严，才会有享不尽的快乐与幸福。

2015. 11. 10

# 什么是尊贵

一个人是否值钱
不在于身体强健
不在于生命长短
在于生命质量
在于精神内涵
在于社会奉献

行为由思想决定
权力由制度规范
权利背后有义务
把精神看高
把奉献看贵
把财物看淡

生命不长
时时把爱眷恋
阅历有限
事事把情体验
用成长苦涩
换成功甘甜

享亲人温暖

拥朋友挂念
获同事记惦
得陌生人夸赞
足以证明
你的价值不止一点点

钱比人贱
有人把它捧上天
钱总要流转
积攒再多也会跑到下一站
若明天死去
财产就变遗产

为一堆无用之物所控所牵
把脸面不要拿生命交换
藏着掖着骗着躲着
藏下的不再是财产
是担惊受怕却无法享受的凶险
是留给子女用好心包裹的毒剑

人们追求幸福
其实它遍地皆是
不知你有没有发现的眼眸
自信自控自知的列车
终点站就是幸福

多为他人少为自己
在别人眼中你就价值无限
温暖挂念记惦夸赞
是你的价值标签
标签无字

一举一动显示你的高低贵贱

那是你的品格品味
变成文字
人们叫他尊贵
人生能获此奖状
就算死了
也无悔无怨

2015. 1. 21

# "干正确的事"与"正确地干事"

先讲一个真实的事例。

南方某市公安局车辆管理所早在数年之前就实施了机动车牌自动选号。实施初期，一切正常。几年之后，市民发现，该市带有吉祥数字的车牌号竟然全部落入一人之手。该人拿到吉祥车牌，以每副 15000—20000 元的价格对外出售。市民不管起多早排队，总也拿不到自己想要的吉利号码，要想挂到好牌子，非得找那个"神人"花钱购买。对此，市民意见很大，认为公安局有内鬼，是内外勾结合伙坑害市民。

市政府面对一封接一封投诉信件，责成市公安局认真查处，揪出内鬼，重塑政府的公信力，确保发放车辆号牌公开、公平、公正。

市公安局挨个儿对车管所的全部工作人员及市局相关人员进行调查摸排，没有发现一点儿问题线索。抓到倒卖车牌的"神人"审问后，才知道此事的确与市局及车管所无任何关系。

倒卖车牌者为当地一个农民，没有多少文化，凭他的本事，能撞上一两个吉祥车牌号还说得过去，但抓住他时，他手中仍有二十几副没有售出的吉祥号牌。

原来，这位农民有个侄子正在上大学三年级，是计算机专业的高才生。侄子家境贫寒，为了上学，家里已是负债累累。叔叔说侄子上学太苦，他愿意给侄子经济资助，条件是让侄子帮忙弄到一些好车牌，每副给 5000 元。侄子就利用自己的专长，进入该市车辆牌号管理系统，稍稍修改了系统程序，他就能轻而易举地拿到想要的任何吉祥号码，然后将系统恢复正常，让别人觉得一切都没有发生过。

在看守所，小伙泪流满面，非常懊悔："当初只想着用我的专长给叔叔帮个忙，自己也能挣点学费生活费，没想到竟然触犯了法律，走进犯罪的泥潭。"

是啊，帮忙相当于正确地干事，小伙的确做到了"正确地干事"，把自己的平生所学所练所长全部使了出来，干的不但正确而且是非常正确，原理正确、方法正确、结果正确。圆满地完成了叔叔布置的任务，让叔叔从中受益，自己也从中受益。然而，正因为他只是"正确地干事"，而不知道"正确地干事"的前提是"干正确的事"，他干的是损害广大群众利益的事，是损害党和政府形象的事，是与法律相违抗、与道德相背离的事，理应受到法律的惩处和道德的谴责。

与此故事类似的还有，清华高才生进入广州地方铁路售票系统，盗窃售票款 100 多万元获刑，化学和化工专家因研制出毒品和有毒副作用的食品添加剂而入狱等等。这些令法官感到惋惜的"人才"正因为干了不正确的事而毁了自己的大好前程。

"干正确的事"就是要干符合法律规定、符合道德要求的事。

符合法律规定是正确的事的最低要求，是正确的事的底线。符合道德要求是干正确的事的基本要求和基本标准。要知道什么是"正确的事"，就必须懂法，必须懂得什么事情是道德的、什么事情是不道德的。要干正确的事，就必须守法、必须遵守道德。道德包括社会公德、职业道德、家庭美德和个人品质四个方面。

要守法、有德，就应当树立崇高而坚定的信仰，树立正确的世界观、人生观和价值观，并且始终以此为标准，调整和规范自己的言行。干正确的事，就要以人民群众普遍认同的信仰和道德标准为尺子，符合要求的就是正确的事，反之，就是不正确的事。

"正确地干事"，就是充分利用我们的知识和技能，按照自然规律和社会规律要求去干事。

"正确地干事"的前提必须是"干正确的事"。如果干的不是正确的事，那干的越正确，危害越大。

本文故事中，如果那位侄子学艺不精，知识不够丰富，技能不够高强，没有能力完成叔叔交办的摇出吉祥车牌号的任务，至少，他不会陷入犯罪的泥潭，他叔叔的阴谋也无法得逞，市民不会遭受如此损失，不会产生对政府的极大抱怨，市公安局、车管所也不至于如此被动。

可见，在信仰与道德的范畴之内，知识和技能发挥越充分、运用越好，对社会的贡献就越大；超出信仰与道德范畴，知识和技能发挥越充分、运用越好，对社会的危害就越大。

所以，"正确地干事"的前提是"干正确的事"，那些拥有丰富知识和高超技能的人才应当牢记，你们的知识和技能必须用在"干正确的事"上面，否则会害人害己，害家庭，害社会，害国家。

2014. 7. 13

# 最好的前提是合适

如今，人们有了钱，见识多了，需求水平提高了，什么都追求更好、最好。

人们看病，不管是大病小病，都选最好的医院，找最好的大夫；孩子上学，要用最好的书包、最好的文具，选最好的学校，找最好的老师；车要最好、房要最好、衣服要最好、鞋子要最好、手机要最好。似乎只有最好，才能显示自己本事大，才能体现自己孩子比别人家的孩子优秀。其实，这种观点很偏颇。

有几则实例能够证明，选择最好并非明智之举。

实例一，A 同学的父亲是某市唯一的省级重点中学的教导主任，别的同学要上该学校那可要费老鼻子劲了：首先家里经济条件必须很好；其次必须学习好，是普通中学全年级前几名。A 同学在某普通中学次重点班，成绩排在班里中游。近水楼台，他顺利进入该重点中学，这让许多同学羡慕不已。

到新学校后，A 同学就住在父亲的办公室兼宿舍。由于这里的学生个个很优秀，功底扎实，脑子反应快。老师上课所讲的内容，其他同学说全会了，他只能听懂 20% 到 30%。回到宿舍，他不得不下苦功补课。因为自己不会的内容太多，他不好意思请教老师和同学，就每天在宿舍学习到很晚。父亲怕他太累，睡得太晚影响第二天上课，多次强行关灯，逼迫他早点儿睡觉。他又在关灯后，拿着手电筒在被窝苦读。被父亲发现后，他提出要住集体宿舍，在那里便于向同学请教，父亲答应了。

住到集体宿舍后，他的手电筒学习法得以坚持，特别是临近考试，他的手电筒几乎长夜不灭。结果呢，功夫总负有心人：他的眼睛近视度提高了，身体明显瘦弱了，但高考成绩却朝反方向走，一年比一年低。父亲鼓励他坚持下去，直至考上大学，中专也行。而他再也不愿复读第四年了，不忍心浪费父母的钱，不想再白白浪费自己的青春。他认定自己不是学习的料，还是回家，安心务农。

回到家里，他发现，与他同龄的多数同学都上了大学，就连当初不如他的几个同学，都考上了外地的大学和中专。当初羡慕他的人，如今成了自己羡慕的对象，他把肠子都悔青了！悔恨当初不该去父亲的学校，甚至怨恨自己的父亲在重点中学当领导。如果父亲是个老农民，他就不会指望父亲，就不会走进不适合自己的学校，不会耽误自己的大好前程！

实例二，B同学性格好强，父亲在自己所在中学当副校长。起初，她被分到重点班，考试后被降到次重点班，又一次考试，还要降到普通班。她受不了这样的打击，请求父亲把她调到其他中学。父亲给她找到一所偏远乡镇中学，这回她能处处领先，心情可激动了，知道什么叫扬眉吐气！她总是全校第一，几乎门门功课都创下该校有史以来的最好成绩，她可得意了。父亲也替她高兴，终于为宝贝女儿找到了一所合适的好学校。

当时高考要求考生必须在户口所在地学校参加预选考试。预考成绩公布后，B同学哭了，校长父亲傻眼了，其他许多同学也觉得不可思议，该同学预考就被淘汰！

两年多时间浪费了，最宝贵的学习时光荒废了，父女双双后悔莫及！

实例一是拔苗助长，实例二是移苗入沙，两者都是在事关子女前途命运的大事上，走错了路，选择了不适合孩子学习成长的环境，造成了家长和孩子终生无法弥补的遗憾。

实例三，一位在某中等城市工作的电力专业毕业的高材生，其父亲借关系，把她调入朋友所在单位工作。结果，她不会勘察、不懂桥梁设计，只能干端茶倒水、抹桌子扫地、复印资料等勤杂工作，曾经的专业骨干一下子变成了闲人、废人，她非常失落。该单位下达部门创收任务、上缴工资产值是按员工的职称为参照计算，她是高级职称，创收任务很重。年终分奖金，按贡献大小，她得到的很少很少。她有意见，其他人意见更大。有人提出，她应该倒找，原因就是她的"成本"太大，收益太小，属于"负效益"人员；还有人提出把她撵走，说她妨碍公平，影响大家积极性。她很苦恼，又很无奈，想想当年在电力部门呼风唤雨的经历，她就想哭。

实例四，一位化学专业博士生考上某省级事业单位办公室职员，每天的工作就是收发文件、通知开会、布置会议室、起草领导讲话稿，接待外地来本省本单位开会人员，安排食宿和出行计划。整天忙得不可开交，还常因办错事被领导训斥。他觉得自己的工作太无聊，难有什么成绩，没有什么前途，还不如当一名大学老师或中学老师。但近10年没有再接触专业，学到的东西也忘得差不多了。还有一个副处级待遇，丢了实在可惜。

实例三、四均是关于找工作的大事，原则同样是要适合自己。只有首先找到适合自己的专业，找到展示自己才能的舞台，找到实现自己人生价值的路径，才可能让自己独一无二、独领风骚，才能让自己成为人人敬仰的偶像、人人学习的榜样，才能实现人类需求最高目标——自我实现要求的满足，你的人生才没有虚度。从事不适合自己的工作，如同吃鸡肋，食之无味，弃之可惜。自己难受，别人难受。家庭难幸福，前途难兴旺。

实例五，一位农村出来的优秀大学毕业生留在一座大城市，找到一份非常不错的工作，又娶到一个高干子弟为妻子，全家人高兴极了，亲戚、朋友、同学都夸他有本事、有福气。

婚后不久，父母来探望，带了好多土特产，媳妇嫌脏，嫌味道难闻，不让那些脏东西破烂货进门。父亲爱抽旱烟，媳妇呛得受不了，说他不走，我就走；父母说话粗喉咙大嗓门惯了，媳妇说耳朵受不了；父母有时忘了冲洗便池，媳妇要把家里全部门窗打开，要臭气跑出去；每天睡觉前要洗脚，父母觉得这太浪费水，两三天才洗一次。父母走后，他们用过的床单被罩等物件，全被媳妇扔进垃圾堆。

跟他回老家，媳妇看见母亲用又脏又黑的抹布擦碗，坚决不吃母亲做的饭。

到岳父家，他搬蜂窝煤、扛煤气罐、拖地、通下水道，总之所有脏活苦活累活全由他包揽。岳父是个老革命，是个大官，只对唯一且最小的女儿比较客气，对其他人说话总是板着脸，拿着官腔，架着官势。除了命令，没有多余话。

自己的父母特别想见孙子，想来他家。妻子声明，我家的远房亲戚要从美国回来探亲，就住咱家。你爸你妈要来，只能住宾馆，不许来咱家。我不希望美国人看不起中国人。

他生活很痛苦，妻子从小娇生惯养，脾气很大，动不动就骂他，常说三句话："没有我爸哪有你的今天""有其父必有其子""我要和你离婚"。

　　他对妻子百依百顺，说话声很小、拿放东西必须轻拿轻放，稍有磕碰声，便会被责问对她有啥意见。同学聚会，怕泼妇般的妻子让他出丑，他拒绝参加。他的社交圈越来越小，心中的苦闷很多，但却无处诉，也不敢诉。他曾多次想到离婚，但妻子翻脸不认人的毛病，谁要和她争东西，她会拼命的性格，让他感到害怕。他只能忍气吞声，只悔当初想攀高枝入豪门，却未料到，这竟是地狱般的生活。

　　找对象是人生大事。找一个好媳妇能幸福三代人，找一个坏媳妇会祸害三代人。

　　门当户对，就是爱习武找习武之人，爱从文找舞文弄墨之人，这是方向上的合适；大户找大户，中户找中户，小户找小户，这是数量级别上的合适。文与武，大、中、小户，有经济实力差距，有生活习惯差距，有文化内涵差距，有思维理念差距。冰冻三尺非一日之寒，这些差距的消除，不是一朝一夕可以完成。有时，某些差距一辈子也消除不了。消除不了就会产生隔阂，发生矛盾。秀才遇到兵有理说不清，不在同一频道，难有共同语言。

　　穿鞋子要合脚，大了不行，小了也不行。穿衣服要合身，大小要合适、颜色要合适、款式风格要合适，否则看起来就很怪异。鞋子、衣服相对于学校、工作、婚姻来说，那就是小得不能再小的事。不合适，可以送人，可以放下不穿，可以换，可以扔掉。但选个学校不能说不上就不上，找个工作，不能三天两头跳槽，找个媳妇更不能说离就离。

　　最好的前提条件是合适，如果不合适，根本谈不上好，更达不到最好。

　　选择学校、工作、婚姻等人生大事，就像选衣服选鞋子，在合身合脚的基础上，能提升人的档次和品位，让自己比以前更好，才是最佳方案。

2015. 4. 23

# 三个筛子

一位青年遇到一个哲人，青年要告诉哲人一个消息。哲人说，别急，先用我的三个筛子筛一筛。"真实吗?""刚听别人说的。""善良吗?""不是好消息!""重要吗?""小事一桩，不重要。""那就别讲了，讲了对你我都没有好处。"

说话、传递信息，要先用这三个筛子筛一筛，如果符合要求，则说、则传，否则就该闭嘴。听话、接收信息，首先用这三个筛子筛一筛，如果合格，则听、则信、则存、则用，否则就该捂耳。

说话、传递信息靠嘴，听话、接收信息靠耳朵。但嘴和耳朵没有判断力，没有筛的功能和本领，真正行使筛的权力、承担筛的职责的是大脑。大脑筛过之后，判断出符合三个筛子的要求，才会指挥嘴巴去说，耳朵去听。

大脑要判断真实与否、善良与否、重要与否，必须有自己的一套评判标准，有足够的判断能力。

小孩的大脑未发育成熟，判断能力不足;有智障的成年人丧失了判断能力。除此两类人之外，智力正常的成年人应该具备判断能力，拥有基本一致的判断标准，对同一问题能够得出基本一致的判断结果。

真实是信息的灵魂。所有人都喜欢真实、追求真实。真实的信息对听者才有意义。善良是人品的最基本体现，是区分好人与坏人、善人与恶人的根本标准。真实但不善良就可能会害人，其实也在害自己。重要是对自己和别人工作生活效率和质量的基本要求。每个人的精力有限、资源有限、时间有限，干了这个事就很难再干其他事，听取真实善良但不重要的话的同时，就不可能再听真实善良但重要的话，思考重要的问题。不重要的事会影响自己该干的重要事的质量和效率，浪费了自己和他人的时间、感情，分散了注意力。

所以，只有真实、善良、重要三个筛子全筛过且全部合格的"言"，我们才该说、该听、该信、该存、该用，否则须闭嘴塞耳。

如果我们不懂得闭嘴塞耳，总喜欢信口开河、胡说八道、煽风点火，总爱道听途说、人云亦云、以讹传讹，这要么证明我们本身不是善良之辈，想祸害他人，把幸灾乐祸当成我们最大的爱好。要么证明我们的确不会使用自己的大脑，也管不住自己的大脑。

如果我们的大脑控制不住嘴巴说什么、耳朵听什么，我们就如同精神病患者控制不住自己的言行一样，或者像未成年的少年儿童（童言无忌）。一个是智力丧失者，一个是智力未成熟者，他们都是智力有问题者。否则，我们没有理由不会用、用不好三个筛子。

三个筛子并不难理解，估计没有人会认为它们苛刻、复杂、难以接受，它们对于每个人、每个家庭、每个单位乃至整个社会都是简单实用的好工具。

现实生活中，若用三个筛子在电视台筛一筛，估计有40%以上的电视节目需要砍掉，30%以上的电视台应关闭；在广播电台筛一筛，估计有60%以上节目要停播、70%以上的广播电台会停机；在书店、书摊、书报亭筛一筛，估计至少有30%的刊物都得下架；在音乐圈筛一筛，估计有80%以上的歌曲会被禁播；在相声、小品界筛一筛，估计有70%的相声、小品节目须枪毙；在电影圈、电视剧圈筛一筛，估计有50%以上的影视剧作品不合格；在合格的影视剧中，估计有10%左右的内容须修改。

三个筛子，犹如孙悟空的火眼金睛，能看清一切妖魔鬼怪；三个筛子，就是三把正义之剑，能斩杀所有牛鬼蛇神！

三个筛子，其实是个人道德的三把尺子，是个人工作生活中常需照一照的三个镜子，是自己与他人交往、鉴别他人对自己是否有益、是否需要深入交往的三个标准，是察看世间纷杂乱象的三只眼睛，是弘扬正能量的三杆旗帜，是斩杀社会邪恶的三把利剑。

用好三个筛子，有利于自己，有利于他人，有利于社会，有利于国家。

2014.7.8

# 三十而立，立什么

古人云：三十而立，四十而不惑，五十而知天命。

就是说，人到了三十岁，应该能够自立，不能再依靠别人；人到了四十岁，就应该什么都很清楚，不能糊涂、不能迷惑；人到了五十岁，就应当知道所面对和经受的一切皆为自然规律和社会规律使然，不能再怨天尤人。

农村有句老话，叫"人过二十五，半截入了土"。这是因为过去人们的平均寿命较短而发出的感慨。现在人们的生活条件好了、医疗条件好了，平均寿命长了，但也存在什么年龄是"半截入土"的年龄，更应搞清什么年龄应该达到什么境界。否则，活的时间越长，对生命的浪费越大、对社会的损耗越大、自己的生活质量越差、幸福指数越低。

笔者以为，虽然全社会的平均寿命提高了，但三十而立的年龄标准不能变。因为立得越早，你今后的发展思路越清晰、发展方向越明确、发展的物质基础和思想基础越牢固。你偿还欠父母、欠社会债务的本金越低、利息越少，还清本息的时间越短；你为家庭、为社会做贡献的时间越长、你的人生利润越大、生活质量越高、幸福指数越高。

三十而立，立什么？

人到三十，就应该做到立业、立家、立信。

立业，有自己稳定的、可以终身为之奋斗的事业。

有人说，事业是生命的盐，爱情是生命的味精。一个人一生没有一种可以用全部身心投入其中的事业，如同身体中没有盐，浑身乏力，干什么都没有劲。而有了甜蜜的爱情，我们的生活则变得有滋有味。立业就是选自己喜欢且愿意为之付出全部心血的事业。为了挣钱满足果腹之需和养家糊口的工作，不是事业，是职业。事业能让你满足果腹之需，能让你养家糊口，更能让你活出精彩人生。

有的人干事业，不能果腹、不能养家糊口，宁愿赔钱、赔时间、赔命也要这么干，为什么？因为他觉得这样干，能活出精彩人生。用马斯洛需要层次理论解释，就是他达到了人类需求的最高境界，满足了自我实现需要。陈景润、华罗庚、苏步青、爱因斯坦、哥白尼、牛顿、阿基米德等大科学家就是这类人。我们现在的许多年轻人干活只为挣钱，谁给的钱多就跟谁干，频繁跳槽，不断变换单位，如同猴子掰玉米。年轻人变换到不熟悉的单位，从事不擅长的工作，就像企业在搞不熟悉的业务一样，风险很大，优势丧失。进入新单位如同初学者，一切必须从头学起。人员不熟、成本很高，不确定因素很多，应对经验很少或者毫无经验，失败的概率很高。所以，在立业之前要慎重选择，选择好了就尽可能从一而终，不要半途而废。

柳青说过："人生的道路是漫长的，但紧要处往往只有几步，特别是当人年轻的时候。"立业就是这紧要处的关键一步，"男怕入错行，女怕嫁错郎"就是这个道理。

立家，有个稳定的家庭。有孩子，知道做父母的感受，能够感知养儿育女的辛苦，从而能够真切体会自己父母的艰辛，懂得感恩。立家之后就有了养家糊口、相夫教子的责任，增强了责任意识，明白了付出的重要性和必要性，学会了担当，懂得了孝敬的含义；知道了柴米油盐酱醋茶等生活现实的滋味；体会了夫妻沟通的真实感受，体验了夫妻相互体谅、相互帮助的乐趣，学会了体谅他人、帮助他人。

没有立家、没有孩子的人，无法产生对家庭、对孩子责任的深刻理解。太晚成家，对家庭的认识势必滞后，对工作、对生活、对为人处世的实践势必滞后，与同龄人相比，你已经输在人生的中转站上了。

立言，人到三十，个性品格基本形成。你是急性子还是慢性子，是细心还是粗心，是勤快还是懒惰，是豪爽型还是腼腆型，是大方人还是吝啬鬼，是诚实还是奸猾，是谦虚还是傲慢，是冒失还是谨慎，大家基本心中有数，你的形象基本铭刻在大家的脑海中，很难改变。

立信包括两部分内容，立言和立行。也就是你是怎么说的，你又是怎么做的。

立信，即用你的行为证明你的言论，证明你立言的内容是否属实，这是立信的理论与实践相结合，是真正形成立信结论的过程。

你是否言行一致，言行一致就是有信，否则就是无信，即你所说的大家都不信。大家都不信你，你就很难得到真正的支持、帮助。人生在世，个人的力量微不足道，没有别人的支持、帮助，你的事业很难发展，很难获得成功，你的家庭也很难幸福。

立言，你的座右铭是什么？你崇拜的偶像是谁？这些都能代表你为人处事的立足点，你的理想、目标、方向、原则。这是你立信的理论部分。

立行，是立信的实践部分。是你的经历、阅历、干过什么事。

没有下过煤矿不知煤矿有多深，没有建过高楼不知站在高空有多险，没有攀登过高原不知高原缺氧是什么感受。

肚量是被委屈撑大的，胆量是被危险练大的，成功是由失败堆成的。没有遭遇诬陷、诽谤不知什么叫委屈；没有碰到冷遇、讽刺、挖苦、打击，就不算真正的完整人生。人到三十，没有经历挫折、磨难考验，没有体会酸甜苦辣咸的种种感受，就没有成熟。

人不到三十就不成熟。

二十多岁的毛头小伙子往往很猛、很直、很刺、很粗、很傻，难成大事。嘴上没毛，办事不牢，就是这个道理。

有的人嘴上长满毛办事仍不牢。因为他们年龄虽长了不少，但历练并没与年龄同步，该经历的没有经历、该体验的没有体验，即立行不够。你可以让人帮你干活，但无法让人帮你体验。没有体验只能是身长心不长，或者年长一岁心长半岁，心管不了身，自己的心理无法供应身体和年龄所需的精神营养、心理能量和思维支持，表现为不成熟。打个比方，人到三十，要达到成熟的境界，需要十种过硬的素质、十种较强的能力。你只具备了五种素质和五种能力，其余五种素质和五种能力因你不知道需必备而没有培养，在需要时，你没有，要么你用错误的办法去应对，要么就手足无措。

立业是人生远航的船，立家是栖息停泊遮风避雨的港湾，立信是人生的航标。立业助立家，立家稳立业，立信能保立业的船到达理想的彼岸，立信能保立家的港湾永远风平浪静、温馨无边！

2014.5.31

# 用自己的标准衡量别人会得出错误结论

以前，大妹来我家，做出的饭菜常常咸得让人难以下咽。我劝她少放点儿盐，她却说一点儿也不咸，少盐没醋的菜有啥吃头，好厨师一把盐。

前几年我做了两个不大不小的手术，开始对酸辣味儿特别敏感。老婆还是照原来的做法，结果炒出的菜又酸又辣，我不能吃。而她却说跟原先一模一样，她自己觉得挺合适，是我有意挑剔。

这两件事让我悟出个道理：用自己的标准衡量别人，常常会得出错误的结论。

其实，生活中这样的事例比比皆是。

有人喜欢酸、有人喜欢甜，有人爱吃咸、有人爱吃淡，有人爱吃米、有人爱吃面，有人爱吃菜、有人爱吃肉，有人爱吃水果、有人爱喝可乐，有人爱喝茶、有人爱喝酒，都是适合每个人身体特点的自我需求和正常需要，不应当感到奇怪。每个人对各种口味除了品质有差别之外，还有很大的数量差异，都应当予以理解和满足。

对冷热的感觉也是如此，胖子怕热，瘦子怕冷，小孩怕热，老人怕冷。用爷爷奶奶对冷热的认知去武装孙子，大多会让孙子热得难受。

运动中，如两个人打乒乓球，对球的长短、旋转强度、快慢、力量、弧线高度、左右落点等的感知，是大不相同的。专业选手认为，所有业余选手的球均为长球，几乎不带旋转，没有力量，弧线很高，落点很正。业余选手认为，专业选手球太短、带有强旋转、速度太快、力量太大、弧线太低、落点很刁。不同的技能水平对同样的球，会得出不同甚至完全相反的结论。

学习中，会者不难，难者不会。爱学数学的觉得数学好，爱学物理的觉得物理最有意思，爱学化学的认为化学用处最大，其他学科统统没有自己最爱的那门价值大、没它有意思、没它好学。

工作中，这样的例子俯拾皆是。

许多人总觉得别人的工作比自己轻松，别人的付出比自己少，但收获却比自己多，于是就认为不公平，就抱怨，就消极怠工；别的单位比自己的单位都强，自己所在单位是全世界最烂的单位。这山看着那山高，外国的月亮比中国圆。

有位西方哲人说过，如果把全世界的苦难放在一起让你去挑，最后你还是愿意挑回属于自己的那份。

用老祖宗的话说，许多人身在福中不知福。

我们常说要学会换位思考，其实不是谁都能做到的。

"不在其位，不谋其政"，表面上看是身份和职责问题，背后则受性格、习惯、学识、修养、人品、阅历、眼界、境界、能力、责任心等一系列因素影响。

小孩子饭来张口衣来伸手，从来不会考虑有无饭吃是、有无衣穿，也不管饭是怎么做的，做饭的柴米是哪儿来的，要多少柴、什么柴才能将饭做熟。做多少才够全家人吃饱又不浪费，怎样才能每天有饭吃、每天有衣穿。孩子无论如何也换不到当家的位置去思考这些问题。

单位一把手就相当于家中当家的。他思考的问题包括：如何平衡各位副职之间的关系，如何平衡各部门之间的关系，如何平衡每个员工之间的关系，如何平衡总部与下属单位之间的关系，如何协调本单位与上级单位之间的关系，如何协调本单位与兄弟单位之间的关系。这个当家的须有全局、长远、重点等观念，许多副职根本不会这么考虑，也不关心，许多事也不知道。

单位副职就关心自己分管的一个或几个部门，只要自己分管的部门工作能搞好，不出事就行。至于单位的长远发展，单位当前稳定等大事，那不是自己该操心的事。

在其位，谋其政，不在其位，则不谋其政，否则就是缺位、越位和错位。这既是保护，又是限制，既是好事，又是坏事。位有高中低之分。低位之人没有中高位的经历和阅历，也难有中高位的能力，更没有中高位的权力，也不用承担中高位的责任。

身份和地位决定了一个人该干什么，不该干什么；决定了他的经历、阅历体验、能力培养与形成；决定了他的眼界、胸怀、视野和抱负；决定了他的社会贡献、社会影响、个人价值和社会价值；进而决定他后期身份变贵还是变贱，地位提高还是降低的发展方向。

要评价一个人、一件事，就应该充分了解这个人的特点，事件的背景，站在与他同等高度或比他更高的位置，用同样的眼界、视角、胸怀，才可以得出基本客观正确的结论。

让高位之人换到低位去思考，同样很难成功，高位的职责要求是谋宏观、谋全局、谋长远，把握总体发展方向，掌好舵、领好航，他不关心那些鸡毛蒜皮的小事，不过问具体过程和细节。

一个人要适应社会发展，要在自己所处的环境中做到游刃有余、进退有度，就要学会变通，要了解不同的位置应该承担的责任、履行的义务，知道什么话该说，什么话不该说，什么事情换个角度可以想通、可以办到，什么事情即使换了角度也无法办到，那也得想通。

不同的人有不同的情况，切记不能总用自己的标准衡量别人，这样常常会得出错误结论。

2015. 4. 27

# 请放低身子

学习打乒乓球时，教练不断提醒：要重心下移，放低身子。

起初，我并不明白教练的意图，觉得放低身子很不自然，也不舒服，就在教练叮嘱时低一下，教练不说就不低，直挺挺地站着打，结果球老出界。

训练一段时间之后，接球时重心下移、放低身子慢慢变成了习惯。这时才突然发现，当身体重心下移、身子放低之后，所有的球都变成高球，都好接，都能扣。接过去的球很少出界，几乎个个是贴网过去，给对方接球带来了难度。

放低身子，所有球都是高球；放低心态，所有人都是高人，都有我们身上所不具备的优点和长处，都有值得我们学习的地方，都能令我们肃然起敬。能敬之则愿学之，愿学之就有所收获，有所提高。

刘备在缺兵少将时十分谦虚，曾三顾茅庐请诸葛亮出山，成就了三足鼎立的千古伟业。诸葛亮一生谨慎，让才气与心气同高的周瑜感慨：既生瑜，何生亮，让同样才高的司马懿敬畏有加，不敢有半点怠慢。司马懿藏锋低态几十年，最终完成了统一三国，让孙子司马炎称帝建立晋朝的宏图大业。一代枭雄曹操，非常爱惜人才、礼贤下士。为了抢刘备的谋士徐庶为他效力，竟抓其母亲作为人质。为了留住关羽，不惜用重金、美女、赤兔马等收买。可惜关羽一概拒绝，最后还是离开了曹营。关羽虽然不愿为曹操卖命，但在吴蜀合攻曹军、曹操败走华容道之际，关羽感念曹操昔日之恩，义释曹操，送了大礼，还了大情。

没有放低身子，放低心态，就是不谦虚，就是自负，就是佛教所称的"贪、嗔、痴、慢、疑"。"慢"即傲慢，就是看不起别人。

关羽仗着能过五关斩六将的本领，看不起孙权、看不起周瑜、看不起吕蒙及东吴的各位大将。孙权想和他结成儿女亲家，他竟放出狂言"虎女岂能嫁犬子"。结果因大意丧失荆州，在败走麦城之时被吕蒙所杀。刘备称帝之后，仗着拥有雄师80万，为了给关羽报仇，不听诸葛亮建议，执意攻打东吴。在取得连续摧城拔寨的巨大胜利后，傲气日盛，不听部将建议，执意在山林中扎营。陆逊火烧连营，蜀军大败，他逃至白帝城，一病不起，死在那里。张飞凭借在长坂坡一声怒吼，吓退百万曹军，却看不起部将，动不动就非打即骂。部将怀恨在心，趁其熟睡割其头颅逃往东吴。吕布仗着自己有能日行千里的赤兔马、有威力无比的方天画戟、有绝世武功、有无数的辉煌战绩，把所有人不放在眼里，屡屡卖主求荣，变成"三姓家奴"，曹操不要、刘备不收、孙权不留，没有人把他放在眼里，结果被曹刘联合置于死地。

傲慢之人都是有才能之人，也是有功绩之人。

才能大了，其他人在他们眼里就是无能之辈，没有地位、没有说话权利，只有跟随和执行的份。执行不合自己的心意，便随意打骂、任意处罚，没有任何顾忌。

功劳大了，就能赢得方方面面赞许，得到部属的尊敬、仰慕、巴结、献媚，得到更多的荣誉，更高的地位，更大的利益，就由此飘飘然，心态也会自觉调高八度。当别人没有按照调高后的心态看待自己、招待自己、对待自己时，就会不适应、不舒服，就会对他人的言行感到不满、嗔怪，就会用行动教训他们，给他们点儿颜色看看。久而久之，别人在进步，自己却原地踏步，骄傲的资本被岁月一点一点消磨得所剩无几，贬值得轻若鸿毛。

三人行，必有我师。每个人都有自己的优点，每个人都有可学之长。与芸芸众生相比，自己不如人的地方太多太多，几辈子也学不完，有些优点和长处一辈子也学不会，只能敬之、仰之。

任何人都没有骄傲的资本，都不应该骄傲，必须承认自己有不足，知道自己的不足在何处，不足的程度有多大，然后虔诚地、谦虚地、踏实地拜师求教，取长补短。

如果能够发现自己的不足，我们的身段自然会低下来，心态自然会降下来。当你放低身段、降低身价看世界，我们会发现，社会上到处都是高人，人人都是我们的老师。我们就不敢傲慢，还会以崇敬之心、诚恳的态度请人赐教。

请放下身段、降低身价吧。你会发现，原来比自己强的人很多很多，你需要学习的东西很多很多，你应当尊敬和崇拜的人很多很多！当你感到自己实际拥有的比应当拥有的多出那么多后，你其实已经很幸福、应当满足。

当你能意识到必须学习、必须奋斗、必须奉献，才对得起你所拥有的一切时，说明你的身段才刚好放到位。

2015. 7. 26

# 朋友是我们的第三条"命"

人生有四根救命或者说命运之绳。第一根，父母；第二根，老师；第三根，朋友；第四根，自己。

父母负责教生活技能和生存技能，培养我们的习惯和性格。父母具有唯一性，不可自由选择。遇到好父母，就能学到很多好东西，学到好习惯，养成好性格；遇到不好的父母，就很难学到好东西，无法养成好习惯，难以养成好性格。父母是好是坏，都是我们的命，没办法改变，只能接受。父母是我们的希望之源，决定着我们的第一命。

老师，包括幼儿园、小学、初中、高中、大学、硕士、博士等各种老师，主要教授我们认识、改造自然和社会的知识技能，培养我们的信仰、道德、为人处事方式方法。

老师相对固定，有选择的自由，但自由度较小。上大学前，选择的自主权主要掌握在父母手中；上大学后，孩子才获得部分自主权。年龄越大，学历越高，我们选择老师的自主权越大，自由度越高。

遇到严格且优秀的老师，那是我们的幸运，能教出优秀学生，改变我们的命运；遇到不负责任、能力较差、人品不好的教师，第二个命就靠不住，有时还会误导我们。

第三类有可能改变我们命运的人，就是朋友，包括异性朋友、自己的伴侣、师父、领导、文友等，朋友是我们的第三条命。

人生三类老师之外的第四类老师，就是我们自己，是我们的第四命。自学、自悟、自省、自立、自强，也能摆脱家长和老师带给我们的背命，能选择良师益友帮助自己，能自己给自己运作出一条好命。运作的主要方式就是利用好我们为数不多的自主权，找到一个好师父、好伴侣、好领导、好朋友。

俗话说，在家靠父母，出门靠朋友。

从进入幼儿园，我们就开始与家人之外的朋友打交道。从小学、中学、大学，到参加工作，朋友始终陪伴着我们。随着年龄的增长，出门的时间越来越多，与朋友相处的时间越来越长；在家的时间越来越少，与家人相处的时间则越来越短。我们一生中，与朋友相处的时间大约占到生命的三分之二以上。所以，处好朋友，我们的多半人生才会有更多的快乐和幸福。

朋友分四类，有德有才、有德无才、无德有才、无德无才。交朋友，最好选择有德有才者，次好选择有德无才之人，最忌选择无德有才和无才无德之流。

朋友选得好，就是给我们的人生旅途找到了借力、增力之源，我们的一生会发出超过自己原本之力数倍的力量，一路高歌，有时因朋友而辉煌无比；交友不慎，如同给我们找来了耗力、减力的祸源，我们自身的力量被损耗，难以发出原本之力，一路磕绊，危险、痛苦、灾难等背离快乐幸福的事时有发生，有时因朋友而葬送前程。

朋友的第一梯队是伴侣、师父、领导，俗称名师开悟之"名师"，他们是家人之外高于普通朋友的人，是对自己一生影响非常巨大的人物。其特点是高于优秀的严师，某种意义上发挥着父母的一些作用。相对固定，一生只有几个人有资格扮演这个角色。选择的自主权少部分在家长手中，少部分在单位领导手中，大部分在自己手中。

第二梯队是知心朋友。是两个人志同道合、心心相印者，在平等、互利、互信、互助的基础上，长期交往形成的牢不可破的友谊。某种意义上讲，知心朋友就像自己的亲哥哥弟弟一样，发挥着外人无法替代的如同自己手足般的作用。士为知己者死，知己者就是自己选择的、愿意为他两肋插刀之人，没有任何外人可以干涉，不能强加，也不能强拆。知己之间不受身份贵贱、财富多寡、能力强弱因素影响，唯一连接他们的纽带是品格相吸，相互难弃。

朋友的第三梯队是有共同爱好者，如文友、棋友等。这种朋友的选择权主要掌握在自己手中，可由外人推荐，是否接纳由自己决定。由于是共同的爱好将他们连在一起，一旦爱好转移，或对团队中的某个人不满，就可以退出团队，转向其他团队，原来的朋友圈对退出者不再产生任何影响。

朋友的第四梯队是同行者，即在一个单位工作的同事，在一个地方居住的邻居、同乡，一起出游、出差的同伴。这种朋友的选择权主要掌握在别人手中,自己基本没有权决定与谁同事、同乡、同伴。他们相互之间往来较少,关系不密切,相互了解不足。由于某个同事、同乡、同伴的错误行为可能会影响到其他人的利益,影响某个团队的声誉和未来发展,作为同行者也有必要关心和帮助他人,把同行者发展成有共同爱好者,把有共同爱好者发展成为共同朋友,有时还可以从中找到伴侣、知己、师父和领导。

朋友是我们的第三条命,他教会了我们正确地认识自己。

物以类聚,人以群分,你跟什么样的人交朋友,就证明你是什么性格的人,有什么爱好的人。

大方的人喜欢与大方者交朋友,他们不愿与小气的人来往;实在的人愿意与实在者交往,不愿接触虚伪的人;直爽之人喜欢与直爽者在一起,不愿与喜欢磨蹭的人打交道;爱说是非之人专找爱嚼舌头者嘀咕,找别人可能不听,摇头就走,或者会顶他们几句,自讨没趣;懒惰之人专找懒惰者相聚;有智慧者找智慧者商量事;胆大之人专找胆大者一起冒险;细心之人专找心细者帮忙。爱写文章,爱打球,爱下棋,爱打牌的人,专找同好切磋技艺,互诉感受。

凡是由自己自主选择的朋友,必须有性格、志趣、爱好的契合点,就是这个契合点,或较长时间或短暂地将两个无亲情、爱情,无工作交集,无生活交集之人联系在一起,成为朋友。

我们认可的朋友的某些优点正是我们自身具有和向往的,我们追求的性格、志趣、爱好,朋友教会了我们,让我们认识到自己是什么样的人。

交朋友的核心在于相互信任,关键在于相互帮助。

有时,同一件事情,同一个道理,由父母讲给我们,老师说给我们,我们不一定听,听后也不一定信。但如果从朋友口中讲出来,我们就会听,会信。平等是交友的基本原则。父母、老师有天生高于我们的优势,与我们交往时或多或少地会表现出强势、压制、强迫等居高临下的言行。即使他们有错,由于他们"势大",我们也会违心地服从,但心中总有不服。朋友对我们而言,站在一个地平线上,没有势大的优越感,我们心中无畏、无惧,即使说错话,做错事,顾忌不如在父母、老师面前那么大。与他们相处能满足我们追求自由、平等的需求,能得到尊重。在平等、信任、尊重等前提下,朋友的帮助、扶持对我们而言,显得弥足珍贵,我们会非常珍惜。他们的建议,我们会多数或全部接受,他们行为中的优秀品质,我们会尽可能模仿、学习。

他们的某些习惯或思考方式我们会不由自主借鉴。久而久之，我们也因朋友而得到了提升、完善。

朋友教会了我们提高兴趣爱好的技术水平和认识水平。

与朋友一起探讨写文章技巧，打球技巧，下棋技巧等，我们写文章的水平、打球水平、卜棋水平或多或少地会得到提高，同时我们对文章、球类、棋类的认识水平会得到升华。

笔者在与朋友打乒乓球的过程中，不但学到了有关乒乓球的基础知识、基本技能，了解并掌握了乒乓球的发力原理，对身体各部位的影响，还从中学到了超出乒乓球本身的人生新理念。如连续与稳定的关系，比赛与训练的关系，时间与能力的关系，位置与方向的关系，设计与施工的关系等等。只要留心，只要用心，爱好中的学问，兴趣爱好中引申出的人生思考，从朋友身上学到的做人学问，会受益终身。

人生有三个课堂，家庭，学校和社会。家庭课堂上课不正规，学校课堂有年龄和时间限制，只有社会课堂一辈子没有寒暑假，永远不下课，教学内容丰富，教师资源无限，是我们人生最大的课堂，最好的课堂。它什么都教，所有人都可以当我们的老师。社会大课堂中，主要课程的任课老师，就是我们的朋友。

社会课堂的老师都是志愿者，没有必教什么、要教多少的责任，没有工资，他们是无私奉献出自己的品德知识技能智慧让我们学习的"雷锋"，我们一定要珍惜这样难得的天上掉下的"馅饼"。但要慎交友，选好老师，不能有病乱投医。要选择有德有才的人担任我们社会课堂中的任课老师。

要真诚对待朋友，热情帮助朋友，虚心向朋友请教。莫要慢待朋友这个没有法定义务，没有限定责任，但愿意帮你、教你的第三类老师，看重能改变你命运、能弥补家庭和学校教育缺陷的你的第三条命。

2015. 6. 20

# 每个人至少应当是"三合板"

三合板，即由三层薄木板黏合在一起构成的一块木板，它有广泛用途。门板、柜子的底板、面板、隔板、背板、侧板等，多数都用"三合板"。

相对于五合板、七合板，三合板价格便宜，但质量较差，难当大任。切菜板、凳子面板、床板、楼梯木板、桥板、车厢板、船板、机器垫脚板等，需要承载较大重量的地方，一般不用三合板，甚至五合板、七合板也不敢用。

如果优秀人士相当于七合板，良好人士相当于五合板，那么，普通人士就相当于三合板。如果连三合板的质量都达不到，那就是劣质板，就是劣等人。

每个普通人由基本个性、基本知识和技能、基本道德三层构成。普通人占全社会人口一般在80%以上。每个良好人士除此三层外，还必须有高于普通人标准的道德境界和道德表现，拥有高于普通人标准的知识和专业技能，有资格有能力成为普通人的老师、导师。良好人士占全社会人口比例一般不高于20%。优秀人士比良好人士有更高道德标准和道德表现，有崇高的理想和信仰，具备最高的知识和技能，人品极好能力极强，其中有跨时代、跨国界影响的政治领袖、经济领袖、军事领袖、文化领袖、哲学领袖、科学领袖、宗教领袖，其功绩能够恩泽上百年，受恩人群超过世界人口30%以上。

个性包括个人的性格、气质等先天带来的、不易改变、不能改变、不以个人的意志为转移、属于本性范畴内的个人特有的东西。还包括随着个性气质而产生的兴趣、爱好等影子产品和衍生产品等。每个人的个性生下来就有差异，且许多差异带有遗传成分，个人无论如何努力也不可能改变。所谓百人百性，即每个人的个性均不同。

知识包括知识和技能两部分，是每个人做事的武器，是克服困难、解决矛盾、满足需求的必备工具。

道德包括信仰和道德两部分内容。每个人的个性有差异，信仰也有崇高、普通之分，知识和技能也有多寡高低之分，有专业之别。即单靠个性和知识技能，人类就无法找到公认的共同点，很难有交集。只有每个人的基本道德相同，才能形成人类共有的东西，才能产生全社会交往的共同基础，才有人类信息交流的共同语言。有共同的道德，共同的社会概念，人与人之间的交往才可以开始，相互才能听得懂，才会按相互发出的信号行动，行动才能取得双方均满意的结果，交往才可以持续。

如果没有法律和道德等一致的东西将大家统一起来，如同全国人民都讲普通话，大家才听得懂。讲四川话的四川人与讲广东话的广东人交流，讲榆林方言的榆林人与讲汉中方言的汉中人交流，相互都听不懂，怎么能知道对方发出的是什么信息，怎么交流呢？再如讲汉语的中国人同讲英语的美国人谈生意，讲德语的德国人同讲葡萄牙语的巴西人打官司，能有结果吗？

法律是最大、最浅、最低的道德。人们工作生活中，该用法律解决问题的机会极少，而大多数的问题，要靠道德去解决。如果全国没有统一的道德标准，都讲道德"方言"，那就寸步难行。如果全世界没有统一的道德标准，都说道德"国语"，世界上人与人之间也没有办法打交道。

每个人的天性有差异，掌握知识和技能的程度会出现比较大的差异。同样一个知识，有的人学得很好，有的人学得一般，有的人学得很差；同样一种技能，有的人一学就会且能应用自如，有的人怎么学也学不会，但若让他转学其他技能，他可能就得心应手，学得很好、用得很好。

从知识和技能的角度衡量，每个人有着与其个性、习惯、兴趣、爱好相关的不同的门和道，不能要求所有的人都进同一个门，走同一条道。应当按照每个人自身的特点，让其选择适合自己的门和道，从事自己喜欢的职业。

每个门、每条道、每门知识也有着共同的基础知识、通用知识，如数学知识、语文知识；各种技能也有着共同的基本技能、必备技能之说，如生存技能、安全防护技能、社交技能等。在此之上才有更丰富、更专业的知识，更高端、更独特的专业技能，这才是每个人要选择的门和道。可以选的问题就是人生的选答题，必须具备、不能选择的问题则是人生的必答题。基本知识、基本技能、基本道德就是人生的必答题，必答题及格了、过关了，这个人也就合格了。必答题不及格、没过关，做再多的选答题也无济于事，还是不合格。

人的个性虽有差异，但个性中也有共性的成分。如追求幸福、快乐，希望参加社会交往，期望得到别人尊重与认可，盼望自身所具备的价值变成现实的看得见、摸得着、感受得到的社会产品等能够交换、衡量的社会价值。

每个人实现共同目的的方法和路径不同，对幸福、快乐的认识有所不同，即所进之门和所走之道有所不同，但目的地有相同之处。

道德就是将不同个性的人黏合在一起，将不同知识和技能的人黏合在一起的社会黏合剂，是人这块三合板中非常重要的中间那一层板，是每个人与他人交往的端口、插头。

如果相互之间端口型号对不上，插头型号、大小不一致，那么两个人之间的信号不相容，就无法相互传输信息，两个人就不能组合成一个家庭，三个及三个以上的人就无法组成一个团队，很多单位和组织就难以形成一个社会，整个社会就会变成一团散沙。

连接人与人之间的道德插头有三个核心指标，即真善美。

真诚才能让他人信任，信任才能产生合作。

善良才能对他人有益，对他人有益合作方可持续。

让他人获得美好感受，才会对他人产生吸引力、感召力和凝聚力，有了吸引力、感召力和凝聚力，团队才会不断壮大，才能解决更多、更难、更重的困难、问题和社会矛盾，社会才能更好更快发展，每个人才能在社会发展中，实现自己追求快乐幸福的目标。

任何由人完成的事情，都包含着经办者的个性、道德和知识技能三要素。学习知识和技能的目的，是为了做事；学习道德的目的，是希望自己做出的事得到大家认可，希望自己设计、生产的产品有人买，希望别人帮自己做事，共同解决问题。如果没有共同的道德标准，自己做出的事就很难得到他人认可，就是瞎忙，就是搞破坏、捣乱、干坏事。自己设计的产品无人生产，就是白设计；自己生产的产品无人销售，就是浪费资源、耽搁时间。不但收不回成本，资产损失无法弥补，而且自己还没饭吃，自己销售的产品无人买，就无法养家糊口。

没有道理的事、没有品质的产品，背后肯定站着没有道德的人。无论其个性如何，其知识有多丰富、技能有多精湛，只要缺少道德这个核心部件，就缺少了与他人交流、交往、交易的基础，纵使暂时可以蒙混过关，但长期看、全局看，这样的事、这样的产品、这样的人，注定会被否定、被淘汰、被孤立、被抛弃。就像汽车缺少发动机和方向盘，外形看上去是汽车，实际上跑不了，就不是汽车，最多可以说是模型车或者叫玩具车。没有道德的人也可以称作模型人、玩具人，但他的杀伤力、破坏力绝不是模型人、玩具人可以比拟，称其衣冠禽兽、害群之马才恰当。

道德之板是连接自己和他人的最重要端口、最关键插头。

企业招人才、家庭给儿女选对象、个人交朋友都要选人。选人的最低要求要选"三合板"，三合板中最关键的要选道德板，道德板最核心的指标是善良的心。找到有善心、大善心、特大善心的人，就是找到了与他人、与社会的万能端口、万向插头。我们生活的舞台会不断扩大，会有越来越多的朋友助演，事业会有坚实的发展平台，会有越来越多的高人指点、贵人相助，生活幸福事业兴旺就有了保障。把准了方向，质量首先过了关。至于幸福指数的高低、事业发达的程度，还要取决于自己的个性、气质是否与家人、同事吻合或者能够互补，个人的兴趣、爱好、知识、技能是否与事业吻合。

总之，每个人至少应当是"三合板"，最重要的是道德之板，它是衡量人的质、人的人性的标志性指标。

2016. 2. 4

# 赔钱生意为何能让企业老板卖力并感动

俗话说：赔钱的买卖无人做，杀头的生意有人抢。

现代经济学也告诉我们：企业的宗旨是追求利润，企业老板的目标是实现利润最大化。

市场经济发展到今天，追求经济效益的市场法则已达到了高度普及和广泛拓展，"向钱看"的目标早已从企业延伸到社会各领域。学校、医院、广播电台、电视台、报社、杂志社追求经济效益，电影、电视剧、小说、报告文学、书法、绘画同样追求经济效益，文艺被金钱绑架，成了市场的奴隶。就连部分政府官员也搞权钱交易。在全民闯市场、追金钱的社会背景下，要让企业老板不赚钱，做一笔赔钱生意，行吗？

2014年10月8日，由华夏银行组织的第四届"华夏之星"小企业精英训练营全国招募活动正式开启。活动主要内容是给雷锋家乡湖南望城的乡村学校搭建一座公益图书馆。要求学员必须为小企业主，自付交通费，自带帐篷、睡袋、餐盒。

到10月底，全国各地报名的小企业老板有700多人，经过筛选，最后选出29人。

全体学员到达望城后，主办方告诉大家，本次活动是银行团组织举办的纯公益活动，与银行业务部门无任何关系。搭建图书馆的全部工作只能由29位企业主自己完成，没有别人帮忙；要完全靠手工，没有机器辅助。山村没有地方住，只能在露天搭帐篷；吃的是挂面咸菜。每天有额定的工程任务，当天任务当天必须干完。7天之内，必须完工。

学员们没有一个人干过这样的工程，全部是学徒。任务下达后，许多人对这个项目充满疑虑，对能否完成没有信心。

7天的工程，有5天在下雨。由于手生，前几天的进度非常缓慢，总要早起、熬夜才能完成当天任务，晚上就睡在漏雨的帐篷里。他们冒雨卸车、搬运木料，立桩、上梁、铺顶、打眼固定。许多人手上磨出了血泡，有的脚肿得走不了路，吃着不顶饱的挂面咸菜，干完活还要加班听课。

对他们而言，这不仅是一次劳动，更是一次修行，一次必须接受的痛苦的心理挑战，一次必须坚持和忍受的行为挑战。多数人感到自己一辈子从来没有出过这么大的力、受过这么多的苦、接受过这艰难的考验和挑战。但他们全部挺过来了。连他们自己也不敢相信，竟然能用自己的双手搭建起一座现代化图书馆，让山里的孩子享受自己的劳动成果，汲取知识的营养。

这7天，考验了他们快速学习、快速分解任务，倾听、执行、协作、互助等各种能力，检验了他们的敬业精神。这7天，激发了他们未知的潜力，也暴露了不自知的缺陷，改变了他们很多观念，帮助他们调整自己的人生航向，改变每个人的未来之路。这7天，与其说是帮助别人，不如说是一种自助，收获最大的还是他们自己。

当人被逼到无路可退之时，每个人的潜能就会被充分激活。释放出巨大潜能的小企业主发现，原来还有一个如此顽强如此优秀的自己。每一个优秀的自己每天感动着别人，也会被别人感动；每一个与从前不同的自己，不但颠覆着自己的观念和形象，也会被别人的观念和形象所颠覆、所感染、所影响。他们体验并学会了一种全新的对待事、对待物、对待人的方式。他们为孩子们创造出奇迹的同时，更实现了自我超越。

这7天，他们真正懂得了责任、奉献、尊严的含义，懂得了如何与人合作，为什么要帮助别人，怎样才能更好地帮助别人。

一位担任组长的学员，工作非常努力，尽职尽责，但由于太过强势、自我，没有得到其他学员认可。分享会上，这位学员流着泪说：自己在生活中其实面临着同样的困惑，缺少朋友，家人和员工都远离自己。以前他觉得是别人的问题，直到此次在训练营的遭遇，才让他开始深深反省自己。"这样的改变，改变的将不是我一个人，而是一个家庭、一个企业，甚至企业中的每一个人和他的家庭。"

还有一位学员表示，自己以前确实挣了不少钱，拥有一般人眼里巨大的财富，但他从来没有受到过像今天这可贵的尊重。今天的付出，才发现了自己存在的真实价值。

山村孩子给为自己盖图书馆的伯伯一个亲切拥抱，能让大男人止不住流泪；孩子们为叔叔阿姨戴上鲜艳的红领巾，能让每一位企业老板泪流满面；孩子们送来自己的手工画、献上一首歌，这些包裹着一颗颗感恩之心的最俭朴的礼物，竟能感动在场的所有硬汉！

献出爱心又得到爱心的企业老板，不要贷款，非要把存款转到华夏银行，报答爱心种子的初始传播者——自己的恩人。

爱心感动了设计师，原本12万的设计费，免收。

爱心感动了参营授课的几位名师，他们不要讲课费，作为教育者在此受教育，收获从未如此巨大。

爱心感动了媒体，国内40余家媒体对本次活动进行了免费宣传，记者们也收获了内心世界从未有过的升华。

望城维新学校不仅收获了图书馆、图书和现代化教学设备，更收获了来自全社会的爱心。

华夏银行收获了为中小企业服务、助力社会公益的完美成果，还获得了品牌价值的提升以及存在感、成就感的价值溢升。

这是一次没有金钱、没有地位、没有名誉、没有任何外部干扰的纯公益活动，是企业老板在用一周时间放下单位所有业务，排除外界一切影响的纯内因驱动行为。在时间紧、任务重、孩子们的殷殷期盼下，老板们被"置之死地"，进而激发出难以想象的巨大动力。他们互为老师、互为学生、互为奉献者、互为受益者。

只有自己受到教育，才能教育别人，只有自己被感动，才能感动别人。教育可以传递，感动也可以传递，而且传播速度更快、力度更大。

雷锋精神、望城维新学校的困境打动了华夏银行，华夏银行的爱心点燃了29位企业老板的爱心，29位企业老板的爱心点燃了设计师、授课名师的爱心。这一堆堆爱心之火又共同点燃了望城维新学校师生的感恩之心。火山迸发般的爱心与感恩的燃料混合以后，熊熊的爱心大火在各个媒体记者的爱心助燃剂、播散机加力、加速之后，爱心就以此为中心，迅速向全国、全世界播散。爱心所到之处，人们就会感受到一份温暖、分享一份感动、收获一份幸福。

这是没有任何钱权名利夹杂的一项活动，是人们发自内心的快乐、成就、尊重、自我价值的发现、体验和传播。一份快乐与人分享，便有多份快乐，再传播再分享，就会发生快乐裂变，能让全世界一起快乐。

借用该活动宣传视频的一句话结尾：受尊重的人生，才有意义。

2015.7.11

# "宰相肚里能撑船"解析

"宰相肚里能撑船"有个典故：

从前，有一个老宰相，80多岁了，后娶了一个20多岁的夫人。平时，宰相府里就宰相、管家、夫人三人。老宰相除了每日早朝外，都在府里。宰相府离皇城的路程较远，老宰相得提前从府里走。老宰相根据府门外大树上住的乌鸦叫声估计时辰，每天天还没亮，树上的乌鸦开始鸣叫时，宰相起床，从府里出发，到早朝时间刚刚好，久而久之，形成习惯。

由于老宰相年高体迈，不能房事，宰相夫人正值芳龄，长时间耐不住寂寞，就和管家产生感情。怎奈，宰相除了每日早朝点卯来回路上用的时间外，整日都待在府里，他们二人也没有太多的机会私会。不久，夫人发现了宰相听乌鸦叫声起床的规律，就告知了管家。第二天，还不等乌鸦叫，管家就把乌鸦弄惊了，提前叫了起来。宰相如往常一样，听见乌鸦叫声，就起床去早朝了。一连三四天，宰相到皇城比平时多等了半个时辰，老宰相疑惑不解。这天，和往常一样，听见乌鸦叫后，宰相就走了，到半路想起忘带东西，于是返回府里。到内屋门外，听见屋内有嬉笑声，没有进去，在外面细听。管家和宰相夫人正在互相挑逗，不知墙外有耳。夫人见管家皮肤白白嫩嫩、富有弹性就说：你的身体好像"面筋"。管家见宰相夫人的玉体光滑，如春风抚柳就说：你的身体好像"粉条"。二人拥抱在一起后，宰相夫人又说：你可比那老劈柴板子强多了。宰相再也听不下去，就走了，事后宰相也没有动声色。

一晃半年，中秋节到了，他们主仆三人在院里赏月，老宰相突然提议说：今天咱们以月亮为题，每人做诗词一首助兴如何？夫人是大家闺秀，相府管家自然也不是平庸之辈，为了讨老宰相高兴，也高兴地答应了。老宰相说：那，谁先来呀？管家说：还是大人您先来吧？宰相说：那我先来。随口说出四句：月儿弯弯出正东，乌鸦不叫有人轰。粉条搂着面筋睡，劈柴板子在外听。夫人和管家一听，当时出了一身冷汗。夫人不愧为大家闺秀，当时一愣，随后又镇静地说：宰相果然好诗。管家也随着连连附和：好诗、好诗。夫人见管家惊魂未定，就对宰相说，相爷果然好诗，下面来听我的：月儿弯弯出正西，老年守个少年妻。恩爱夫妻有多久，早晚也是别人妻。管家这时也缓过神来，满心愧疚，说：大人、夫人都是好诗，我这里也献丑一回，给大家助兴：月儿弯弯出正南，提起此事半年前。大人不计小人过，宰相肚里能撑船。宰相和夫人一听，宰相先是哈哈一笑，随后主仆三人同时笑了。宰相细细一想，自己年已花甲，夫人正值豆蔻年华，偷情之事不能全怪她，还是来个两全其美吧。过了中秋节，宰相赠给夫人白银千两，让她跟那个管家成亲，一起生活，远离他乡。这事很快传出去，人们对宰相的宽宏大量深感敬佩。"宰相肚里能撑船"这句话也就成了宽宏大量的代名词。

笔者认为，"宰相肚里能撑船"的来源和结果应该从以下几个方面分析：

其一，宰相是国家的行政最高长官，是一人之下万人之上的人物。能当宰相，其文韬武略、个人能力几乎是当代无人能匹敌的。这些能力又是经过血雨腥风的考验才磨砺铸就，他什么人没见过，什么事没经过？所以，在宰相眼里，一般人认为困难的事他根本就不当回事，大风大浪都闯了多少个来回，过儿个小湖小河算不得什么。而在一般人看来，宰相的肚量真大，宠辱不惊，天塌下来也不着急，宰相肚里能撑船呀！

其二，宰相要管理全国的所有事务，大事、急事、难事、危险事多如牛毛，用全部精力解决都不够。面对所有的事，他能镇定自如、游刃有余，体现了他非凡的胆识、魄力和智慧。若像一般人那样，遇事胆怯、心慌、着急、生气、上火，早被吓死了、急死了、气死了，他就不配当宰相了。正是宰相超人的忍耐力、承受力、处事能力，大家才用宰相肚里能撑船赞美、表达对宰相的敬仰和钦佩之情。

2013.6.1

# "中国好人村"之花为何盛开在王家砭

2014 年是王家砭村村史上值得大书特写的一年。这一年，中央电视台《焦点访谈》（2 月 11 日）、《新闻联播》（2 月 19 日）、《朝闻天下》（11 月 20 日）分别报道了王家砭村的好人好事。同时，中央文明办、中国文明网授予王家砭村"助人为乐好人"先进集体。

王家砭村位于陕西省铜川市耀州区董家河镇，曾有："王家砭绺绺天，土地挂在山两边，拉煤换粮经三原。出门不是上坡就是过河，种地不是人背就是驴驮。"有山山不高，有河常干涸。既无煤炭资源，又缺石料石材。地不肥、无土特产的川道村庄，唯一的优势就是交通便利。包茂高速和 210 国道从村中穿过。已经停驶的西安—铜川铁路与公路平行，沿村边的漆水河而架。

行驶在包茂高速或 210 国道，能看到"耀州窑博物馆"几个大字的地方就是王家砭村。去革命老区照金，参观大香山，汽车离开 210 国道向西走的那条路，也属于王家砭村地盘。

王家砭人很富，能人多，企业多，笔者在 20 多年前就听说过。笔者的两个堂姐嫁到王家砭，高中同学中有 10 多位是王家砭人。可王家砭是"中国好人村"，笔者今年才知道，为此应给王家砭再加一顶"谦逊"的帽子。

一个人做好事容易，要让全村 2000 多人都做好事不干坏事，难！偶尔做件好事容易，要让 2000 多人 40 多年一直做好事难上加难！

"中国好人村"之花为何能在贫瘠的陕西渭北、干旱的铜川大地、无资源优势的王家砭村怒放几十年，并名扬华夏，香飘神州呢？

## 组织保障——"好人村"的发动机

农村村级党组织多数为村支部，王家砭村能成立村党委，说明党员人数多，党组织机构庞大。党员多，机构庞大一般而言难以管理。村支书王科，村主任王文涛，村副主任王爱常等村干部凭借正直、公道、无私、实干、团结，连选连任。30 多年如一日，始终把群众放在第一位，把群众的事当自己的事干，干一件成一件。

全村 6 个村民小组，村委会 6 名支委分别包干一个小组。包干干部要解决自己分管小组的杂七杂八之事，村民有事可直接给分管干部打电话，村干部责任明确，该管什么大家都清楚。6 个村民小组每组都有政治组长，这是中国村级党组织的独创，让村民的政治思想和道德党务有人抓，有人管。成立村民代表理事会，设立村务公开监督小组，让干部管理与群众管理相结合，把干部的言行纳入群众监督评议的铁笼之中。全村 103 个党员每个党员都有承诺，年初确立目标，年终评比。村委会、村民小组、党员示范小组、村民监督小组，四级组织遍布全村，人人有责任，人人受监督。强大的组织体系与明确的权利、责任、监督、处罚机制，让组织的引领作用、服务作用、保障作用得以最大程度发挥。"好人村"的大火车头、中火车头、小火车头连成一片，"好人村"的火车修理、充电、加水设施和人员为其不断补充能量、修正方向，使其动力不竭，能量巨大。王家砭村委会就是带领村子这艘航船沿着正确方向前进的舵手，是推动航船勇往直前的发动机。发动机的动力能触及每家每户每人，影响全村的每一个神经末梢，"众人拾柴火焰高"就是王家砭的火光常亮、好花常开的秘诀。

## 舆论感召——"好人村"的主旋律

"好事人前夸"是王家砭的规矩。要让做好事的人，在人前人后受尊敬，有面子。把做好事、当好人变成王家砭村的主旋律。

王家砭村的舆论感召有五大载体：村民大会评议、各种先进评选、农民诗社、道德壁画、道德讲堂宣传。

2014 年春节大年初一，在村中心广场，王家砭村召开全体村民大会，对"12·17"捡拾橘子的 42 位村民进行表彰，个个戴上大红花，喜气洋洋。没有戴上红花的村民向村委会提要求，今后再遇到啥事给他们说一声，并主动留下电话号码。

从 1996 年以来，村里每年评比"五好文明家庭""十星级文明户""先进个人""好媳妇""好婆婆""好妯娌""十大孝子"，并在每年大年初一或正月十五召开全体村民大会隆重表彰。

同时，村里对不遵守村规民俗行为的人开会公开点名批评，不分亲疏。村支书王科的爷爷因开支部大会迟到几分钟，被孙子公开批评；王科的亲姨妈因偷拿集体棉花受到他的公开批评和处罚。

农民诗社是用农民话说农民事议农村理的地地道道的农民文学阵地。用身边事教育身边人，为传统美德代代相传而搭建的最有效舆论传播载体，是最适合农村诗人表演的舞台。农民的思想有地方表达，每期都有五六十人投稿，村上支付稿费，虽只印贴五六份，但读者遍及整村，从未被人撕过。作者的思想受到大家赞赏，被大家尊重羡慕，达到了自我实现。读者吸收了精神营养，思想受到启发，心灵得到净化，境界得以提升，利人利己。用创办者王江轩的话说，农民富裕之后，你不引导做好事，他就打麻将，飘三页去了。

用表彰形式引导群众向善向好，用批评、处罚形式阻止群众向恶向丑，以实际行动引领群众找准人生的方向和每一步的路标。

人是唯一有思想的动物。思想有好有坏，有正义有邪恶，每个人的思想都有好的因子，也有坏的成分。要么正义的思想占上风，要么邪恶的思想占上风。如果正义不去先占领人的思想高地，邪恶就会乘虚而入。

王家砭村能用多种形式，以聚集并传播强大正能量为宗旨，全员全过程引导着每个人的思想，让做好人扬正气时时感召每个人，"好人村"的主旋律永远奏响着真善美的乐章。

## 企业聚心——"好人村"的道德试验田

乡镇企业，这个曾经遍及祖国大江南北，作为社会主义市场经济有力补充的经济大军，在国家整顿市场经济秩序中纷纷土崩瓦解，灰飞烟灭。而比乡镇企业还要低一个档次的村办企业，不是关门倒闭便是被私有化。像1982年筹建，1983年投产的王家砭建材厂，这个有着32年历史的村办企业如今还活着，并成为全国建材行业的一朵奇葩——唯一的集体企业，被农业部、国家砖瓦工业协会、陕西省政府连年表彰。王家砭唐宋瓷厂被评为全国十大名窑之一。沙发厂、挂毯厂、面粉厂、石渣厂等，王家砭先后兴办企业36家。全村50%以上劳动力在村办企业上班，他们农忙务农，农闲务工，人人有事干，家家无闲人。全村人均纯收入16500元，远远高于全省和全国平均水平，公共积累 6000 多万元。从 20 世纪 80 年代起，村上每年要为群众办几件实事。装自来水、引天然气、道路硬化、绿化村庄、修建公厕；为新农合发补贴、为养老发补贴、为寿星发补助、为村民发菜油、为考上大学的村民发奖金，这些数额不菲的投资全部来自村办企业。村办企业的支柱和靠山是村委会和全体村民，村办企业的理念始终是为公而不是为私，这也是王家砭村村办企业之花久开不败的秘诀。

集体企业，培养了王家砭农民的群体意识、纪律意识和现代意识；检验了村委会的组织能力、领导能力、思想觉悟；试出了村民和村干部在个人利益与集体利益、当前利益和长远利益、精神文明和物质文明关系处理上的态度。

## 理念扎根——"好人村"的精神沃土

组织保障、舆论感召、企业聚心，让做好人干好事的理念深深扎根在每个村民的心底，成为培养好人，让好人生根、发芽、开花、结果的精神沃土和机制保障，成为让任何坏人难以生存的特殊土质。组织、舆论、企业相互影响，相互提供营养，如同海、江、河、湖连起来的水系，能形成良性循环，永不断流，既相对独立又相互依存，才浇灌出几十年常开不败的好人村文明之花。

王家砭村 30 多年不变的治村理念：群众不文明，再富都不光荣。

助人理念："帮人家娃一把，自己娃长一拃""救人帮人是本分""见难不帮，丢不起这人"。你不帮助别人，自己有事谁会来帮你？人为自己考虑多了，看到人跌倒就不敢扶，别人有难更不敢救。以我为中心就会变得自私自利。帮一次没啥，可要不帮或者帮了要钱，那就是牌子倒了。

表彰理念：人都有个羞耻荣辱之心，表彰村民是给他们施压，逼着他们一直向好走，向善走，不能回头。在多少人面前表彰就有多少双眼睛监督。让受表彰者成为群众的领头雁、群众身边的榜样。让好事有人争先干，大家跟着学，个个争好样。

经商理念：经商要靠好牌子，牌子倒了，形象毁了，多少钱都买不回来。

做人理念："人心要实，火心要虚。"

处事理念："牌子倒，事难搞。"王家砭村村民的牌子就是无私、善良、诚信。

坚强有力的组织，保障了方向不偏、动力不减；扬善惩恶、充满正能量的舆论感召，保障了丑恶不敢抬头，歪风没有通道；村办企业保障了村民的物质利益，增强了集体荣誉感，增加了村民的凝聚力、向心力；深深扎根在每个村民心底的文明理念，由组织倡导、舆论巩固、企业检验，变成了每个村民的思维习惯和行为准则，"中国好人村"之花才会在王家砭大地上漫山遍野，久开不败。

2014. 12. 2

# 养生健身不如养心健脑

当前，中国经济发展到了较高水平，人们物质丰富，生活富裕。想吃什么都能尝到，想穿什么都可以买到，住有大房子，行有汽车、火车、飞机、轮船，游览国内外的名山大川就像上街，购物不出门就能得到想要的几乎一切东西，娱乐方式更是多得数不清。

与30多年前相比，如今便是人人向往的神仙般生活。然而，已经当上"神仙"的我们，并没有觉得自己过得很好。人们的满意率不高，满足感普遍不足。很多人内心并不快乐，认为自己的幸福指数很低。于是，许多有钱人开始健身、养生，以提高自己的幸福指数，让自己过上健康、充实、快乐、幸福的生活。

身动或叫运动，是所有动物的共同特征。禽会飞兽会走鱼会游蛇会爬，凡动物都会身动，这是它们的本能，是动物无意识的自发行为，无须后天训练。

人是高级动物，当然具备所有动物会身动或运动的本能。人之所以高级，体现在人类的有意识行动之上。人的行动都是在意识支配下完成的，即意识在先，行为在后。如果人类像动物那样没有意识，靠本能行动，那就等同于动物。

植物人没有意识，疯子、傻子、呆子意识缺失，未成年儿童意识发育未成熟，属于法律认可的无完全行为能力的人，其违法犯罪行为，法律会轻判或免责。除以上几类人外，其他所有人都属于法律认定的具有完全行为能力的人，叫正常人。正常人有违法犯罪行为，法律要制裁。

可见，区分正常人与非正常人的唯一标准就是意识，不是年龄大小，不是个子高低，更不是身体健康与否。

正常人一定是在意识支配之下，才开始行动。即心动在先，身动在后。

我们常常听到：做事要用心、细心、有恒心，不能粗心、分心、没耐心；处事要有公心、有良心，不能有私心、贼心、贪心、野心、黑心；办事要有责任心，不能马马虎虎、敷衍了事；待人要诚心、热心、虚心，不能生奸心、歹心、祸心和傲心；说话要小心，想好了再说，不要当炮筒子、大嘴巴；学习要专心、静心；研究要潜心；对自己要有信心；面对困难要下决心；要让父母安心、放心、省心、开心，不能让家长闹心、焦心、烦心、伤心、痛心、寒心、死心。

老祖宗告诫我们：事事用心、时时用心、处处用心，说明用心非常重要，意识对人而言非常重要，心动比行动重要。

古人教给我们做人做事该如何用心的方式方法，多得用不了，但我们仍然不知道该如何做人做事。究其原因，我们的身动有余而心动不足。没有将作为人的最大优势和最突出特点发挥好，没学到手，没存入脑，没想深想透，用起来常常成为"无米之炊"。遇到挫折失败之后，又不善于归纳总结，不能及时汲取经验教训，我们便成了抱着金碗去讨饭的精神乞丐。

笔者认为，养生健身不如养心健脑。快乐幸福是用心感知的，身体的其他部位感知不到。极度丰富的物质必须有与之相适应的精神去管理。好比物质的车厢装着100吨的货物，精神的车头马力只有10吨，小马拉大车肯定跑不动。又好比物质的右腿长120厘米，精神的左腿长度只有60厘米，走起路来自然不舒服，有时还可能跌跤。

怎么办？养心健脑强化精神左腿的训练，让它尽快长长，使之与右腿相适应。

养心健脑必须把握住一个方向：向善向好。从以下四个方面入手：

一要动脑学习。目的是准确掌握善恶标准，为自己的一切行动找到正确方向，并懂得到达正确方向的正确方式方法。

应知道什么是善，什么是恶。什么是大善、中善、小善；什么是大恶、中恶、小恶。勿以恶小而为之，勿以善小而不为，这就是行动准则和行动方向。要懂得行善有什么方法，最优方法、次优方法分别是什么，最差方法是什么。要选择最优或次优方法，不要因为方法不当，好心办坏事。要懂得行善有哪些恰当发力点，用多大力量合适，不能因为方法正确，但发力点不对，用力过头或不足造成遗憾。学习首先是准确掌握善恶标准，其次是吸收别人达到善的好方法，掌握最佳发力点、最合适力量运用的原则，为行动储存多种科学的程序和最佳设计方案，建立自己为人处事的资料库、程序库。

二要动脑思考。目的是针对自己遇到的每个实际问题，恰当运用资料库和程序库，为解决该问题设计出最佳方案。包括运用观察、调研、考察、借鉴、推理、演绎、分析、判断等方法，将现实数据与资料库中的理论数据进行对照、对接。对于现实数据信息接近理论数据信息的，可以直接套用理论方法；对于现实数据信息在理论数据信息库中找不到或者差异悬殊的事项，就必须开动我们的大脑，运用借鉴、推理、演绎等方法，形成有一定依据，较为科学、可行的设计方案和工作思路。

三要动脑实践。将设计方案和工作思路付诸实际行动，使之转化为现实成果。

实践与施工的过程，是检验设计方案可行性、可操作性、有效性、科学性的过程，也是验证观察、调研、考察等收集的现实数据信息完整性、准确性、重要性、必要性的过程。同时还是检查学习的效果是否良好，是否取得真经，方向是否正确、是否合理，资料库是否齐全，发力点是否恰当，力量大小运用是否合适等，它不仅可以检验和完善理论，还能校正和补充现实资料，更能检验理论与实践结合的程度，能收到一举三得的效果。

四要动脑总结。总结的目的是为了提高。每一次解决问题的过程，都有可能取得完全成功，也可能取得部分成功、部分失败，甚至可能完全失败。经过实践，我们就应当及时总结成功的经验有哪些，最关键的一条是什么；失败的原因有哪些，最核心的原因是什么。总结失败的各种原因，促使我们不断学习，更准确把握方向，补充新方法，完善旧方法，淘汰不适用方法，丰富发力点，细化力量标准，补充完善调整资料库。总结我们在搜集现实数据方面的问题，使今后的观察、调研工作更认真、细心、有重点，让现实数据更真实、准确、有效；总结我们在借鉴、推理、演绎等方面的不足，提高借鉴能力、推理能力、演绎能力；总结在理论与实践结合方面的不足，促使我们做出更科学更合理的设计，让理论更有效地指导实践，使理论与实践结合得更紧密，让实践输出成为理论输入的放大器，而不是同等大小输出，更不应该是缩印机般缩小输出。

2015. 12. 4

# 论自我管理

自我管理简单说，就是自己管理自己。

要搞好自我管理首先必须做到自我认识、自我了解，明白我有什么，我缺什么，我能干什么，不能干什么。自我认识、自我了解可能是天下最难的事，就像东坡居士总结的"不识庐山真面目，只缘身在此山中"。

如何才能做到自我认识、自我了解？

唐太宗说得好："夫以铜为镜，可以正衣冠；以古为镜，可以知兴替；以人为镜，可以明得失。"

有人这样解释：当你第一次见到某人时，你的脑海瞬间会形成一个印象。你对他人的反映，其实就是你自己的晴雨表，镜子的一面是别人，另一面就是你自己。你喜欢的人和事体现了你的兴趣、爱好、性格特点，你讨厌的人和事同样体现着你自己。

自我管理应达到什么目标？

简单而言，就是学会做人，学会做事，学会求知，学会共处。

复杂点说，就是从只会依靠经济力量、物质力量，忽视精神力量，缺少社会环境支撑和文化思想交流的经济人，上升为能够融入社会、能够得到更多社会资源的社会人；从知识贫乏、文化浅陋，表现为简单、无知、粗暴的社会人上升为知识丰富、文化底蕴深厚的文化人；再上升为有足够的包容心、善于学习并从学习中获得快乐，工作效率取得极大提高的学习人；最后变为能用自己的知识、文化、智慧不断创造出人人喜欢看、人人喜欢用、人人愿意学的新产品、新技术、新思维、新方法，这就是创新人。创新人达到了马斯洛"需要层次理论"的最高最理想境界，满足了自我实现的需要。创新人不仅能给自己带来无限愉悦，能给社会创造价值，还能有力地推动社会发展，带动行业和单位发展，更让自己的发展步入"高速公路"。

自我管理应遵循什么原则？

笔者认为，自我管理至少应坚持以下三条原则：

第一，修己方可安人。己身不正，何以正人，何以安人？

第二，己所不欲，勿施于人。自己不喜欢的，就不能强迫别人去干。

第三，在其位谋其政，不在其位不谋其政。管好自己分内的事、不能缺位，也不能干涉别人的事、不能越位。

自我管理应采取什么方法？

简单来说，自我管理拟采取三种方法：加法、减法、调整法。

何谓加法？

有人提出：要照亮他人，你自己必须有足够的光；要点燃他人，你自己必须有足够的热；要激活他人，你自己必须有足够的活力；要带动他人，你自己必须有足够的动力；要团结他人，你自己必须有足够的凝聚力；要教育他人，你自己必须有足够的知识、经验和修养。

可能有人会问，我们是普通老百姓一个，又不想当领导，为什么要照亮他人、点燃他人、激活他人、带动他人、团结他人、教育他人？此言差矣！即使我们是老百姓，我们也有子女，必须自己来教育；有我们的同事、朋友需要团结；有年轻一代需要我们带动、激活；有许多求助者需要我们去帮助、去照顾。更何况人人都想活得有尊严，处处有人爱、时时有快乐，一生都幸福。所以，对于一个追求快乐和幸福的人而言，以上要求也是必需的。

既然追求快乐和幸福者必须有足够的光和热，足够的活力和动力，足够的凝聚力，足够的知识、经验和修养，那我们的自身是否具备、是否足够，不够又该怎么办？

不具备、不足的解决办法只有一个：增加。

增加我们的知识、增加我们的经验、增加我们的修养、增加我们的智慧。增加我们知识的办法就是持续不断地学习，增加经验就是要坚持不懈地实践。一边学习、一边实践，在实践中学习，在实践中提高我们的动手能力、观察能力、判断能力、分析能力。有了足够的知识、修养、见识、经验，才能更加坚定我们的信念，提高我们的包容能力，不断拓宽我们的爱心，从而达到学会做人、学会做事、学会求知、学会共处的目标，达到从经济人到社会人再到文化人、学习人、创新人的逐步转化，逐步提高我们的境界。

何谓减法？

减法就是减去我们的缺点、不足，清除我们的心灵垃圾。

"金无足赤，人无完人"，每个人都有自己的缺点和不足。这些缺点、不足包括：自私、软弱、虚荣、嫉妒、粗暴等，它会造成我们的人际关系紧张，做事不能得心应手。这也是造成我们不快乐、不幸福的根源。

减法比加法更难懂、更难用。难就难在自己很难认清自身所存在的各种缺点、不足，难在当别人指出我们的缺点、不足时，我们不能正确对待甚至完全否认。

要用好减法首先得分析清楚我们在哪些方面需要减，为什么需要减，必须让自己心悦诚服。其次还得搞清要减到什么程度。水至清则无鱼，人至察则无徒，何况我们不可能将自己的缺点、不足减为零。笔者认为，减至不会为自己带来明显副作用、不会为别人带来伤害为宜。减的方法就是充分利用儒、释、道等思想道德武器，提高自己的思想道德素养和自悟、自省能力。

何谓调整法？

调整法是指既非加法、又非减法的另一种自我管理方法，主要包括心理标准调整和心理容量调整两种方式。

心理标准调整是将偏离了正确、正常标准的心理衡器调整到正确、正常位置的一种方式。比如，在抗日战争进入相持阶段，部分将士在对日战争中取得了巨大胜利，认为日军不堪一击，打败日军取得抗战全面胜利指日可待，所以提出了"速胜论"的观点；另一部分将士因在战争中遭受了失败，认为日军不可战胜，提出了"亡国论"的观点。毛泽东同志分析了敌我双方的优势及劣势，发表了著名的《论持久战》，指出抗日战争是持久的，但最后的胜利是属于中国的著名论断，正确指导抗日战争取得了全面胜利。这里的"速胜论"是一种心态，"亡国论"是另一种心态，都是偏离了正确、正常的抗战实际和发展趋势的轨道，毛泽东用《论持久战》调整了全党和全国人民抗日战争的心态，实践证明是非常英明和完全正确的。再如，我们一年一度进行的衡器标定，就是日常工作中的标准调整，将大秤、小秤统统调为标准秤。同理，我们的心态也必须是定期进行调整，将过于悲观的情绪或者过于乐观的情绪调整到客观、正确、正常的标准上来，让大家心平、气顺，愿意听，乐意干。

第二种就是调整我们的心理容量，让我们的心理容量更大，能容纳、容忍更多的人和事。

有人提出，容不得别人就是因为我们的思想没有给某些人、某些事留出空间，说明我们见识太少，心胸太小，心理容量不足。这种情况就难以适应别人对你的要求，也难以适应社会。

古人用"宰相肚里能行船"来形容宰相极大的心理容量。笔者想，宰相要经历多少事，阅过各种人，若宰相像普通人或者是小肚鸡肠，可能早被气死了、烦死了、愁死了。

读万卷书、行万里路、阅人无数、名师开悟是自我管理的有效手段。

读即思，能锻炼我们的思考力、分析能力；行则明，能增强我们的执行力、增长我们的见识、增加我们的经验；阅则辩，能增强我们的判断力；悟贵行，能提高我们的自我反省能力，能让我们的思想得到充足的营养，能帮助我们清除心灵垃圾，能指导我们调整心态、调整心理容量。

自我管理最关键的一点是要从眼前的事做起，从离你最近的人做起，从当前做起，一个行动胜过一堆计划。

自我管理是一个非常复杂、十分庞大的课题。笔者从其概念、前提、必要性、目标、原则、方法等方面探讨，仅仅能涉其皮毛，更深、更广、更科学的理论与实践还需大家一起，不断地归纳、总结，方可让其逐步完善。

2013. 5. 23

# 一堂生动的群众路线教育课

## ——电影《周恩来的四个昼夜》观后

电影《周恩来的四个昼夜》讲述了 20 世纪 50 年代末到 60 年代初，在人民公社化运动和"大跃进"运动的大背景下，在中国的国民经济濒临崩溃又遭遇苏联背信弃义，撕毁合同，撤走专家，还逼迫我们还债的紧要关头，党中央意识到问题的严重性后，在毛主席的亲自率领下，中央领导奔赴祖国各地，深入到最基层进行社会调查，搜集掌握第一手资料，以便调整国家相关政策。周恩来总理按照中央安排，来到河北省邯郸市武安县伯延公社调研了四天四夜，与当地农民之间发生了一系列感人的故事。这些故事给了我们很深刻的教育，同时也从中得到很多启示。

启示之一，人心齐，泰山移。

面对国内困难，面对苏联的步步紧逼，我们没有畏惧、没有退缩、没有抱怨，有的就是不怕困难的勇气，是勒紧裤带过日子的决心，是我们一定能够战胜困难的信心和斗志。正如周总理所说"有老区人民对我们的信任，对国家的关切和热爱，没有我们过不了的关口"。老区人民、全国人民为什么会对我们党如此信任，对我们国家如此关切和热爱？因为他们深信，我们党就是全心全意为广大群众谋幸福的政党。过去，在党的领导下，我们推翻了三座大山，打倒了土豪劣绅，赶走了日本侵略者，消灭了蒋家王朝，建立了新中国。人民得到了土地，获得了当家做主的权力。在朝鲜战场，我们狠狠地教训了美帝国主义；我们摆脱了苏联老大哥的控制和讹诈，初步建立了国防体系和国民经济体系。我们党是立党为公、执政为民的楷模。我们党能够一呼百应，其基础就是党政军民万众一心。虽然我们很穷、很苦，但那时大家一块儿受穷，一起受苦，很公平。国家有困难，老百姓都清楚，都能理解，都愿意替国家分担。毛主席"帝国主义和一切反动派都是纸老虎"的论断，其底气来自人民。人心齐，泰山移啊！

启示之二，群众路线是党的生命。

一切为了群众，一切依靠群众，从群众中来，到群众中去，把党的正确主张变为群众的自觉行动是我党的群众路线。

周总理来到伯延公社，走进社员家中，走到田间地头，走入农民夜校，亲自查看并详细询问农民的生产生活状况。他多次召集干部社员一起座谈，了解群众的困难和需求，不摆花架子，不走形式。"只要一个问题我不清楚，都不会离开这里"。他耐心为群众讲解党的政策和本次调查的目的。"国家不知道这里的真实情况，不了解你们的真实愿望，国家用什么来调整政策呀！"他主动分担群众的疾苦，帮赵二廷抚养孩子，为有病的乡村老师送本子、送药，为大便困难的社员发药。他知道社员拉水要走几十里路，吃水困难，将社员送来的一大瓢清水的绝大部分倒回桶中，自己只喝了一小口。像他这种与基层群众十指连心、视他们为亲人、对群众发自内心的亲情和无微不至的关怀，怎能不让大家感动？怎能不受全国人民的衷心爱戴与拥护？连弟奶奶为了让总理吃上自己亲手做的拽面，不惜卖掉自己的寿棺。多么感人的画面啊！只有像周总理这样为人民鞠躬尽瘁的老一辈无产阶级革命家，才配得上得此口福、享此殊荣。

群众在干部心目中的分量有多重，干部在群众中的分量就有多重。我们党的发展壮大，离不开群众的支持与拥护。过去如此、现在如此，将来更是如此。

启示之三：严于律己、尽职尽责是取信于民的前提。

周总理不吃专门为自己准备的高档饭菜，不接受社员赠送的珍贵邮票。他怕老人家伤心，就吃了连弟奶奶的一碗拽面，然后自费为老人买了寿棺。这么廉洁的党的干部，群众怎能不喜欢。公生明、廉生威。党的第一代领导人严于律己的事例太多了，上行下效，谁还敢多吃多占？

"我是总理，老百姓的生活出了问题，就是我的责任。"总理高度的责任感，敢于担当、身体力行、竭尽全力履行自己的职责，堪称中国领导人的楷模。他白天马不停蹄地调研、走访，晚上还要伏案工作到深夜。半夜三点，他给毛主席打电话，汇报调研情况和国家政策的重大偏差，在办公桌上，他趴着睡了一会儿。第二天早上，他向社员宣布主席的决定：伯延公社大食堂解散，中国农村大食堂解散由此拉开了序幕。

启示之四：批评与自我批评、自我纠正、自我完善是我党永葆青春的法宝。

周总理到伯延公社调研，就是我党对"左"倾错误批评、纠正的开端。"由于我们缺乏调查研究，使大家受苦了，吃不饱饭，我们应该向大家道歉"。言辞恳切，情真意浓。国家出台的各项调整政策，实质上就是自我纠正、自我完善的具体表现。近期在全国范围内开展的群众路线教育实践活动，也是我们党开展批评与自我批评、自我纠正、自我完善的重大政治活动，它必然能够促进党风的转变，带动社会风气转变，重塑新时期新型党群干群关系，以永葆党的青春。

电影《周恩来的四个昼夜》，让我感动得多次流泪。我深切感受到全国人民万众一心的巨大震撼力，群众路线的强大生命力，严于律己尽职尽责的伟大感召力。批评与自我批评是我们党永葆青春的法宝。这是一次心灵的洗礼、人格的重塑、灵魂的再造，它是我所接受的最生动的群众路线教育课。

2013. 9. 26

# 道德是衡量人性成分的指标体系

人是由动物演化而来的。每个人身上或多或少都遗存着动物的特征，也有高于动物的特征，所以，称人是高级动物。人的不同在于其动物成分或叫自然属性与人的成分或叫社会属性构成比例不同。道德反映着一个人的人性构成与含量，它是检验人的进化程度、成熟程度即人的社会属性的基本指标，包括仁、孝、悌、忠、信、礼、义、智、廉、耻十项检验指标。概括起来就是全世界公认的真、善、美三项指标。

就像检验苹果、梨、桃等水果质量一样，包括外观质量和内在质量两方面。外观质量有大小、形状、颜色、光洁度等，内在质量包括含糖分、维生素、矿物质、水等内在营养元素的含量及其构成比例。营养元素含量越高越有价值，营养元素构成的比例越科学越有价值。

人的外在质量包括身高、体重、体型、外貌、肤色、音色、气色等，人的内在质量就是人的道德构成与含量。

真善美是对道德的普遍要求，不很具体。真与信类似，善与仁接近，是否为美，不同的人有不同的标准，不易检验。

在仁、义、礼、智、信五常的指标中，义、礼、信三项指标在"八德"中已包含，只有仁、智没有列入，故八德＋仁智＝十德。它应为中国传统道德的精华，顺序拟为：仁、孝、悌、忠、信、礼、义、智、廉、耻。

1. 仁是站在他人角度衡量道德成分。每个人言行中善良、仁慈的成分有多高，是善人还是恶人，是大善、中善、小善，还是大恶、中恶、小恶。仁是衡量一个人的言行为他人着想、替他人排忧解难的程度。仁的反面为邪恶。

2. 孝是对父母及长辈的态度，考察是否善良、是否有爱心。其核心要求是敬和顺，其反面表现为忤逆。

3. 悌是对兄弟、朋友、同事等平辈的态度。其核心要求是友和恭，其反面表现为不敬。

4. 忠是对国家及其领导人、所在单位及其领导人、家里的配偶、合伙人、朋友等有无二心、有无背叛，忠诚度有多高，可靠和可交程度。其核心要求是诚、是一心一意，反面表现为奸猾。

5. 信是站在自己的角度，考察所言与所描述的人事物是否一致，自己的言与行是否一致，不一致程度有多高。其反面表现为虚和诈。

6. 礼是从法律、制度、规定、礼节等角度出发，衡量一个人遵守规则的程度。遵守程度越高，道德素质越高。反面为胡作非为。

7. 义是一个人面对巨大利益诱惑或面对巨大灾难的态度，不取不义之财，见义勇为、英勇就义就是对"义"的基本诠释。反面表现为不义。

8. 智是一个人面对别人难以解决的问题所表现出的行为，是反映一个人主观能动性、思维的逻辑性、分析、判断、决策、应变等的能力。急中生智者、足智多谋者、智勇双全者都是难得的创新型人才，是高品质人才的杰出代表。智的反面是愚。

9. 廉是一个人面对利益诱惑的态度，是对他人之财、不该自己享有之利之财拒绝的行为。这里的利益包括物质财富、权力、名誉、地位等，廉的反面是贪。

10. 耻是一个人对待符合法律道德之事与不符合法律道德之事的态度。违背道德与法律应表现为耻，符合道德与法律应表现为荣。如果相反，不以为耻、反以为荣或者不以为荣、反以为耻，则为耻。知耻则止、知耻则改并努力去改，叫知耻而后勇。知耻不止、不改乃为大耻。改正别人带来的耻视为雪耻，雪耻是为了减少羞耻感，以荣来填被耻之窟窿。耻的反面是荣。

十个指标可分为七个专项指标与三个综合指标。

三个综合指标分别是行为动机指标和两个行为结果判断指标。

仁、礼与耻属于综合性最强的指标，适用于对所有人、所有事的态度和表现，属于行为动机指标。仁是最核心的指标，它决定并包含着其他指标，属于综合指标，是道德评价的最终指标。礼与耻是结果评判指标。该三项指标属于定性指标。其他指标属于定量指标，只能起锦上添花的作用。

七个专项分别是三个对他人，三个对事，一个对己。

孝、悌、忠均是对待人的态度和表现。孝专指对长辈，主要指对有血缘关系者；悌专指对平辈，主要指有血亲关系者；忠是对无血缘、血亲关系人员。三者表达了对三类特定人物的不同要求。

义、智、廉是对待事的态度和表现。义是从舍的角度考察，廉是从得的角度衡量。智则是侧重于选择和决策等顶层设计、指挥。

信是最基本的专项道德指标，是最易检验、最易获得结果的指标。

道德的指标体系很复杂，运用起来更难，本文抛砖，以期引玉。

2014. 9. 29

# 理想、目标与计划

理想就是对未来事物的美好想象和希望。

目标是想要达到的境地或标准，有如里程碑。

计划是行动的方案，以规划未来。

理想的特点是站得高，看得远，设计得大。它是站在超越前人的高度，涵盖人生的全部生命历程。其规模宏大，业绩宏大，影响深远。

目标的要求是站得居中，看得居中，设计得居中，是把理想分三步走、五步走、十步走的分解与初步落实、规划设计过程。目标的特点是下一个高于上一个，下一个目标比上一个更接近理想终点，最后一个目标完全与理想重合。

计划是将目标分三步走、五步走、十步走的每一步行动指南，是目标的具体化和落实步骤，是规划程序、步骤、操作全过程的施工图。计划的特点是要站得离现实近一些，高于现实却能看清、能看准现实，也能基本准确地把握未来短期内的各种变化。计划的编制要立足现实，具体而有很强的操作性，方向明确且有很强的针对性，便于施工，易于在短期内完成。计划完成后必须看得见成果，感受得到自己的成长与进步。

计划是经过努力可以完成的单项工程的施工图设计；目标是若干个单项工程组成的整体工程的初步设计；理想是若干个整体工程组成的我们未来的人生规划。

计划是行动的操作指南；目标是行动纲领；理想是人生的远景规划。

只有将理想分解成一个接一个阶段性目标，让理想通过目标来落实，将目标分解到一个接一个的计划上，让目标通过计划来落实，才算为实现理想铺好路、搭好梯。我们的行动方向才始终不会偏离理想轨道，行动的动力才不会枯竭，行动的过程才容易把握、检验、修正、调整，结果才有保障。

只有理想明确、目标明确、计划明确，我们才会按照自己的人生路线前进而不会盲目跟风，不会随波逐流，不会被别人带着东奔西跑。

只有实实在在执行计划，圆满完成每一个计划，我们才会更自信。只有按设计圆满完成每一个目标，我们才更有自尊。只有理想变成了现实，我们的人生才会圆满。

理想不能太低、不能太近、不能太小。轻而易举可以实现的目标，短期内就可以实现，而不是需要终生努力才能实现的目标，这不叫理想，它充其量只能称作计划。

人生缺乏远大理想，将目标或计划当成理想，当"理想"实现之后，人们就会无所事事，不再努力。我们的人生就变得很无聊，没有激情，没有斗志，没有上进心，自然也不会有大作为。

部分年轻人将考上大学、考上好大学当成自己的人生理想。当他们考上了大学、进入名牌大学之后，因为理想已经实现，没有奋斗的必要了，就整天玩耍，不爱学习。毕业之后，只能碌碌无为，自己的人生也只会一事无成。

部分人将自己的理想定格在成为有钱人。当很快变成有钱人，要么整天胡吃海喝、尽情享受人生，要么一心想成为全省首富、全国首富、全球首富。功利心太重，存钱之举急切，人情味越来越淡，生意经越念越专，有的连爹娘都不愿养，道德观念越来越差，被别人越来越看不起，自己的幸福感也变得越来越差。这都是理想太低、太近、太小的缘故。

理想也不能定得太高，严重脱离现实、高得离谱、大得没边。这样的理想，人们称其为痴心妄想、白日做梦。

计划也不能太高、太远、太大，必须紧贴实际。计划要比实际稍高一点儿，比当下稍远一点儿。计划应当是让人跳起来才能摘到桃子的水平，应当将各种指标设定在经过努力一定可以达到的状态和结果。

目标则介于计划与理想之间，比理想低，比计划高。目标是连接计划与理想的一个一个跳板。目标要有挑战性，要有全局性，要有重点性，要有时期性。目标一般以不超过五年就能变为现实为佳。

五年目标是人生大目标，三年为中期目标，每年应有年度目标、季度目标和月度目标。以月保季、以季保年、以年保中期、以中期保大目标、以大目标保理想，时时递进、环环相扣、步步为营，人生每一个五年大目标的实现才有保障。10 个、20 个人生大目标全部实现，人生的理想就能变成现实。

理想并不抽象。它就是理智的想象、理性的人生规划、理论上人生终点的期望状况。

只要将理想、目标、计划三者紧密结合、层层对接、处处接地，人生的理想才能实现，人生的价值才能凸显，人生的意义才会丰富、精彩、值得回味。

2015. 10. 25

# 信仰与计划都是人生的方向标

说到计划，大家非常熟悉，那是我们眼前、近期的目标。

眼前、近期、短时间内的一般都叫计划，时间较长的计划又叫作规划。

大到国家两个一百年计划、国家"一五""二五""十二五"计划，每个年度的国民经济和社会发展计划；中到行业发展计划、地区发展计划；小到单位发展计划、部室工作计划、个人工作计划、旅游计划、购物计划等，每个人可以说得头头是道。而说到信仰，大家就比较陌生了。

笔者提出计划与信仰都是人生的方向标，有人可能不明白。

笔者认为，计划是当前工作与生活的方向标，制订出若干个计划，一个一个地实现，就可以到达目标。目标是短期工作与生活的方向标，若干个目标组合在一起，一个一个地实现，就可以实现理想。理想是中期工作与生活的方向标，若干个理想结合在一起，一个一个地变为现实，就是自己信仰所指的方向，信仰是人生的最高目标和最终方向标。

形象点说，一个计划的时间如果是 3 个月，那实现目标的时间大约需要 3 年，实现理想的时间大约需要 30 年，实现信仰的时间大约需要 300 年。

一般而言，计划在短时间可以变为现实；目标经过一步一步地按计划努力，在不长的时间内也可以变为现实；理想需要以实现一个接一个目标为前提，而且必须是足够的、有效的目标。如果目标数量不足，假如实现理想必须达到 1000 个目标，你只设定了 900 个目标，理想就无法变成现实。目标必须有效且全部实现，你的 1000 个目标中，有 100 个是无效目标，纵使你实现了这 1000 个目标，但因有无效目标，你的理想也难以变为现实。信仰是由若干个理想组合而成的，多数人一生连一个理想也无法实现，如有人小时候立志当科学家、当飞行员、当教育家、当名医、当小说家等，结果只是白日做梦。信仰是一种境界，是一个方向，只能接近，永远无法到达，就像太阳，就像天尽头。能够实现的不叫信仰，叫理想。

正因为信仰无比崇高、无比远大，它才会给人们带来无穷动力，能够吸引无数人、经过无数代努力。

有人会问，既然信仰这么神秘，这么难以实现，要它干什么？

笔者认为，信仰是人生奋斗的最高目标。人的欲望是无穷无尽的，如果给人类的追求不设定一个最高目标，仅用中低层次的目标去激励，达到之后，人们会感到很无聊，再没有奋斗的激情和动力了。

比如说，高等院校的最高职称是教授，许多年轻有为的中青年知识分子很快取得了教授职称，他们在学术上继续钻研的热情就会大大降低，失去了奋斗的目标和动力。又如部分人把赚到很多钱作为最高目标，当有了钱之后，感觉人生不过吃喝玩乐，因为，他不花掉这些钱觉得冤枉。吃，肚子有限；喝，胃就那么大；玩，常规的没意思，玩刺激的要犯法，乐极了会生悲。将有钱作为人生的信仰，是不是太低、太俗？有了几千万、几个亿、几十亿之后，就不知道这些钱该怎么花、怎么管，自己挥金如土不说，还让子女、孙辈帮着花才能耗费完。殊不知，这是因为自己将信仰标准定得太低，把不是信仰的东西错误地当成了信仰，其实心中根本没有信仰。把钱和物欲的极大满足当成信仰，让人的自然属性动物属性尽情释放，压抑了人的社会属性、把自己的才华用到不该用的地方，束缚了自己才能最大程度的发挥。将原本可以为社会做出巨大贡献的杰出人士，变成唯利是图、不讲道德的行尸走肉。这是在坑害自己和子孙，用金钱埋没了几代人的才情，抑制了创造性，扼杀了为社会做贡献、成为社会有用之人的原动力，将自己和子孙变成无益于他人、无益于社会的废物。这不是智者、高尚人士、有远大抱负人士的最好选择。

再比如，有的人为了快速达到挣够多少钱的目标，不惜出卖人格、践踏良知、不顾道德甚至目无法纪，身陷囹圄、遭人嫉恨和报复。钱给他们带来的不是幸福、而是痛苦，不是福分而是灾难。正应了那句老话，人不能把钱带走，钱却能把人带走。把人带向罪恶、带向灾难、带向地狱、带向不归路。

曹操的"望梅止渴"可以说是最简单的信仰。将士们听到前方有梅林，大家疲惫的身心一下子因"梅林"的刺激而兴奋不已，焕发了精神，向梅林方向全速前进，这就是低级信仰的激励作用。

20 世纪三四十年代，有多少共产党员因为坚信马列主义，坚持成为全世界无产者的解放者和救星，坚定实现共产主义的崇高信仰，不惜抛头颅洒热血。"砍头不要紧，只要主义真，杀了夏明翰，自有后来人""生命诚可贵，爱情价更高，若为自由故，二者皆可抛""让反动派的枪声作为我们结婚的礼炮吧"。这种舍生取义的情怀，这种视死如归的人生态度，如果没有坚定而崇高的共产主义信仰，是绝对不可能出现的。

现在有许多人没有崇高信仰，不相信共产主义，这是无知的表现。

信仰是人生的最高目标和最高理想，现在我们将其降低到有钱、有权这么低级的档次，远远不及三国时期的曹操"望梅止渴"高明。许多人实现了其所谓的最高目标、最大理想即有钱、有权之后，就不知其下一步该怎么办了。茫然地走向了不归路。

金钱生不带来，死不带走，它是一头会伤害人的怪兽。金钱是每天会更换主人的叛徒，它离开旧主人之后，又会伤害旧主人，它就是一条遇人便咬的疯狗，是过河拆桥的白眼狼。

我们将怪兽当宝贝，将叛徒当朋友，将疯狗当宠物，是否属于无知甚至白痴？

将有权当最高目标和最大理想，从副科到正科，副处到正处，副厅到正厅，副省到正省。其实权力是把双刃剑，一面是利益，一面是责任与风险。权力越大，利益越大，责任越大，风险越大。当我们挥动权力之剑，斩获巨大利益之时，权力背后的责任之墙会倒塌，会砸伤自己。责任之墙的背后是风险之山，一排排责任之墙垒成的风险之山如同多米诺骨牌一样，第一排倒下去会碰倒第二排、第三排……最终会埋葬自己！当权与钱捆绑在一起、官僚与资本结亲之时，就是权力的风险与金钱的魔性叠加之时，是风险与罪恶放大之时，是加速走向地狱、走向死亡之时。

有了信仰，无数人、无数代就能为之奋斗终生，心甘情愿，义无反顾，死了也无怨无悔，无数革命先烈为共产主义献身就是明证！

信仰是人类向往的最高境界，共产主义信仰是人类奋斗的最终方向标。

2014.6.20

# 第六辑

## 文化 幸福的翅膀

# 用"心"感受中国文化

中国文化博大精深，源远流长。单就中国文字语言而言，其丰富程度、细腻程度、形象程度、精准程度，无论是英文、希腊文、阿拉伯文还是其他任何外国语言文字，都望尘莫及。

国外某哲人说过，如果说中国文化是一块面包，外国文化仅仅是一点面包屑而已。

在中国五千年的文明积淀里，"心"字所组成的词语，犹如浩瀚文化海洋中的几滴水珠，广袤文化沃野中的几朵小花。笔者拟以"心"字为视窗，透过这几滴水珠，探求中国文化海洋之深邃；观赏这几朵小花，展示中国文化原野之辽阔。

如果你用心学习中国文字，潜心研究中国文化，你才能对中华文明心中有数，才能达到心明眼亮。学习中国文字必须热心，要有耐心和恒心，要心细如发，要心平气和，要心无旁骛，切不可心急火燎，因为心急吃不了热豆腐。学习时要一心一意，要专心致志，不能三心二意。要对自己有信心，有决心。天下无难事，只怕有心人。

我们的老祖宗把身与心、神与心、气与心、身体上的各个器官与心、动物与人心、植物与人心、天地与人心等关系研究得透彻无比。

心的结构很复杂，由心衍生的产品很多。

每个人都有一颗心脏，心脏由心肌和心血管组成，心脏被分为心室和心房。心脏其实是身体的供血系统或者叫血液循环系统的核心器官，古人所说的心，实际在人的神经系统、在大脑部位，不是血液循环系统，不在心脏部位。

心的词汇很多，有心眼、心胸、心肝、心肠、心腹、心血、心梗、心机、心头、心扉、心底、心地、心田、心弦、心声、心仪、心灵、心绪、心潮、心思、心意、心愿、心志、心得、心事、心术、心计、心虑、心硬、心重、心轻、心沉、心寒、心虚、心醉、心酸、心焦、心病。

心与人体各器官有密切关系。

言为心声。有的人心直口快，有的人心拙口夯，有的人口是心非、言与心违，有的人是刀子嘴豆腐心，有的人则有口无心，有的人总是苦口婆心、愿意口传心授，有的人说话办事让人心服口服。所以，开口可见人心。

眼睛是心灵的窗口。有的人心明眼亮，有的东西让人赏心悦目，有的人干出的事让人目瞪心骇、触目惊心，但眼不见、心不烦。

心手相应，有时也会心手相忘。有的人心灵手巧，干什么事都得心应手，有的人心慈手软，有的人心狠手辣，有的人心闲手散，有的人心闲手敏，有的人让人心慕手追。总之十指连心。

有的人说谎话脸不变色心不跳，这种人让人提心吊胆；有的人能对你剖心剖肺，愿意与你促膝谈心，对你说话推心置腹，能够达到摘胆剜心，能让你耳听心受；有的人能够将心比心，容易让别人与他心连心、心贴心、达到心心相印；有的人对别人牵肠挂肚，干事情呕心沥血，确实感人心脾，让人刻骨铭心；有的人则身在曹营心在汉，这叫人心隔肚皮；有的人总爱以己之心度人之腹；有的人则是我们的心腹之患，他们对你腹诽心谤，搞得你脑枯心焦、心力衰竭。他们做出的事戳心灌髓、刺心切骨。记住心里有病舌头短，怒从心中起，恶向胆边生。

气能见心，神能表心。

心平则气定，心平则气和，心定则神闲，心神不定、心神恍惚者，就心浮气躁。灰心则丧气，惊心则动魄，心驰神则往，心领神则会。

心与动物、植物息息相关。

黄鼠狼给鸡拜年，没安好心，这属于狼心狗肺型；有时好心可能被当成驴肝肺，枭心鹤貌者很难辨认，心猿意马者不好分清，熊心豹胆者好判断，但干出的事实在让人惊心动魄；有时心头鹿撞的感觉非常撩人。画虎画皮难画骨，知人知面不知心，何况人心不足蛇吞象，但是路遥知马力日久见人心。

我们经常是有心栽花花不开，无心插柳柳成荫。你是蕙心兰质还是花貌莲心瞒不住有心人。

有的人做事不到黄河心不死，但总是心比天高命比纸薄；有的人一遇到事就心乱如麻，看起来心事重重，受到一点打击就感觉心如刀绞，像是万箭穿心，然后自己心如槁木、心同止水；有的人是剑胆琴心；有的人则会雕心刻肾。我们常常归心似箭，如果能达到心无牵挂的境界，我们就成功了。

司马昭之心路人皆知。好心与歹心还是能分辨出来的。

忠心、孝心、诚心、仁心、真心、实心、公心、良心、红心、丹心、关心、放心、宽心、虚心、静心、舒心、顺心、安心、信心、决心、悉心、细心、称心、童心、诗心、可心、开心、省心、清心、冰心、倾心、佛心、禅心、斋心、甜心、知心、齐心、忍心、专心、平常心、责任心、寸草心、赤子心、眷眷之心、虔诚之心、智慧之心、恻隐之心、仁义之心都属于爱心和善心。

歹心、兽心、祸心、蛇心、匪心、贼心、盗心、奸心、贪心、私心、野心、黑心、亏心、异心、二心、变心、负心、违心、冷心、花心、刀子心、居心不良、心怀鬼胎、处心积虑、钩心斗角、不臣之心、歪心邪意、痴心妄想、恣心纵横、利欲熏心、鬼迷心窍、财迷心窍、铁石心肠、害人之心、离心离德、死心塌地、漫不经心、诛心之论，都属于罪恶之心，不得人心。

有些心好人用起来变好心，坏人用起来变歹心，有时候好心也会办坏事，坏心反倒成全了好结果。

苦心、费心、操心、雄心、攻心、满心、焦心、劳心、担心、甘心、伤心、痛心、寒心、戒心、闹心、烦心、焦心、揪心、粗心，属于可变之心。

有的人常常别出心裁，处处留心皆学问呀。

功夫不负有心人。只要你竭心尽力、壮心不已，当你扪心自问时，就会问心无愧，你让大家心悦诚服，才能深得人心。人在江湖，心不由己，对那些善于计研心算者，小心无大错，切不可掉以轻心。人心难测，人们都说现在人心涣散，让不少有心之士忧心忡忡，搞得人心惶惶。

许多年轻人对于工作心不在焉，见到别人比自己好就心痒难耐；部分老同志想扭转当前人心不古的局面，但总觉得自己心有余而力不足。有人认为只要自己没做亏心事，就不怕半夜鬼敲门。有些人漠视不良现象，须知哀莫大于心死。心病还需心药医，而这心药运用之妙，又在于一心。

人心齐，泰山移。对于那些蛊惑人心的罪恶之徒，不能心软，要坚决予以惩处；对于回心转意、洗心革面者，要以包容之心帮其改正；人心向背关乎国家危亡和民族兴衰，这是大家心照不宣的事，不能有疑心，疑心生暗鬼。

中国人非常聪明，都能够心有灵犀一点通。愿大家都称心如意，相互见面会心一笑，那些曾经动人心弦的场面、感人肺腑的画面一定能不断重现。

古人创造的心的主打产品、副产品丰富多彩，还创造了数量众多、品种齐全的衍生品，可谓"别有用心"，独具匠心。

心字底衍生品系列，如：思、想、意、念、感、忠、恳、愿、慧、惠、慰、慈、恋、恩、虑、志、忑、急、悉、憩、憨、息、悠、您、恣、态、怎、愈、总、懋、恕、惑、怨、怒、忿、悲、羞、忌、患、恶、憋、恐、愁、瀍、忍、怠、愚、怠、丛、惩、惹、忽、忘等。

竖心旁衍生品系列，如：愉、快、悦、怡、情、怀、憧、憬、忆、忙、忧、惯、慎、恒、性、懂、悄、慢、慨、恼、忧、恢、恨、悔、悟、悯、恤、惊、憾、松、懈、怅、忏、惭、愧、怪、忾、懒、懆、愕、慌、惚、惕、惨、憎、愤等。

其他衍生品系列，如：闷、必、忒、懿等。

作为忠诚的象征、浪漫的化身、智慧的源泉，心是人精神世界的概括，是七情六欲的寓所，如果您能理解中国文化对心的描绘，您就是自己精神世界的主人，是七情六欲的主宰。

2014.1.27

# 一朵永不凋谢的花

　　"好一朵茉莉花，好一朵茉莉花，满园花开香也香不过她，我有心采一朵戴，又怕看花的人儿骂。好一朵茉莉花，好一朵茉莉花，茉莉花开雪也白不过她，我有心采一朵戴，又怕旁人笑话。好一朵茉莉花，好一朵茉莉花，满园花开比也比不过她，我有心采一朵戴，又怕来年不发芽。"

　　这是20世纪50年代由扬州民歌《鲜花调》改编的《茉莉花》。从她诞生之日起，就成为享誉中国、享誉全世界的经典民歌，久唱不衰。

　　这首脍炙人口的江苏民歌，曾是香港回归交接仪式、澳门回归交接仪式、香港特区政府成立庆典、江泽民主席访问美国专场音乐会、克林顿回访中国的文艺晚会、中央民乐团首赴维也纳金色大厅参加的新年音乐会、昆明世博会、庆祝中华人民共和国成立50周年的"世纪世界"音乐会的演奏曲目，它几乎成为我国在重要事件和国际重要场合中的必奏曲。

　　《茉莉花》全歌只有三段十五句，共108字。其中有九句歌词完全重复，重复57字，其余六句部分重复，重复25字。没有重复的歌词只有六句26个字，占全部歌词句数40%、字数24%。重复句高达60%、字达到76%。如此高重复率的歌词，并没有影响该曲成为民歌经典。相反，不断重复、一次一次强调、一遍一遍加深印象，让茉莉花成为家喻户晓、妇孺皆知，一直开到人们心底且永不凋谢的花。

　　歌词中，没有一个生僻字，没有一个华丽辞藻，语言朴实得如同白开水，结构简单得好像1＋1，但她表达的情比酒还要浓，诉说的理比玻璃还要透。

　　赏花人爱花，从对花香的迷恋、对花色的陶醉、对花形的爱慕，进而心生采一朵戴的冲动和欲望，这是对美最朴素的反映和最真切的表达。然而个人的冲动和欲望若不能克制，就可能酿出祸端。拿什么来克制？当然是自己的理智。作者将采花人理智战胜冲动的心理斗争过程完整地展现在读者、歌者面前，心理素描既真又准，把采花后三种结果直白地告诉大家，让大家分析该不该采。

一怕看花人儿骂，是站在看花、护花者的职责角度分析。被人骂，采花者的面子会受伤，自尊会受损。中国人最爱面子，若因一时冲动采了花，满足了片刻大饱眼福的欲望，达到了心里暂时的兴奋，但失了面子、丢了尊严，换来的肯定是心里不痛快，不合算，不如不采。

二怕旁人笑话，是站在其他游人、赏花人的角度分析。若采了花，旁人会笑话采花者没有教养、不爱惜公共财产、不珍惜生命、不怜惜别人的劳动成果，这会让别人看不起自己、让自己在众目睽睽之下出丑、被人看低，降低了自己的身价，划不来，不该采。

三怕来年不发芽，是站在茉莉花角度分析。今天我折了一朵花，来年茉莉不能发芽，这样的损失对茉莉而言可是巨大的灾难。相当于彻底让被折的茉莉花从世界上消失，是剥夺它物生命的野蛮行径，坚决不能干。

这是一首描写普通大众在日常生活中经常会遇到的因爱慕某件东西、极力想据为己有，但又从别人的角度思考，这样做有什么不妥的心理斗争、思想斗争的故事。故事告诉我们，遇到类似事情我们该如何选择。你所选择的行为就是你内心深处的思想写照，是你道德标准的折射，是你是否有善心的透视。

有道德的根本标准就是有善心，有善心的标准就是能够换位思考、能够设身处地地为他人着想。若能以"己所不欲，勿施于人"为尺子衡量，是善行还是恶行，马上能够见分晓。

《茉莉花》与其说是歌唱一朵花，不如说是歌唱赏花人；与其说是教人们如何赏花，不如说是教人们如何做事、如何做人。它是一首弘扬真善美、贬斥假恶丑的道德宣传和道德教育佳作。

歌曲颂扬的真善美，有赏花时的真情流露，有对茉莉花之美的真心仰慕，有对很想采一朵戴的真情表白，还有怕看花的人儿骂、怕旁人笑话的道德约束，更有怕来年不发芽的善心制衡。

茉莉花总会时开时谢，这是自然规律，人类难以抗拒。而歌曲《茉莉花》所表达的思想早已超出了茉莉花本身，她倡导和宣传的真善美思想会永开不败。

真善美才是一朵永不凋谢的花，才是《茉莉花》永葆青春的祖传秘方。

2014. 4. 22

# 一首全世界传播最广的叙事短诗

## ——《悯农》赏析

如果评选有文字记载以来，在全世界影响最大的文学作品，笔者认为，唐朝诗人李绅的《悯农二首》当之无愧。其中一首"锄禾日当午，汗滴禾下土。谁知盘中餐，粒粒皆辛苦。"从唐朝中期诞生开始，迄今已有 1100 余年。它短小精悍，只有 20 字。字字常见，容易记忆。它是与所有人有关的话题，是每顿饭都能想起的话题。它是古今中外所有国家、政府、社会、单位、家庭共同关注、一致推崇的理念，是节约粮食最普遍的宣传教材。

能同时具有以上特点的文学作品，除了《悯农》，没有第二个。

笔者认为，该诗传播最广，除了通俗易懂，短小易记，内容人人熟悉、观点普遍赞同之外，作者的真情四溢，诗歌的叙事表达风格，作品富含的哲理等，才是本诗千年长青、万年不朽的重要根基。

首先，诗人对农民、农业、劳动、劳动成果有着无比深厚和极为真挚的情感。

试问，锄禾的场景有很多人都见到过，但有多少人能被它吸引？有几人仔细观察过、用心思考过？又有几人被它感动过？如果没有对锄禾者的仔细观察，能看到汗滴吗？能发现汗滴禾下土吗？只有对锄禾者怀着同情、怜悯的仁爱之心，才会走近他、观察他、了解他、理解他、敬重他。如果鄙视锄禾者，怕太阳晒、怕耕地脏，嫌锄禾者土，谁愿意晒着正当午的太阳，把明光锃亮的皮鞋、干净的布鞋踩入泥土中？谁愿意近距离接触满身汗味儿臭味儿混杂的农夫？谁愿意与口吐方言、粗话的农夫交谈？如果作家与农民、农村、农业交集很少，文学创作不能深入生活，作家的"三农"感情很难建立，作品的根基不深，就很难打动人。不能打动人的作品，当然流传不远，传播不久。

诗人能写出如此伟大的作品，就是因为他在创作之前，放下了身份，抛弃了浮躁和浮夸，变成了能与农民同甘共苦的劳动体验者，他才真正体会到农民的辛勤和艰苦，才真正感受到劳动者的心酸和辛苦，才真正感悟出劳动成果的来之不易，才发出粒粒皆辛苦的肺腑之声，才从心底喊出谁知盘中餐的不满与愤怒。

诗人同情劳动者、怜悯劳动者、尊敬劳动者、赞美劳动者、感恩劳动者，褒奖劳动者的真情实感和珍惜劳动成果，节约每一粒粮食，关心劳动者，报答劳动者的倾情呼吁，产生了全社会的共鸣，成为人类的共同心声。

其次，该诗是一首完整的叙事诗。叙事写法的时间、地点、人物、事件、经过、结果六要素诗中均有体现。

时间：日当午，太阳上升到天空正中，最热之时；

地点：田间，农田；

人物：农夫或农妇，不是官府之人，学府之人，兵营之人，经商之人，做工之人；

事件：锄禾；

经过：从播种、锄禾、收割到做成可食的米饭，即粮食从农田到餐桌的全过程。诗歌的凝练不可能像一般的叙事那样，按时间顺序一步一步交代经过，诗中锄禾到盘中餐的经过交代已很清楚。

结果：粒粒皆辛苦。即劳动很艰苦、劳动者很辛苦、劳动成果很珍贵，应当粒粒节约，颗颗珍惜。

最后，该诗蕴含着简单朴素的哲理。

诗人描写出锄禾者在恶劣的环境中，即在太阳暴晒之下的田野劳动，不是在温暖或者凉爽舒适的房间工作。引申就是，劳动者要经受风吹日晒雨淋的考验。这种环境在农业生产中十分常见，如"三夏"大忙季节、秋收季节。劳动环境是大自然给劳动者制造的工作条件，而劳动环境与劳动时间密不可分，都是由自然规律决定的，劳动者无法选择，也不可违背自然规律。不按节气播种收获，生产成果就会受影响，丰收就会变为歉收甚至颗粒无收；对劳动过程艰辛的刻画，即汗滴禾下土。这与"一滴汗珠摔下去会砸成八瓣"的表述有异曲同工之效，不过"禾下土"更为独特、独到，更符合锄禾的场景。对劳动成果获得极其艰难而漫长的揭示，才合情合理地得出粒粒皆辛苦的结论。环境恶劣、过程艰辛、成果艰难，自然而然讲清了要尊重劳动，感恩劳动者，珍惜劳动成果的道理。文章隐含的只有付出劳动，才可能有劳动成果；只有出大力流大汗才能获得丰硕成果；只有珍惜劳动成果才对得起劳动者的人生哲理才是本诗的灵魂。

《悯农》不仅是世界劳动史上的不朽杰作，更是世界文学史上用诗歌形式叙事抒情讲哲理的经典之作。

2014. 12. 31

# 《月下独酌》 赏析

> 花间一壶酒，独酌无相亲。
> 举杯邀明月，对影成三人。
> 月既不解饮，影徒随我身。
> 暂伴月将影，行乐须及春。
> 我歌月徘徊，我舞影零乱。
> 醒时相交欢，醉后各分散。
> 永结无情游，相期邀云汉。

这是李白的《月下独酌》，它是一首浪漫主义诗歌，又是诗人的现实生活写照，是一幅诗人在失意、孤独状态下的自画像。这首诗应当是中国乃至世界文学史上，浪漫主义与现实主义结合最为完美的诗篇。

诗中表达的诗人面对苦闷、郁愤采取自我安慰、自我解脱的人生态度，特别是诗人心底无私、坦荡大气的高尚情怀，值得当代人学习和借鉴。

花前月下是年轻人谈情说爱的理想环境，是家人聚会、朋友团聚的最欢乐时刻和最美景色。诗人在如此美妙的景色中独酌，并强调无相亲之人作陪，凸显出人景错配之矛盾，反衬出诗人期望亲情、渴望友情的强烈愿望与无亲无友的凄惨现实之间的巨大落差。开篇10个字，就制造出强烈悬念和突出矛盾，既是诗人现实生活写照，又是艺术对现实的巧妙、精准表达。

诗人在揭示矛盾之后，利用既浪漫又现实的方式解决矛盾。

举头有明月，可与我一道饮酒；回首有身影，能陪我说话。诗人很快从独酌的矛盾中解脱出来。

"对影成三人"，是诗人醉意的流露，更是无与伦比的浪漫。浪漫中包含着极其丰富的想象、合情合理的拟人和不可思议的夸张。"对影成三人"是全诗最经典之句和最大亮点，也成为下文伏笔。

月亮如此愚钝，总搞不清我邀你喝酒之用意，令我失望；影子只知跟在我身后瞎转，与影共饮也倍感扫兴。

找了两个酒伴，却无法排解心中的苦闷，不能消除内心深处的悲伤和郁愤，借酒浇愁却让我愁上加愁！诗人找到月和影，解决了独酌无人陪的问题。但作陪者无情，无相亲的矛盾依然堆积在诗人心头。刚看到希望的曙光，心中充满憧憬，可一番交往之后，诗人又回到孤独、失意的原点，诗人第二次陷入矛盾之中。

有再多烦闷也没有办法，此时，除了月亮和自己的影子，没有他物（诗人心中再也找不到能化解自己孤独苦闷的他物），没有别人，只能自己为自己开脱，否则就辜负了这美妙时光和美好景致。只有暂时委屈自己，让月影陪伴，苦中找乐，自寻欢乐，才是此刻的最佳选择。

诗人巧妙而又自然的转折，自己给自己找台阶。唯有自我安慰、自我解脱，才是解决自己内心矛盾的最好方法。诗人将解决矛盾的落脚点又放在自己身上，寄托在月亮和影子头上。

接下来，我尽情放歌，豪情舞蹈。可月亮你总在天边徘徊不前，为什么不下来与我同歌共舞？影子你到底会不会跳舞？懂不懂节奏？如此没有章法、胡蹦乱跳，难看至极，像什么样子！诗人发泄了对月亮的不满和对影子的气愤。

月亮其实不动，我徘徊被诗人描述为月徘徊，我醉态下乱舞，投影下去就是影子乱舞。诗人在饮酒解愁无济于事之后，又想出了与月同歌与影共舞的办法。可是，月不愿同歌，影不懂共舞，诗人的新方案宣告失败，诗人第三次陷入矛盾之中。

趁着我们都还清醒，那就一同欢乐，一同享受这美好时光吧。诗人又一次自我安慰，自我解脱。还是继续与月、影碰杯同歌共舞吧，也许还会有奇迹出现！

如果我们都醉了，只能自己顾自己，那就散了吧。表达了诗人期待欢聚的心情及对有聚无欢的不满，诗人第四次陷入矛盾之中。

我愿与月、影结为永远的朋友。诗人许下承诺，并发出在那遥不可及的天河相约、再度欢聚畅饮的诚挚邀请。抒发了诗人将与月、影不离不弃的恒久情感，表达了和月、影一起定能解除苦闷、化解郁愤的信心，表明了自己将与月、影终身为伴的决心。

　　诗人借用花、酒、月、影的形象，衬托和描绘出了自己的独特心态和心情，可谓独具匠心。用饮、歌、舞层层递进的动作形态，播放出一集孤独苦闷者解除内心矛盾与痛苦的动态短剧。诗中的大胆想象、充分夸张、惟妙惟肖的拟人和换位思考等写作手法和思维方式，令人叹服。诗中表达的诗人孤独却不寂寞、苦闷决不泄气、郁愤但不失志的生活态度；用自我安慰、自我解脱的方式来化解自身矛盾的做法；作品中渗透出的不怕困难、积极向上，对生活充满激情，对未来充满信心的人生态度，都值得当代人好好学习。

2015.4.20

# 话说眼睛

眼睛又叫目，每人都有一双，长在额下鼻上，左右各一，相互对称。不同的人眼睛的样子有所不同：有人是双眼皮大眼睛、有人是单眼皮小眼睛、有人眉清目秀、有人瓷眉楞眼、有人慈眉善目、有人贼眉鼠眼、有人光眉花眼、有人瞎眉失眼、有人面目狰狞、有人目光如炬、有人两眼无光。

眼睛的作用是看，看人、看物、看社会、看世界。

同样的东西，不同的眼睛能看到不同的结果。一块石头、一棵树、一头牛，在地质学家、植物学家、动物学家眼里很有价值，在普通人眼里可能不值钱。一个人，在父母眼里、在妻儿眼里、在老师眼里、在同事眼里、在陌生人眼里大不相同。

眼睛是心灵的窗口。可这本该干净明亮的两块玻璃，经常蒙尘，有水或其他杂物。有人总喜欢给它上面架上另外的玻璃，戴墨镜、太阳镜、近视镜、远视镜、散光镜。戴不同的眼镜目的不同，有人为了看得更清、更真、更准，有人则不想看清、不愿看真、无须看准。

眼睛其实只是心灵的情报员。它将自己搜集的情报传递给大脑，由大脑下达指令，让它充当大脑的"首席新闻发言人"，表达心中的喜怒哀乐。

人们常说眼睛会说话，眼睛会放电，大概是指眼睛这个"首席新闻发言人"很称职，由它代表大脑表达的思想和情感非常精准，让别人一看就能明白。

眼见为实耳听为虚，只有耳闻目睹的事才有发言权。

有的人能过目不忘、过目成诵；有人就是睁眼瞎，看东西不用眼睛，就像斯威夫特所说"没有比根本不用眼睛看的人更瞎了"，这种人被斥责"长着眼睛出气吗"？有的人耳聪目明；有的人得了红眼病、见不得别人比自己好；

有的人心明眼亮；有的人喜欢冷眼旁观、侧目而视；有的人没心眼，什么也不在乎；有的人独具慧眼；有的人缺心眼，总干出一些蠢事、说一些蠢话；有的人火眼金睛，有的人喜欢使心眼，而且总使坏心眼；有的人眼光独到；有的人看谁都不顺眼，对人总爱怒目而视、吹胡子瞪眼；有的人光彩夺目；有的人喜欢翻白眼；有的人非常有眼色；有的人过河拆桥，成了白眼狼；有的人对穷人富人另眼相看；有的人狗眼看人；有的人见钱眼开，不懂得钱对人而言只不过是过眼烟云；有的人喜欢眉来眼去、挤眉弄眼；有的人为了一点儿小事竟能与自己的亲人反目成仇；有的人遇事爱打马虎眼；有的人不学无术，遇事只有大眼瞪小眼；有的人眼高手低，说的头头是道，干起来一塌糊涂；有的人总会让人刮目相看；有的人干出来的事令人目瞪口呆、瞠目结舌甚至触目惊心、不堪入目；有的人爱急眼，只知道好汉不吃眼前亏，结果总是丢人现眼。

这些都是眼光的问题。

眼光其实不是由眼睛决定的。

眼光好，有眼光，是指有素质、有教养、有欣赏水平，是个人综合素质高的体现。有眼光实际上是说辨别力强、判断力强，见到的东西多、选择的标准高。核心是指道德标准高于普通人，更懂得美、更懂得艺术，达到了更善、更真、更美的境界。与其说眼光独到，不如说思维独到、见识独到。

眼光不到，容易走弯路。可以这样理解：从 A 地到 B 地有三条路，第一条为弯路，第二条为一半弯路、一半直路，第三条为直路。眼光不到或者说眼神不好，没有用心看的人，只看到了眼前或低处的弯路，没有发现远方还有两条路；眼光到，眼神好，观察细心全面者，可能会往前走几步、往后退几步，分别在低处、中间和高处等各处瞭望，就发现了三条路，比较之后，当然会选择最近的直路。

眼光好、眼神好者，如同戴着望远镜，能看到远处的风景；又如戴着放大镜，能看到小物小件；还如戴着显微镜，能看到普通人肉眼看不见的东西。眼光不好，眼神不好，就像没有戴任何镜子或者戴了不合适的镜子，无法看到更远、更小，甚至肉眼看不见的东西。又像近视眼，只能看清眼前 5 米范围内、直径大于 10 厘米的东西，5 米之外、直径小于 10 厘米的东西全然看不清，视同无物。这种人把很大范围内的景色丢失了，把眼前很美的东西遗失了，多么可惜啊！

　　有些人把自己的成绩、优点用放大镜看，放大自己就会目中无人；把别人的缺点、失误和问题用显微镜看，觉得别人都一无是处，结果谁也看不起，谁也不能用。患上"近视眼"就会急功近利，自己成了急功近利的孤家寡人却总觉得别人不关心自己、不帮助自己，总是闷闷不乐，原因就是自己的心眼一直局限在很窄很小的空间。坐井观天，怎么能看得更宽、望得更远呢？

　　从井底走出来，放宽自己的心，放大自己的心、放高自己的心，自己的眼光就会变得更宽、更长、更高，才会发现更多更美的风景。

2015. 5. 25

# 话说比较

有人说，人一辈子不得闲，整天忙着比来比去。上学时，一群学生比分数；毕业时，一群青年比工作；结婚时，一群朋友比配偶；有小孩后，一群家长比孩子；到老了，一群老人比体格；就算死了，还要比墓地。

其实人一辈子都是在比较中度过的。不管你是主动与人比还是被动与人比，无论你是否接受，是否乐意，都会相互成为他人的参照物。

分数及其背后的勤奋、聪明、吃苦精神、耐心程度、细心程度、专心程度；工作及其工资、福利、奖金、补贴待遇，劳动强度、工作量大小；工作环境好坏、工作业绩大小，观察力、分析力、想象力、判断力、推理能力、逻辑思维能力、抽象思维能力、归纳总结能力、语言表达能力、书面表达能力；责任心、凝聚力、感召力，眼界、学识、技能、道德境界，权利、责任、利益、风险；学历、职称、职务、晋升速度、地位高度、重要程度，为人实在程度、谦虚程度、大方程度；处事理智程度、公平程度、效率高低、效益大小、敬业精神、钻研精神、奉献精神；长相、身高、身材、体重、肤色等等。世界上只要是表达大小、高低、长短、宽窄、轻重、早晚、强弱等有数量差异的事物，都需要比较。好坏、勤懒、俭奢、谦傲、聪愚、乐悲、虚实、优劣等虽然难以用数量衡量，但有性质差异，也必须经过比较后才能得出结论。

比较是描述和确定人、事、物现时状态的基本前提和必要方法。没有比较就不能准确描述所表达对象的状态，没有比较的结论，说服力不足，很难令人信服。

世界上的圣人、伟人、哲人、超人、能人、强人、高人是比较出来的，德高望重、填补空白、发明、创造、创新、开拓、第一、冠军、先河、纪录等均是比较出来的，知音、知己、偶像、粉丝、心中之最、贫与富、贵与贱、尊与卑、善与恶、美与丑、孝与忤、公与不公等，均是比较出来的。没有比较，人类世界就倒退到了动物世界。

人为什么要比较？比较有什么用？

比较的目的是确定自己现时的状态，为下一步行动定计划、定方向、定目标。

比较能清晰认识自己所处的相对位置和状况，对自己的过去给予客观评价与肯定，让自己保持自信、自尊；认可自己现在所拥有的优势和价值，达到知己；承认与别人的差距，承认自己的劣势和不足，达到知彼；确定未来的奋斗目标和努力方向，为下一步行动提供思想指南和行动动力，达到缩小差距，赶上并超越别人，促进自己不断进步，不断向善、向上、向好。

比较是一把双刃剑。如果比较带给自己的不是自信、自尊，没能提供下一步行动指南与动力，没有帮助自己不断进步，说明我们把比较的目的搞错了，把杀敌之剑变成了伤己之刃。

有人说：人比人，气死人；人比人活不成，骡子比马驮不成。似乎在奉劝我们不要与别人比，免得被气死，免得活不成。总结出这么深刻教训的人，估计曾经被比较之剑的锋刃重重刺伤了骨髓，才发出一朝被蛇咬十年怕井绳的内心呐喊。

一位在某偏远山区高校任职的大学副教授，应邀到在省城高校任职的老同学家中作客。走进老同学 180 平方米的家中，看到各式高档家具、进口家电，坐上老同学家的豪车，听到老同学教授、处长头衔的介绍，吃着从未见过的西餐，这位副教授的心一下子乱了。回去后，把在中学任教的老公数落了好几天，两人吵得不可开交，她一气之下提出离婚。

待她冷静下来，才意识到自己的冲动。自己虽然住着 60 多平方米的房子，家中也没有什么值钱的摆设，没有汽车，没有职务，职称不高，工资不多，但住的是学校的房子，没花太多钱；城市很小，出门不多，根本不需要汽车，长期骑自行车，才让自己显得更年轻、更精神；没有职务就少了很多应酬，可以专心搞教学，专心经营家庭。他们夫妻恩爱，孩子有出息，在同学圈中无人能比。处长同学离婚之后与第二任妻子的关系似乎并不好，年龄差异大，共同语言少。老同学把注意力转移到当官、挣钱、捞名后，好像很憔悴、很疲惫、很忧虑。这不是自己想要的生活。想开了之后，她又过上了已经习惯了的简单、充实、快乐的生活。

这个例子说明，比较的对象要选正确，比较的内容更要选对，才可以得到比较带来的积极结论。

世界充满比较，但不是无条件、更不是无目的的比较。比较都是有目的、有条件、有规则、有程序的。

竞技比赛是比较的典范，有明确规则、有限定条件、有规定程序。只有符合条件、遵守规则，按照程序进行的比较才有意义，其结论才能得到大家认可。

体育比较如篮球、足球以限定时间、限定人数、限定场地范围、限定比赛动作等条件，比较双方进球数量，判定输赢；乒乓球、羽毛球则不限定时间，但要限定人数、限定场地、限定比赛动作、限定比分，以谁先拿到限定比分判定输赢；拔河、象棋、围棋、演讲、数学、选美以及所有公开进行的赛事，均以限定条件、限定规则、限定程序为前提和已知条件，去求一个或多个结果的过程。即使求多个结果，也是在限定其他条件不变的情况下，一个结果一个结果地求解出来，如同我们常用的因素分析法，是在其他因素不变的前提下，逐一分析某个因素的影响大小。

比较的对象要选正确，就是你选择的比较对象要与你一样，符合限定条件、规则，不能选择不可比之人、之物、之事。比如，你是贫寒子弟，就不能与富贵子弟比吃穿；你是知识分子，就不能与工人农民比学识；你是青年小伙，就不能与老人、儿童比力气。比较的内容要选对，要能为自己比较的目的服务，能发挥比较的作用，能促使自己向善、向上、向好。而不是让自己越比越生气，越比越没有自信和尊严，越比越感到自卑和痛苦，让自己陷入羡慕嫉妒恨的漩涡不能自拔。大凡让自己活不成、被气死的比较，肯定属于比较的对象选择错误或者比较的内容不正确。选择比自己高很多的对象去比较，人们称之为攀比，其动机称作虚荣心。虚荣就是实辱，自己实实在在地侮辱自己，不是智商有问题，就是情商有问题，否则，谁愿意自取其辱呢？

眼界开阔一点儿，胸怀宽广一点儿，境界提升一点儿，就能接受人生中各种比赛、竞赛。比较的结果，就能从比赛中学习，在比较中提高。

与高水平的人比较，可以找到差距，让自己明白天外有天、人外有人的道理，有利于挫败自己心中的傲气，帮助自己低调做人，促使自己不断提高。

与低水平的人比较，可以让自己找到自信、自尊，让自己懂得天生我才必有用的道理，肯定自己的能力与价值，帮助他人提高，奉献社会，得到认可。

与水平相当的人比较，可以展示自己技能之外的能力，如斗志、毅力、心态、临场状态与情绪控制能力等等。

有人类就会有比较，有多么纷繁复杂的世界，就会有数不清的比较。不要害怕比较，更不必躲避比较。只要你明白为什么要比较，怎么比较，比较什么，就会让你变得更自信、更自尊、更有目标和方向，变成永远在通往健康、快乐、幸福的轨道上奔跑的人。

2015. 9. 8

# 话说公平

公平与效率是人类社会追求的两大目标。相对于效率，公平显得更为重要。

人们对公平的追求和向往，就像吃饭、穿衣，往往会伴随每个人的每一天，每一时，每一刻，涉及每个事项，人人追求公平，事事讲求公平，时时要求公平。

岗位分工讲究公平，职责划分要求公平。劳动成果分配核心在公平，优秀评选、竞赛比赛重在公平，责任追究与处罚更要注重公平。

在不患寡而患不均的中国大众传统心态下，不均、不公平，就意味着冒天下之大不韪，违背民意。违背民意就会激起民怨、民怒，更严重者会引起民变。

说几则有关公平的故事：

故事一：有一位双腿一长一短的人出门办事，路过一座一边高一边低的浮桥。他走上去大赞，这是我见过的天下最平坦、走着最舒服的桥。办完事回来，他还要过这个浮桥。他边走边骂，谁修的这破桥，它是世界上最差、最不平坦、走着最不舒服的桥。

故事二：有一位处长，想买原始股，需20000元。处长手头只有5000元，于是处长向姐姐、弟弟、妹妹分别借5000元买下该原始股。上市不久，股价飙升几十元。姐姐急需用钱，要求处长返还本钱就行。

处长与兄妹商量如何分钱。妹妹、妹夫提出，大家都知道你的股票赚了那么多，谁投资归谁，本金利润应全部分给我们。弟弟、弟媳提出，股票是以哥哥的名义买的，我们赚钱不能忘了哥哥，本金和一半利润分给我们就行。

处长夫人坚决不同意弟弟和妹妹的要求。她认为，我们当初只借了你们每人5000元，没说挣多少如何分，万一赔了，你们补不补？借多少还多少。几方各不相让，最后弟弟、妹妹和哥哥断绝来往。

故事三：某领导的侄子初中毕业，没有什么技术，但他的父亲死缠烂打，逼着弟弟为侄子找一份既轻松又离家近还要挣钱多的工作。领导无奈，在自己的下属单位找了个勤杂工的差事。侄子抱怨工资太低，说叔叔一个月工资有八九千元，自己只有1000多元，差得太多了吧。

先从第三个故事分析吧。

一个没有文化、没有技术，只干了几年杂活的勤杂工，非要与有大学文凭、高级职称、有近30年工龄的处级领导比工资，这不是闹笑话吗？然而，社会上不讲条件，不考虑可比性，就狂呼怒骂这个不公、那么不公的人太多了。他们的理论基础是，都是两个胳膊两条腿、一个身子一个头，谁也不比谁多长个什么，凭什么你多我少？

举重比赛、拳击比赛还要分56公斤级、60公斤级等几个组，让60公斤级与80公斤级的选手比赛，败了胜了，你服吗？唱歌比赛分通俗、民族、美声唱法，又分专业组，业余组；乒乓球比赛分少年组、青年组、老年组，都是为了让比赛公平，让比赛结果获得大家认可而设置的前提条件。

现实的工作与生活事项太多太复杂，没有必要也不可能像体育比赛那样，每个项目都设置出体现公平的前提条件。何况每个人对公平的认识不同，每个人对公平的评判标准有差异，一万个人就有一万种判断结果。但是，公平是在若干个基本条件相同的情况下，用同一个标准对某一个结果的判定结论，这应该是大家对公平的共识。

这里的基本条件应当包括：性别、年龄、学历、阅历、工龄、职称、职务、能力、环境、有效工作时间等等。

每小时造10件产品与造5件产品的工人工资相同，就是不公平；在同一单位，大学毕业10年与小学毕业10年拿相同工资，就是不公平；在同一地区，30年工龄的处长与30年工龄的科长拿相同的工资就是不公平。还有很多事项没有可比性，如部队与地方、事业与企业、事业与行政、知识分子与农民工人、单位正职和副职、单位领导与部门领导、运动员与作家和画家等。

第二个故事确实让人头疼，怎么分才合适呢？不同的人有不同的看法。

第一个故事是典型的自私心理作怪。同一座桥，对我有利时就说最好，对我不利时就说最差，没有半点公平可言。但这种人在我们的生活工作中并不少见。

关于用扭曲的心灵评价公平，有二则故事很典型。

某单位领导特别好色，他选人用人、利益分配的原则有两条，一权二色。凡是领导的关系、自己的关系就提拔重用，不管能力资历。凡是愿意服从命令为我所用的女性职员，必重点照顾，升职加薪。而那些作风正派、资历较深、能力很强的员工则被排挤、打击，好事一点儿也排不上。有一女员工因不愿陪该领导喝酒唱歌，岗位被调，工资被降，她非常不满，要找该领导理论。有人给她做工作，你不按领导的要求办，领导就有意见，就要给你点儿颜色看，也让其他员工知道不听领导的话会有什么后果。他选人用人的标准你很清楚，按他的标准，你就是不合格。反过来说，这样的领导能长久吗？出事撤职是迟早的事。你现在混的越背，说明你的人品越好。若换个领导，你就成了提拔重用的对象。该员工颇感有理，开始心平气和地默默承受着一切。

虽然每个人对公平的测量结果不同，但公认的公平始终存在。个人对公平的判断值与公认值之差，能衡量一个人的综合素质和自私程度。

人们公认的好人，公推公选出的领导，公平离差值为零或接近于零；人们公认的坏蛋，被推翻的领导，公平离差值很大，大坏蛋就是无穷大。

公平是很高的管理艺术。

清康熙初期，鳌拜、索尼、苏克萨哈、遏必隆四个托孤大臣相互争权夺利，搞得朝廷乌烟瘴气，年幼的康熙不知所措。孝庄出马后，四大重臣服服帖帖，被轻而易举地玩弄于股掌之中。用鳌拜的话说，这个老婆子就会玩平衡，一会儿重用我制约索尼，一会儿又重用索尼牵制我。孝庄的管理艺术是在三代皇帝手中学来的，不说普通百姓，就是宰相大臣甚至皇上，也难学到手。

而明太祖朱元璋则巧用不公平来警示大臣。

朱元璋有意降低与他出生入死16年的好兄弟、大将汤和的爵位，原因是汤和私下派500精兵为宰相李善长修官邸，犯了文官不能与武将私自往来的大忌。他有意拉开能力超强、功绩卓著的刘伯温与同为高参的李善长的俸禄档次，前者只有后者的二十分之一，以警告刘伯温目中无人，看不起自己。两次不公平的分配均收到了奇效。

对团队管理而言，公平非常重要，它涉及每个人、每件事、每一刻，非常普遍，处理起来非常麻烦。公平会影响人心、影响积极性、影响团结、影响凝聚力、影响效率。

若能像孝庄、朱元璋那样，把公平运用得那么出神，就是真正的高人！

2015. 3. 18

# 话说效率

作家冯慧文提出："人生是个复杂而曲折的过程，怎能奢求所有的时间都是高效的那一段？适当把握节奏，留点时间思考，找找未来的方向，是为了以后跑得更快。"笔者十分赞赏，也从中受到很大启迪。

人们常说时间就是效率，安全就是效率，质量就是效率，都有其道理，但又或多或少存在片面性。

试问，无效工作时间、休息时间也有效率吗？躺在床上很安全，坐在家里很安全，有效率吗？一个1000人的冰箱厂，每年只生产一台高质量的冰箱，有效率吗？

效率是时间对成果的函数。这里的时间应当是期间或叫时期，或叫时间段，而不是时点。效率是阶段性有效成果累加，不是某个时点上成果的结存。这里的成果应当符合公众要求，能满足公众需要。不安全的产品，质量低劣的产品，其成果不符合公众要求，不能满足公众需求，反而会增加对公众的伤害，给公众带来麻烦，增添了公众的烦恼，就属于无效成果和负效率成果，不是人们希望的效率，也不是公众默认的效率。

笔者认为，提高效率应当从以下几个方面着手：

首先，必须选择干正确的事，干符合公众要求、能满足公众需求的事。即干事的方向必须正确，不能干坏事、错事。

其次，必须正确地干事。即选择最符合事件自身规律要求，对环境破坏最小、资源浪费最小、对其他事件和人的影响最小、干扰最小，事件成本最低，财产物资人力资源投入最少，产出最大的方法。

第三，找到了正确的事、正确的方法，还必须精心组织、科学编制实施计划，按照每一个时间节点，安排好每一段时间应该干的事、干事的人员及其职责、干事的流程和工作标准、物资配备及消耗定额，做到不浪费、不窝工、不空耗、不返工，就是高效。

人生是场马拉松，是场需要跑上几十年，跑出几十万、几百万公里，永不停赛的几万场首尾相连、中间没有休息的马拉松。跑一场马拉松，我们尚知道开始不能猛冲，中间不能停顿、不能休息，体力要均匀分配，最后还要留点儿力气冲刺。几万场马拉松更该匀速、匀力。在人生的马拉松赛场上，不跑错目的地是最大的高效；选择最正确的方法是第二大高效；按计划有步骤用最大匀速向目标进发，不停滞、不返工、不浪费时间和资源才是第三大高效。

第四，人生的效率应当设置一个评价指标体系，用于自查自纠自律和他查他纠他律。

法律、法规、规章、制度、纪律、道德、村规民约等，是全社会公认或者各个单位和团队公认的自查自纠自律、他查他纠他律指标体系，是有关干正确的事的指标。除此之外，每个人、每个团队还应当设置正确地干事的考核指标，落实正确干事的计划过程、实施过程、实施结果的检查控制指标，才能把效率高低真正评出来、排出来，才有利于发现问题、找出原因，才能找到提高效率的方法和途径。

第五，发现影响效率的问题，找到了影响效率的原因要及时整改。

影响效率的问题和原因可能是多方面的。有方向问题，就必须停止前进，掉转方向，朝正确的道路前进；有方法问题，就应当不断改进，在损失最小、影响最小的前提下，启用新方法；有执行问题，计划不周密、理解有偏差、技术达不到、能力跟不上、职责不明确、赏罚不明晰、监督不到位、整改不及时等，要具体问题具体分析。在方向正确、方法恰当的前提下，真正影响效率的问题在执行层面，提高效率的关键点也在执行层面。

干正确的事，是最高效率的源泉；用正确的方法干正确的事，是最高效率的源泉所在的那个山峰；用最大匀速、正确方法干正确的事，是最高效率的源泉所在山峰之下的山谷所拥有的山泉的精确位置！

2016. 2. 26

# 什么叫顺其自然

经常听到阅历、资历丰富的老者给年轻人讲，要顺其自然，但我始终不了解其中的含义。

网上说，顺其就是不主动，听之任之。顺是顺从，不违背；其，指他；自然，是没有经过人为的手段，而使其保持自身的物质。顺其自然，就是听之任之，不发挥人的积极主动性，纯粹只让其自身发展。

我给别人讲我现在是顺其自然，别人认为我的态度变得怎么这么消极。

学习打乒乓球的过程中，我似乎慢慢理解了顺其自然的一些含义。

比方说，对方打过来的是正手（右手握拍）上旋长球，自己就得首先将球拍偏向右边，而不能伸向左边，也不能停留在球台中间不动；长球要后退半步接球，而不能向前跑，也不能原地不动；上旋应该重心稍上移，拍子与台面的夹角小于90度，触球后向前左发力，而不能将重心下移，拍子向后仰向上发力。

同理，如果对方打过来的是反手下旋短球，自己就得首先将拍子伸向左边，右腿上前一步，或仰拍搓球，或垂直拍面拧拉。

第一种情况的正手上旋长球和第二种反手下旋短球就叫自然，就是我们要面对、要处理的问题及其所具备的特点与状态。其，属于万能词，代表我们要面对的一切人、一切事、一切物。顺，指顺应，依据自然的特点和规律，做出符合其特点、符合其内在规律和要求的动作及响应。

夏天穿短袖、冬天穿棉袄，是顺其自然；饿了要吃饭、渴了要喝水、困了要睡觉，是顺其自然；男大当婚、女大当嫁，是顺其自然；结婚要有房子、房子中要有家具，是顺其自然；婚后要生小孩、孩子要吃奶、要有人管，是顺其自然；孩子长大要上学，学校毕业要参加工作，工作之后要成家，要赡养老人，要抚养孩子，都是顺其自然。

参加工作要找个单位，到单位得找个部门，到部门后要有岗位，在岗位就有职责，干好职责范围内的工作，完成部门领导安排的其他工作，遵守单位的制度和纪律，是顺其自然。

工作干得好了就多拿钱，干得不好就少拿钱，出了问题犯了错误要扣钱，是顺其自然。

工作成绩突出、进步快，会得到奖励，可能提拔重用，是顺其自然；工作出现严重问题，违反制度、纪律、法律，受到行政、党纪、法律制裁，是顺其自然。

找对象门不当户不对，性格不合分手，是顺其自然；两口子说不到一起，互不喜欢，相互仇视，离婚，是顺其自然。评职称条件不够没过关，再来一年，是顺其自然；竞选科长，资历、能力、人脉关系稍逊于别人，没当上，是顺其自然；评先进，有一项主要指标落后于人被淘汰，是顺其自然。

顺其自然的实例太多了，不可能列举完。

我们常常搞不清什么是自然，自然有什么特点，有什么规律，有什么要求。如果将自然的要求和条件都搞不懂，那我们如何去顺呢？

不知道该顺些什么、该怎么顺，这是我们自己的问题，怨不得别人，更没有理由说这个不公、那个不正了。

打乒乓球时，顺是主动地顺，是在对方的球还没有出手之前，就预判来球可能的落点位置，在球出手之后，自己已经准备就绪、顺到了位上。

顺首先必须看懂"其"的"自然"，才知道该怎么顺。打乒乓球时，对方出手时拍子的朝向告诉我们落点在反手还是正手；挥拍的幅度告诉我们球的长短；球拍击球瞬间用力方向告诉我们球的上下旋。如果看不懂对方的动作，不了解"其"给我们提供的"自然"的信息，顺就没有思路，接球就无法主动，也就不能很好地顺。我们眼看着球自然地过来，还是束手无策，还是顺不了"其"所要求的"自然"，变得不自然，不合要求。

知道了自然，知道了要顺，知道了怎么顺，苦练顺的基本功，提高顺的质量和效率，让知行合一，想得好做得更好，顺其自然才算大功告成。

顺其自然，必须解决好三个问题：

第一，能看懂自然的特点、规律和要求；

第二，懂得如何顺不同自然的各种方式方法；

第三，熟练掌握顺的各项技能，能发挥好、运用好顺的技能。

顺其自然很深奥，理解不易，掌握更难。但愿这一点肤浅的认识，对您能有所帮助。

2016. 2. 2

# 春节应当干啥

猴年春节还没到，就有几个朋友说，现在的春节越来越没意思。收假后，不少朋友说自己的春节过得不一般。有的去了国外，有的去了海南，有的去了当地的旅游景点，有的去了农家乐换了换胃口，有的主要在家打麻将。

听说春节期间，兴平的马嵬驿三公里之外就得下车，到处尘土飞扬，每个人转一圈都变得灰头土脸。礼泉的袁家村更是火的不得了，创下了单日接待 17 万游客的历史纪录。

春节究竟该干啥？笔者一直在思考。

春节可以说是中华民族的第一大节日，是真正的全民的节日，全世界华人的节日！海外华人排节目庆祝，世界各国为中国祝贺，联合国秘书长为华人送上祝福，足以证明祖国在世界的地位日益提高。

上至国家，中至各省、各市、各县、各单位，下到每家每户，无不在为春节忙前忙后，忙里忙外。

中央电视台每年的春节晚会，准备时间长达半年多，花费的钱财少则几千万，多则几个亿，动用的演职人员就有好几千。为的就是春晚节目能传入每个华人的眼帘，使大家能感到民族大家庭的温暖，感受祖国的繁荣昌盛，人民安居乐业，将爱祖国、爱人民的理念刻进每个人心里。

每个省都会准备自己的春节晚会，为当地百姓送上精彩别致的精神盛宴。每座城市都在春节期间将自己打扮得靓丽迷人，每个单位都将迎春的气氛渲染得温馨可人。每个车站、机场、码头都为迎送旅客回家过年，提供最贴心的服务。

为了过年，做生意的收摊了，上学的放假了，上班的休假了。外出打工的，不管离家多远，就是没有买到火车坐票，站着也得回家；骑摩托车走上几百公里，也得在家过年。办年货、做年饭、备拜年礼、贴对联、剪窗花，连续奋战十多天。二十三，糖瓜粘；二十四，扫房子；二十五，磨豆腐；二十六，去买肉；二十七，杀公鸡；二十八，把面发；二十九，蒸馒头；三十晚上熬一宿，初一初二满街走。

过年了，哪怕再穷，这几天一定得让家人吃好，因为过一年就这么几天。

过年了，哪怕再苦再累，也得精心准备，因为招待的全是自己的亲人。

过年了，哪怕手头再紧，就算借钱，也得给家人买点儿像样的东西。

亲人最亲，亲情最大。友情到了很高程度才可以称得上"亲如兄弟"，否则只是友情。爱情变成婚姻之后，才有可能转换为亲情。以亲情为主题的春节，自然就成了中国最大的节日。

母女亲情、父子亲情、手足亲情、兄妹亲情、叔侄亲情、姑侄亲情、甥舅亲情、甥姨亲情、表兄亲情、表妹亲情、爷孙亲情等，十多种亲情每年只有在春节才有大融合的机会，有的亲情一旦错失，终生不会再有，这将是人的一生中永远无法弥补的缺憾。

亲情间有一个共同的根，使之相生、相牵、相克、相制，有一条无形的线使之相连，飞不出，跑不掉。亲人间有天生的权力和责任、利益和风险之绳，将大家捆在一起，一荣俱荣、一损俱损，亲人就是打断骨头还连着筋的关系。

亲人间了解最多、理解最多、信任最大，有最大的包容。

侄子春节给伯伯拜年，伯伯正在打麻将。侄子自己放下礼品，伯伯叫孙女给倒水，孙女找不到茶叶。侄子：我不渴。伯伯说烟在桌上自己拿。侄子：我兜里有。侄子：我走了。就出了门。伯伯仍然在打麻将，说了声你慢走。一场拜年用了不到三分钟，伯伯与侄子每人说了三句话结束会面。谁也不会埋怨谁，这就叫了解、理解、包容，这就是亲不见怪，见怪就不叫亲人。

如果不是在亲人之间，这种做法肯定会让人生气，人们会以为这样做不合情理。但在家，在伯侄之间，就合情合理。

为啥？因为平时关系到了，不会在乎这一时半刻，一节半礼。关系到位，靠啥？当然是日常的走动、往来、相互关照。

现代人多数在外面工作，离家远了，离亲人远了。

春节是国家专门留给大家培育亲情的时间，是认识、维护、修复、弥补、加强、扩大亲情的法定时间，是知恩图报拜年走亲戚的专用时间，是款待亲人倾听心声送出祝福的专有时间。

滴水之恩涌泉相报，倾泉之恩如何相报？

亲情是养育每个人成长的第一股山泉，是世间最纯洁、最善良的精神营养。一个人能享用来自十几个亲情山泉的营养，该是多么滋润，多么幸福！

亲情是父母替我们建造的至真至善至美的精神营养宝库，是上代人以真善美为原料，替下代人用几十年时间精心修筑的又宽、又平的阳关大道。

不懂得享用亲情、不愿意在亲情的山泉中汲取营养的人，一定是世界上最大的傻瓜，也一定会有人生最大的遗憾。不懂得呵护亲情，让亲情疏远、形同陌路，甚至将亲变仇的人，一定是人生最大的失败者。

春节最应该干的正事就是打理亲情，认识亲情，维护亲情，拓展亲情。

2016. 2. 14

# 拜年的含义

"拜"，本义表示敬意，是一种礼节。基本要求是两手合于胸前，头低到手。"年"，是远古时代传说的一种怪兽，头顶长独角，口似血盆。每逢腊月三十晚上，它便窜出山林，抢食吃人。

人们害怕被"年"吃掉，就备些肉食放在门外，然后关上大门，躲在家里。直到初一早晨，"年"饱餐后扬长而去，人们才开门相见，作揖道喜，互相祝贺没有被"年"吃掉。

有一年，"年"又来到村子，人们发现它怕红色的东西和声响。于是又一年，当"年"来之前，人们在门口贴红纸、挂红灯笼。"年"来了，人们把用空心竹子做的炮仗往地上摔，发出响亮的声音，"年"被赶跑了。于是，后来的人们都有贴对联、挂灯笼、放鞭炮的习俗。长辈给晚辈发压岁钱，因"岁"与"祟"谐音，有压住祟气，平安度过一岁之意。

春节拜年是中国流传了几千年的习俗，是人们辞旧迎新、相互表达美好祝愿的一种方式。通常是从正月初一开始，由家长带领小辈们出门，谒见亲戚、朋友、尊长，以吉祥话向对方祝颂新年，卑幼者须向尊长者叩头致礼，谓之"拜年"。尊长者则以点心、糖果等好吃好喝的东西热情款待，并发压岁钱还礼。

笔者要说的是拜年的另外一层含义。

侄子给姑姑拜年，带着价值100元的礼物，姑姑给侄子发了100元的压岁钱。

从经济学角度看，相当于姑姑给侄子100元钱，让他代买100元的东西；又相当于姑姑自己拿100元钱在商店购回100元的东西。这完全是等价交换，互不相欠。

从社会学角度分析，这不仅仅是等价交换、互不相欠那么简单。侄子给姑姑拜年，表达了晚辈对长辈的孝敬之心，是对姑姑疼爱之情的报答。姑姑给侄子发压岁钱，是对侄子孝敬之情的表彰和鼓励，也是姑姑疼爱之情的延续。从此姑侄关系会变得越来越亲密。

姑侄关系的亲疏很难用金钱表达和衡量。

如果姑姑家经济拮据，只能发20元、10元的压岁钱，甚至不发。我们相信，不会因为姑姑没有发压岁钱或发得少，而使姑侄关系变得陌生。同样，如果侄子家日子紧张，只能拿10元或20元的礼物给姑姑拜年，姑姑家如果生活殷实，发100元或50元压岁钱没有问题。这实际已不是等价交换、互不相欠，而有深刻的精神内涵，有关心、帮助、体谅、宽容的成分，其间渗透的孝敬与疼爱、血浓于水的情感，远远超出了冷冰冰的金钱关系。物质、金钱不过是拜年时表达亲情、友情、爱情所用的道具。

20世纪七八十年代，拜年礼物的道具作用尤为突出。

甲带着罐头给舅舅拜年，舅舅将此罐头给其三姐，三姐又给了大姐，也就是甲的母亲。转了一大圈，自己的罐头又回到了自己手中。这一圈，有时是一年，有时是数年。

记得父母在世时，家里的罐头、点心总是存放一大堆，父母总舍不得让我们吃，说是来年拜年、走亲戚要用。因父母年长、辈分高，每年总是入多出少。我开导了半天，他们才同意打开尝尝。结果，打开的罐头10瓶有9瓶都变质了，点心多一半都长毛了。难道变质的罐头、长毛的点心还能吃？如果不是我们家罐头、点心年年有余，可能又不知还能转几圈。没办法，大家都穷，买不起这么多贵重的东西，它们是拜年少不了的硬件、大件，谁也不舍得吃，只能像接力棒一样，一家一家、一年一年往下传。这时拜年的礼品纯属表达亲情、联络感情的道具。

由于大家都把它当道具，所以没有人去计较它的真假、好坏，大家在乎的是谁该来拜年而没有来。该拜不拜属于失礼，用官话说叫责任事故。负领导责任的当然是失礼者的父母，要承担教子无方、教子不严的责任；直接责任者就是应当去拜年的晚辈，如女婿、外甥、侄子等，其责任是不懂人情世故，对长辈不敬、不孝。

"千里送鹅毛，礼轻情意重"，是古人对拜年礼物与仁义关系的精准诠释。

中国是礼仪之邦，拜年的礼仪应该说是含金量最高的礼仪。

那些借故工作忙、路途远、花费大而多年不回家与父母团聚、不给亲友拜年的同胞，那些嫌弃别人拿的礼品轻、发的压岁钱少的同胞，当你们真正理解过年、拜年的含义后，能否醒悟呢？

2014. 2. 8

# 关于名字中文化味变淡的思考

名字是名与字的合称，名是名，字是字，两者并不相同。

据说在过去，婴儿在出生三个月时由父亲命名。男孩到 20 岁要举行"结发加冠"礼，以示成人，这时就要取字。女孩子 15 岁时要举行"结发加笄"礼，以示可以嫁人，这时也需要取字。

字的产生，是出于避讳，是尊崇长辈的伦理需要。古代人在祭祀神灵和先祖之时，为了表示恭敬，不敢直呼先祖之名，这样就产生了字。字实际上是表示尊敬的人名。

名是代表一种事物以区别于其他事物的专用符号。人名必须跟姓结合，用来代表一个人以区别于其他人。

老话说："人没名字难叫转，地没名字难送饭。"

过去，起名字非常有讲究，名字中的文化含量极高。如岳飞，姓岳名飞字鹏举，鹏举有大鹏展翅高飞之意。孔融让梨是有名典故。孔融，姓孔名融字文举。融有融会贯通之意，文举则包含一举成名、文星高照之意。

过去，作家用的笔名，很有文化，如鲁迅、茅盾、老舍、冰心、柳青、路遥等。

过去，文学作品中的人名，也非常有文化。如鲁迅《阿 Q 正传》中的阿 Q、小 D 是有深刻内涵的。

阿 Q 没有社会地位，他想姓钱，钱老爷不同意，想姓赵，赵老爷不允许，只好姓阿，表明自己是中国人，又不会被人骂。他要起个中国名字，就可能不小心插到别人家的"队"中，所以只能叫个外国名"Q"，这才不会招这家惹那家。

再如《红色娘子军》中的南霸天、吴琼花、洪常青，都有着不同寻常的意味。南，表示南方，霸天，说明这个人的心太贪、太野，连天也要霸占，南霸天代表着所有资产阶级、反革命分子阶层。吴，暗喻"无"，琼，音同"穷"，又代表海南。吴琼花，意为穷的连枝花儿都没有。吴琼花代表无产阶级，代表革命者阶层。南霸天们富甲天下，吴琼花们穷得叮当响，这就是社会不公的表现，不能任由这种现象长期存在，于是出现了洪常青。洪，意为"红"，红色、红旗，代表革命的倡导者、领导者，代表正义的阶层、先进的阶层。常青，代表红色的力量、正义的力量万古长青，永不枯竭。

对比一下现实生活中的人名。京生、沪生、建民、抗美、援朝、胜利、文革、西安、栶栶、冬冬、华华、娜娜、园园、方方等，有谁家还在按照"五行"等为孩子起名？国家语委对第三次人口调查资料进行了抽样，57 万人中，叫"建国"的 630 个，叫"建军"的 610 个，叫"桂兰"的 1084 个，叫"桂英"的 1336 个。

现代人，表面看上去很风光，吃的有营养，穿的很讲究，住的很宽敞、用的很高档、车子很豪华，名字却越来越土，名的文化含量越来越低，著名教授张二嘎、著名校长王三娃、著名企业家李四，省长王五，听起来怎么那么别扭！众多人同名同姓，名字不再有"专用"符号功能，失去了区别于他人的作用，一个单位三个刘浩、三个王丽、四个张鹏、四个李娜，不知道在叫谁。一个人有问题，要找几个同名同姓的审查，这也给社会管理带来了诸多麻烦。

再说地名，以西安市为例：

过去的尚勤路、尚俭路、尚朴路、尚德路、尚爱路、幸福路、万寿路、文艺路、友谊路、团结路、下马陵、习武园、书院门、永宁门、安远门、长乐门、朝阳门，多有文化。

如今，只会数数。高新路，高新一、二、三、四、五、六路，科技路，科技一、二、三、四、五、六、七、八路，凤城一、二、三、四等等。

名字是最简单的文化，是每天工作生活中要频繁使用的专用符号。唯一、专用，能与其他所有人或者物区别开来是最基本要求，但我们连最基本要求都达不到；名字是文化范畴的东西，应当有内涵、有文化，但我们就是把这最重要的东西缺失了。

名字的文化味变淡，表明了国人文化素质水准在不断下降，已经低到不能再低了。

社会在进步、经济在发展、物质在丰富，精神文化相应也必须发展、丰富、进步，达到更高水平，而不应倒退。

然而，文化素质下降的现实不断警示国人，低俗的文化支撑不起高端的社会经济，低级文化满足不了日益复杂的高级社会，没有文化运用不好丰富的物质。

2015. 4. 7

# 称谓的变化

时代在发展，社会在变化，物质变得丰富了，精神变得多彩了，就连本该不变的称谓，也发生了大量的量变和质变。

曾听到一个关于称谓变化的故事。一位刚参加工作的小姑娘称呼一位比自己大10多岁的女同事，最初叫王姨，而称呼其丈夫叫张哥，大家觉得很好笑。过了几年，王姨变成了王姐，张哥还是张哥。又过了几年，王姐变成了老王，张哥变成了老张。之后，老王变成了王桂芳，老张变成了张三。再后来，王桂芳变成了桂芳，张三变成了三。

王桂芳两口子感叹：我们越活越年轻了。

称谓会随着环境改变而改变。

看过中央台一档节目，6岁的小男孩阿豪在台上表演，妈妈上前助阵。"豪哥加油，豪哥加油"的喊声让主持人大感不解。妈妈解释说，自己平时在家都这么叫，她还动员主持人和台下观众一起为儿子加油。于是，"豪哥加油"的呐喊声此起彼伏。

笔者注意到，台下几乎没有未成年人，四五十岁的人居多。他们怎么喊得出口？我们的规矩何时改为"子为父纲"了？

电视中，称老公为爸爸者有之，称老婆为妈妈者有之，儿子称老爸为大哥者有之，女儿称妈妈为大姐者有之。

生活中，儿子向父亲母亲要钱，声称：今天不给钱，老子就跟你没完！爷爷去接孙子，另一位爷爷戏称，又去接你爷了！有的爷爷干脆自报：我去接我爷！

我们今天的社会是怎么了？现代人难道吃错了药，脑子进水了，竟连大小辈也分不清！

　　小姐曾经是一个很尊贵的称呼，表示这个人的身份是未婚嫁女性，出生于大户人家或书香门第。知书达理，其中多数能吹拉弹唱，会琴棋书画，可谓是女人中的上品。

　　如今说到小姐，人们马上会联想到卖淫女、妓女，想到烂女人。小姐变成了女人中的下品。

　　专家，就是指有某项专门技术的人，在某个领域是学术权威、技术权威，代表最科学的观点、最完善的理论、最领先的技术，说出的话是最具真理性的结论。

　　然而，现代的部分专家被人们称为"砖家"，就是应当挨板砖的家伙。

　　教授，是有极高造诣的学术权威。可是，我国的某些教授，被人们称作"叫兽"，即只会乱叫的野兽。因为许多人深受他们的理论之害，他们的言论让不少人遭受了极大的物质和精神损失。

　　官员，有多么崇高和令人向往的地位和名誉。可是，老百姓却要给他前面加上了几个字：贪、腐败、官僚、独裁、爱摆花架子、无能、爱吹牛等等。部分农村百姓称其父母官为流氓村长、土匪书记。一些官员成了老百姓既仇视又不敢得罪、既看不起又不得不巴结的对象。

　　富豪，是在商界取得了巨大成功，有名气有地位有财富有尊严的人。然而，现在的富豪却被人们瞧不起。因为部分富豪的财富来得不正当、不干净。他们有钱之后，有的挥金如土、花天酒地；有的欺男霸女，包养情妇；有的豪赌，一掷万金不眨眼。可是面对家中年迈的父母，他们舍不得；面对家乡失学的儿童、有病的亲友，他们舍不得；面对灾区群众急需钱物，他们舍不得。

　　老板，是企业所有者、投资人的专用称呼。现代某些人把一把手统称老板。有人解释，老是板着脸的人，就是老板。政界的省长、市长、县长、处长、厅长、局长被称作老板，似乎告诉人们，政治已经走上商业化轨道；学界的教授、博导被称作老板，又告诉我们，学术已进入商业化轨道。某大学教授曾指出，赚不到4000万元，就不配当我的学生。可见学界商业化的程度更高、魄力更大、步子更快。

　　广告，本来属于很好的商品推销方式，可现在人们不由得将它与诈骗、虚假等代表假恶丑的事件联系在一起。每个人每天都能接到标有"推销广告""欺诈广告"等字眼的外省来电、本省来电和被称为垃圾的手机短信若干，令人不胜其烦。看电视时，只要有广告马上换频道；听广播时，只要是广告，马上换频率；看见路上有发广告者，远远就躲开，成了大家的本能反应和条件反射。广告已经成了大家生活中的瘟疫。

业主，原意为产业的所有权人，又叫甲方。项目的设计者、施工者、监理者、检测检验者等都得听业主的，按业主要求办。

业主的称谓用在我国房地产业之后，意思变了，地位也变了。房子的主人——业主，不但管不了设计，管不了施工，管不住监理，管不着房屋检验者，就连受托替自己管房子的物业，自己请来的管家，好像也比业主高一截、贵一等。一会儿停水，一会儿停电，一会儿将小区的公共用地出租给商户，一会儿提暖气费，一会儿加停车费，主人被仆人折磨得苦不堪言还无处说理。业主改叫业仆、业奴还差不多。

文艺界，主要从事高雅的文学和艺术事业。演艺界，是文艺界的一个分支，是以舞台为载体的艺术活动。演艺圈、娱乐圈，变成了以提供搞笑娱乐活动为主体的人群。从高雅的文艺降格为部分高雅部分低俗的演艺，再降到没有高雅，只有低俗、庸俗、媚俗的搞笑娱乐，文和艺的含量不断降低，如同先是给酒中掺水，现在成了给水中掺酒。少了文雅但却值钱了，票房收入升高了。绯闻不断、丑闻不绝，身价却不断攀升。一边挨骂，一边赚钱，一边因吸毒嫖娼被拘，因离婚出轨闹得满城风雨，一边还有千百万粉丝追捧。报刊销量大增，网络点击率飙升，受益的人群还不少。

难道这就是世界文明古国献给世界的礼物，难道这就是我们为子孙后代留下的精神遗产？

称谓是一种文化，一种尊卑有别、地位有异，名誉有高低、身份有贵贱、行业有分工、职责有约定的文化。一种能够在一定时期、一定区域范围内得到普遍认可的文化。

当原来的称谓变了味、变了调、变了质，变了适用范围，变了适用对象，变了内涵，变得面目全非之后，我们的后人该继承现在的还是原来的？如果我们为子孙后代留下的精神遗产充斥着毒素和有害物质，我们是历史的功臣还是人民的罪人？

2016. 1. 23

# 人为什么要读书

**一、人必须有人性，读书能帮你健全人格塑造人性**

所谓人性，就是人不同于一般动物，人能够控制自己的言行和情绪，人有信仰、有道德、有理想、有目标，人有思维能力和创造能力。人性是人类进化活动的成果，是人之所以被称为高级动物的重要标志。人性是人们改造自然界、改造社会过程中逐渐积累和发展起来的理论能力，理论能力用于改造自然、改造社会的实践活动后，才能转化为实际能力。不是所有的理论能力都可以转化为实际能力，但一般而言，原料越多、原料质量越高，加工后的产品数量越多、质量越高。

所有人生下来只是白纸一张，如果不教不学不用，与一般动物没什么区别。

父母教我们学走路、学吃饭、学说话、学唱歌，我们才拥有了上述能力。父母知识有限、技能有限、道德素质有限，再加上时间有限、精力有限、教育方法有限，就送我们去各方面水平高于自己的学校，学习更多更好的东西，教给我们更完备、更丰富的知识和技能，让我们拥有数量众多、质量上乘的理论能力和实践原料。

人性没有封顶，知识不断更新，技能无穷无尽。我们在家庭和学校所学的东西并不能完全适应不断发展变化的社会需求，仍需在实践中学习、补充、完善。从实践中学习又受环境、阅历等内外因素影响，很难达到目的。向前人学习、向书本学习是我们弥补家庭教育、学校教育不足，克服自我缺陷的最有效的途径。读书，读名家的书，是帮助我们健全人格塑造人性的最好手段。

### 二、读书能得到什么

培根说："读书足以怡情、足以博采、足以长才。其怡情也，最见于独处幽居之时；其博采也，最见于高谈阔论之中；其长才也，最见于处世判事之际。"

当我们独处之时，手捧中外名著、名人传记，如同与名人和高人交谈、请专家指点。名人著作里阐述的遭遇各种艰难险阻、遭遇大悲大喜的应对方法和思维模式，是教我们为人处事的经典智慧。从名著中吸收的精神营养和心理能量，会让我们变得更强大、更精彩、更有自信心。名著带给我们的精神力量如同核能量，有时一句话、一件事便可以改变我们的人生轨迹。

独处时，读好书是填补内心空白，消除孤独、寂寞的最佳方法。

当我们与他人交谈时，可以展示自己的广博知识、丰富阅历、过人才华，能赢得他人尊重、敬仰，提高自己的威望和价值，形成自己在朋友圈、同学圈、同事圈的影响力。有影响力的人，话语权自然会高于别人。

处世判事时，我们可以从书中学到的他人判事、处世、为人的方法，为我所用。即使照搬模仿也强于不知乱为者。如果我们能够因人因事因时因地加以变通，则他人的方法就变为自己之法。如果我们能举一反三，由此及彼，我们就成为他人之法的继承发扬者，变为处世判事的行家、高手。

高尔基说：书籍是人类进步的阶梯。

一个孩子不上学，7 岁就可以放羊，长大后能放一大群羊，但除了放羊，基本干不了别的。如果小学毕业，在农村可以用一些新技术种地，在城市可以在工地打工、做保安、当小商小贩，小学知识够用了。如果初中毕业，就可以进行一些机械操作了。如果高中毕业，就可以从事机械修理了。如果大学毕业，他就能搞机械和其他东西的设计。如果硕士博士毕业，就可以发明创造一些机械设备还有许许多多社会上需要的东西。不读书或者读书少，只能干吃苦多挣钱少的体力劳动。他对社会的贡献小，社会地位自然不高，总是受制于人，为别人抬轿。读书多、本领大、对社会贡献大、受人尊敬，是凭智力吃饭的脑力劳动者。

同样年龄的人，身高、体重、长相等"硬件"差别不大，为什么有人能当省长、市长、县长、局长、厅长、处长、科学家、艺术家，而有人只能当清洁工、保安、司机、搬运工、建筑工？区别只在于大脑，而不是身体其他部位。

所有人都有大脑，但大脑中所装的东西是不同的。大脑中东西的多少取决于读书的多少。

我们从不懂事到懂事，是读书学习的结果。从小学、初中、高中、大学、硕士、博士，头脑中所装的内容，我们的理论能力和用于社会实践的原料，从数量到质量都有极大差异。拥有的数量与质量不同，付出的自然不同，对社会的贡献自然不同，差别就在读书的多少和付出的多少。一个人从大学毕业到技术员、助理工程师、工程师、高级工程师、正高级工程师是个人的进步，也是单位的进步，是社会的进步，更是人类的进步。从不懂到懂得一点，再到懂得很多，再到很熟练，最后到很精通，成为该领域的专家，每一步都离不开读书，也离不开实践。读书让个人、单位、社会、人类一点点向上走，向高走，向好走，书籍的阶梯作用功不可没。

"读史使人明智，读诗使人灵秀，数学使人周密，科学使人深刻，伦理学使人庄重，逻辑修辞学使人善辩。凡有所学，皆成性格。"

习近平说：读书可以让人保持思想活力，得到智慧启发，滋养浩然正气。

书籍是盘活和重组我们头脑中智力资源的整流器，是改变我们输入输出数量质量的变压器，是点燃我们大脑中智慧之火的火花塞，是智力的孵化器，是潜能的发动机。

读书能让我们了解人类生活中的悲欢离合与喜怒哀乐，能理解他人的所作所为，能正确认识和准确判断我们在学习工作生活中所遇到的各种人和各种事，有助于我们正确面对，科学判断，选择最恰当方式予以解决。有助于我们少走弯路、不走邪路，以最小代价达成目标。

书籍是人类智慧的结晶，是人类知识的载体，是人间正道的记载与传播者。文化人，以"文"记录在书籍上的，多读书，多学"文"才能有教化、感化他人的本领，才能打通吸收他人能量的渠道，感化自己、净化自己、深化自己。只有充分吸收他人能量，让自己更丰富、更深刻、更有智慧、更有涵养、更有学识、更有爱，而后才可以向他人，特别是向我们的子女，传播智慧、知识、技能、道德。

读书是借用并吸收他人智慧、知识、技能，补充自己、完善自己、提高自己、强大自己最便捷的途径，是借万人之力强一己之身的明智之举，是直接摘取并享受他人皇冠上明珠的最省时、最省力、投入产出比最大的人生经营活动。

知识在不断更新，思维在不断进步。如果我们不坚持读书，原有的知识就会老化，原来的思想就会固化、僵化。思想固化、僵化，行为必然固化、僵化，能力必然退化。能力退化之人，还可以担当大任吗？不读书不学习就跟不上时代要求，无法适应时代为你分配的新任务，还会成为影响时代节奏、扰乱时代节拍的"捣乱分子"。这样的"捣乱分子"被时代抛弃、淘汰是最自然不过的事了。

三、中国人对读书认识的误区

习近平总书记总结了领导干部不读书学习的四个原因，笔者称之为对读书认识的误区。

其一，自己现有的知识差不多了，不用读书也能应付工作。

这是基于读书是应付工作的思想误区，是缺乏责任心、没有担当精神的表现。应付工作就是对工作要求打折，对自己的劳动付出打折，对社会奉献打折。其结果自然是自己的受尊重程度打折，社会地位打折，个人价值打折。其本质原因是读书不够，对工作、劳动付出、社会奉献、社会地位、自我价值之间的联系认识不到位。

其二，干比学习重要，读不读书无所谓。

这种人不懂得磨刀不误砍柴工的道理，上进心不足。如果对自己要求高一点，今天必须比昨天干得更好，明天必须用比今天更科学、更高效、更合理的方法干完原来的工作，他就必须钻研业务，必须读书学习掌握更多更好的方法。必须开动脑筋，让自己的工作超出自己的想象，也超出别人想象。能干出这样的工作，你不进步谁进步？这是成功者的人生轨迹。

其三，工作太忙，没时间学习。

工作太忙，一方面是因为自己的工作方法有问题，工作效率太低。别人花一个小时能干好的事情，你需要花两个小时甚至三个小时。另一方面可能是不懂得授权管理、不懂得轻重缓急、不懂得抓好关键的事项。眉毛胡子一把抓，哪儿黑了哪儿歇，缺乏计划性，没有战略，没有战术。究其原因还是书读得不够多，时间管理不够好，分析问题和处理问题的能力有缺陷。第三种可能就是把吃饭、喝酒、打牌、游玩、聊天等不是工作的内容说成工作。把主要的心思和精力放在了应酬、投机钻营之上。整天寻找少投入多产出的生意，等待天上掉馅饼的好事，靠撞大运发家。总想曲线救国、图谋捷径升迁，不走正道，当然以为没有必要读书了。

其四，社会上潜规则太多，需要的是关系而不是知识。

读书多反而不适应社会，照书上的道理做会吃亏。持这种观点者，理念信念不坚定，思想境界不高。不能坚信正义终将战胜邪恶，道路虽有曲折，但前途一定光明，真善美是人类永恒的追求。他们被眼前的黑暗、邪恶吓住了，被面临的挫折、弯路挡住了前行的视线，表现出信念动摇、道德滑坡、思想萎靡、精神懈怠等"逃兵"心理和随波逐流、见风使舵的"聪明"举措。多读有关信仰道德之书，多学仁人志士面临此等境地时的所作所为，就知道该怎么办。

人必须有精神，家庭有精神，社会有精神，民族有精神，国家才有精神。孔老夫子早在2000多年前就为子孙后代制作了滋养我们的精神食粮，它深受世界人民欢迎，孔子学院已开遍全世界。可我们自己总在闹"饥荒"，全民陷入普遍而且严重的精神饥荒灾难中。全民不读书，部分人无知无畏无律无耻，整个社会信仰金钱，许多人变成体健脑空的精神乞丐。一部分人变成了以耻为荣的道德叛徒，害自己同胞、害外国人，走到哪儿害到哪儿，成了中华民族的败类和害群之马。

乞丐有何尊严？谁不憎恨魔鬼？

好好读书吧，别让无知无畏无律无耻成为我们这个时代的标签。

2014.10.22

# 书与世界

世界，按照《现代汉语词典》（第6版）解释，有五种含义：①基本义：自然界和人类社会的一切事物的总和；②佛教用语，指宇宙；③地球上所有地方；④指社会的形势、风气；⑤领域，人的某种活动范围。

按照上述定义，世界的范围很大、很多、很广。

时间和空间把不同时代、不同半球、不同大洲、不同国家、不同地区的人、物和事分开，形成不同的世界。

同一时间和空间下，又按照有无生命、是否运动、能否说话、什么语言、什么肤色、什么习惯等标准，把人、物和事分开，形成许许多多既相对独立又彼此联系的世界。

大世界由无数个中等世界组成，中等世界由无数个小世界组成，小世界又由无数个微型世界组成。

宇宙是一个世界，地球是一个世界，一个海洋是一个世界，一个大洲是一个世界，一个国家是一个世界，一个省、一个市、一个县、一个乡、一个村、一个家、一个人也是一个世界。一片海、一条江、一条河、一座山、一棵树是一个世界，一个行业、一个单位还是一个世界。

所以才会有我们常听到的动物世界、男人世界、女人世界、老人世界、儿童世界、汽车世界、电子世界、数学世界、物理世界、足球世界、服装世界、内心世界、精神世界等等名目繁多、纷繁复杂的世界。

隔行如隔山，就是对另一个世界不了解，如同挡在眼前的一座大山，翻不过去，看不到山中的风景。

每个人的时间、精力、资源有限，要认识和了解大千世界，看看自己感兴趣的大山那边的风景，该怎么办？

　　有人想了解周秦汉唐，有人想了解美国、希腊、古巴，有人对南极、太空感兴趣，有人对军事感兴趣，有人对旅行痴迷，有人对历史痴迷，这些问题，书本可以帮你解决。书上有关于你感兴趣的每个朝代、每个国家、地球和太空的很多地方、各个地区、各个行业的人和事，你不用亲自到那个地方，看看有关那个地方的书，可以轻松进入那里，认识和了解它。

　　世界是铺开的大书，它七零八落地一页一页散存在人间，是原始的书稿。书是经过搜集、挑选、分类、整理、加工、提炼、升华后装订在一起的浓缩的世界。

　　有关各个世界的书，可以将被人为分割的世界合在一起，变成一个世界。

　　空间把不同经度、不同纬度的人和物分开，形成不同的世界。书将它们合在一起，变成一个世界。

　　时间把世界分割，书将它们黏在一起，变成一个世界。

　　语言将世界分割，书将它们黏在一起，变成一个世界。

　　通过书可以了解各种世界，认识各种世界，体验各种世界，掌握各种世界的运动变化规律，享受各种世界，利用各种世界。

　　好好看书吧，年轻的朋友们！书是您周游世界最经济的旅程，是了解世界最便捷的交通工具，是欣赏世界最佳观景台，是您站在专家和巨人肩头、看得最远的位置，是能看到最精彩景色、有最大收获和感受的精神盛宴！

2015.8.29

# 知识与文化是什么关系

有人说，某某人"有知识没文化"。知识与文化是啥关系，笔者不明白。

网上有个"没文化真可怕"的帖子，说的是部分人写出的错别字太多，基本常识不懂，弄出许多笑话的事儿。字与文化是啥关系，常识与文化是啥关系，笔者不清楚。

许多大报有文化周刊，主要介绍书法、绘画、收藏等方面内容。艺术与文化又是什么关系？笔者不知道。

笔者对什么是文化越来越迷茫。难道书法绘画收藏就是文化，不识字、不懂某些常识、写错字就是没文化吗？到底什么是文化？文化与知识究竟是什么关系？

百度上说，文化迄今为止仍没有一个获得公认的令人满足的定义。笼统地说，文化是一种社会现象，是人们长期创造形成的产物，同时又是一种历史现象，是社会历史的积淀物。确切地说，文化是凝聚在物质之中，又游离于物质之外的能够被传承的国家或民族的历史、地理、风土人情、传统习俗、生活方式、文学艺术、行为规范、思维方式、价值观念等，是人们之间进行交流的普遍认可的一种能够传承的意识形态。

文化包括物质文化、制度文化、行为文化、心态文化四个层次。物质文化是人类创造的各种物质文明，包括交通工具、服饰、日常用品等。制度文化是指生活制度、家庭制度、社会制度等行为规范。行为文化是人际交往中约定俗成的以礼仪、民俗、风俗等形态表现出来的行为模式。心态文化是人类在社会意识活动中孕育出来的宗教信仰、价值观念、审美情趣、思维方式等。文化具有时代性、地域性、民族性、多样性四个特点。

按照上述对文化的定义和分类，笔者将文化定义和分类如下：文化是由人类创造的，被部分人群接受和遵从的，用来指导人们行动的，达到认识与改造世界目标的精神产品以及由此产生的物质产品。文化分为动因文化和成果文化两大类。

动因文化是将人们与生俱来的欲望、情感和思维方式，通过分析、判断、加工、整理、控制、疏导后，形成的道理、制度、法律、道德信仰、价值观等，是人类为达到改造自然和社会的目标而创造的、用来规范和引导人类行为的意识集合。它包括元动因文化，即心态文化和衍生动因文化，即制度文化两大部分。制度文化是心态文化的结果。

成果文化是在动因文化指导和支配下产生的，为实现目标所采取的行动以及由此所产生的结果。它包括行为文化和物质文化两大部分，行为文化是动因文化的结果，物质文化是行为文化的结果。

意识是人类对客观世界的主观反映。人的六欲产生七情，最合适的情产生公众认可的理，最基本的理产生制度和法律。

意识分为两大类，所有人共同认可、可被验证的意识反映叫科学，包括自然科学和社会科学两大部分。部分人共同认可、部分人不认可、不能验证的意识反映叫文化。

文化是建立在合乎人们要求的情之上的理性意识。非理性意识如同工人生产所用的原材料、生产出的半成品、残次品、废品，不应当称作文化。文化是合格的、高质量的、对人类有益的产物。

文化的核心是信仰，一切文化均产生于一定的信仰基础之上。信仰是人们认识世界所站的不同角度，是人们改造世界所采取的不同方法。信仰产生价值观、人生观、世界观、道德标准、审美情趣，信仰产生生活方式、传统习俗、风土人情和行为方式。生活方式、传统习俗、风土人情、行为规范产生文学和艺术。文学是用书面语言表达的意识，艺术是用非书面语言，包括口头语言、肢体语言、符号语言、形象语言如书法和绘画等表达的意识。

不识字只是不懂书面语言，但口头语言、肢体语言、符号语言、形象语言同样可以达到表达意识的效果。不识字不等于没文化。

知识是表达意识的工具，是科学意识和文化意识的构成元素。知识不能与科学并列，也不能与文化并列。

过去我们常说，要好好学习科学文化知识，大家误以为科学文化与知识是并列关系，其实大谬。

我们应当理解为，要好好学习科学知识，也要好好学习文化知识。

科学知识包括数学知识、物理知识、化学知识、生物知识等。文化知识包括文学知识、艺术知识、生活知识等。艺术知识又包括书法知识、绘画知识、音乐知识、体育知识等。音乐知识包括乐谱知识、乐器知识、演奏知识、演唱知识等。乐器知识包括民族乐器知识、西洋乐器知识，管乐知识、弦乐知识等。弦乐知识包括二胡、板胡、琵琶、扬琴、竖琴、吉他等。这样一层一层可以不断细分下去，知识的潭、泉、库、溪、湖、河、江、海、洋，就会层层叠叠地呈现在人们面前，所有人永远也学不完。

知识不等于文化，文化更不等于知识。两者如同国家与组成国家的每个省，单位与组成单位的每个部门，部门与组成部门的每个人员一样，属于上下级关系。艺术是与文学并列的文化的组成部分，是文化的下级单位。

文化的定义虽然迄今空白，但文化与知识的关系应当是清楚和明确的。文化的四个特征，文化整合协调、导向、维持秩序、延续四大作用是公认的。基于此，笔者提出有关文化与科学、信仰、法律、制度、道德、生活、文学、艺术、知识等关系的因果论点，可能不妥，还望专家学者指正，以便修改完善，有助于更好地解除大家心中的疑虑和困惑。

2015. 10. 13

# 论知识折旧与技能贬值

如今，社会上普遍认为，现在的大学生、硕士生、博士生比起 20 世纪 80 年代的差远了。甚至有人认为，现在的教授、博导、讲师、工程师、经济师、会计师、作家、书法家、画家、电影导演、电影演员等，比过去都有退步。难道长江后浪推前浪，一代更比一代强的发展规律，青出于蓝而胜于蓝的进化规律有误？非也！

习近平总书记在中央党校建校 80 周年庆祝会上讲话指出："在农耕时代，一个人读几年书，就可以用一辈子；在工业经济时代，一个人读十几年书，才够用一辈子；到了知识经济时代，一个人必须学习一辈子，才能跟上时代前进的脚步。"

习总书记对领导干部"本领恐慌"、能力不足问题进行了形象、深刻、具体阐释。他指出，很多同志有做好工作的真诚愿望，也有干劲，但缺乏新形势下做好工作的本领，面对新情况新问题，由于不懂规律、不懂门道、缺乏知识、缺乏本领，还是习惯于用老思路老套路来应付，蛮干盲干，结果是虽然做了工作，有时做得还很辛苦，但不是不对路子，就是事与愿违，甚至搞出一些南辕北辙的事情来。这就叫新办法不会用，老办法不管用，硬办法不敢用，软办法不顶用。

会计工作中，为了计量长期资产的贬值情况，同时为了反映固定资产在产品中的贡献价值，提出了折旧概念。折旧就是原值损耗的部分，是将固定资产名义价值（原值）调整为实际价值（净值）的手段。对由于技术进步、产品更新换代较快、贬值较大的固定资产加速折旧，客观准确计量固定资产的原有价值、新旧程度和现时价值。

机器设备会老化，人的知识和技能也会老化。

曾经的胶片照相机，BP 机，268、368、468 计算机早已无影无踪，我们学到的计划经济理论、方法已经没有用处。过去的剃头、补锅、补席、弹棉花、手工纺线织布等技能，如今已无用武之地，这就是知识技能的老化、贬值和淘汰。借用会计专业术语，笔者称此现象为知识折旧与技能贬值。

知识折旧与技能贬值是社会进步、人类文明程度提高的反向印证。

我们回头看看农耕时代，社会生产力水平低下，生产关系简单，经济基础薄弱，上层建筑方面只用吏、户、礼、刑、兵、工六部，派出很少官吏就可让全国正常运转。全社会对知识和技能的需求不高，社会文明程度很低。民众无知、愚昧，没有自主权、没有民主、没有自由、没有公平，民权基本被剥夺。没什么理想、抱负，有地种、有饭吃、有衣穿就是好生活。念几年书能混好一辈子，不念书也能过一辈子。想读更多书一是没书也没人教；二是用不上，没有需求。全社会只有少数人识字，他们掌握的知识和技能并不多，一切都围绕农业，围绕当良民、当顺民展开。由于多数人懂得不多，别人怎么说就怎么做，别人让怎么做就怎么做，只能当执行者和劳力者。官吏对不听话的刁民只要严惩一个，就能镇住一大片，社会管理简单。此时的知识和技能数量和品种均不多，折旧很慢。知识技能的净值一直处于接近于原值的水平，所以念几年书就够一辈子用。

再看工业经济时代，社会生产力水平大幅度提高，生产关系较为复杂、经济基础相对雄厚，上层建筑方面用几十个部委、几百万官员管理社会，仍然难以应付。社会对知识的需求较农耕时代有很大提高，知识的供给由于需求的刺激，也不断增加。社会文明程度有所提高。人们的民主意识、自由意识、公平意识、权利意识、法制意识都有所增强。许多人有自己的远大理想和抱负，不仅追求有饭吃、吃好饭，有衣穿、穿好衣，还要追求自我实现。全社会有知识有文化的人明显增多，他们掌握的知识技能的数量、门类也越来越广。多数人都受过较为系统的教育，成为既是劳力者又是劳心者。别人怎么说自己都有自己的观点，能分析是否正确，不正确的就不去听。此时知识技能的绝对价值要高于农耕时代，但相对价值则因许多人拥有、社会需要的数量和品种更大而略有降低。知识折旧技能贬值程度较农耕时代要大得多、快得多，知识技能的净值与原值的差距越来越大，但却始终有净值，读十几年书一辈子够用。

到了知识经济时代，社会生产力水平提升到更高的程度，生产关系极为复杂，经济基础更加雄厚，上层建筑不断增加人力、物力、财力。社会对知识技能的需求较工业经济时代又有很大提高，新技能新知识更为丰富，社会文明程度大大提高。人们获取知识技能的途径更多，掌握的内容更为丰富和全面。全社会几乎人人有知识，社会上受过高等教育的人占了大多数，别人怎么说，自己能用更好的独到见解进行参与。人们的民主意识、自由意识、公平意识、权利意识、法制意识都达到了更高层次。多数人有自己的远大理想和抱负，生理、心理的中低级需求已不再是大家的主要目标，尊重和自我实现成为全社会的主流追求。

此时，知识技能的绝对价值要高于工业经济时代，但相对价值因更多人受过高等教育、社会需求更大而大大降低。因人们的需求不断提升，并快速变化，致使人们拥有的知识技能难以满足人们日益增长的物质和精神文化需求，供需匹配度差距越拉越大，知识更新速度极快，导致原有知识和技能全部或大部分被淘汰，学完即无用或大部分无用，知识技能的净值等于零或接近于零，必须从头学起，以充电大于放电的速度，才能满足现实需要，才能跟上时代前进的脚步。

知识折旧加快、技能贬值加速是社会进步的象征，是人类文明程度提高的表现，它是一种客观规律，不以人的意志为转移。

知识折旧加快、技能贬值加速，要求我们知识和技能更新速度必须高于淘汰速度，不断补充新知识、替换旧技能。

知识与技能供应的绝对量确实比工业经济时代有所增加和提高，但时代和社会对其需求则增加得更多、更快，供不应求的矛盾愈发突出。如果说社会需求的知识和技能是一种客观的刚性指标，那么我们所供给的知识和技能则是一种主观的柔性指标。硬需求不易改变，只有增加软供给，用软供给去适应和满足硬需求，供需之间的矛盾才能得到缓解、化解。

增加我们知识和技能的软供给，加快知识更新、加速能力提升、加快学习本领，才是符合知识经济时代需求和社会规律的唯一选择。

与他人、他国比较，就是我们参与社会竞争、国际竞争所表现出的能力。同期对同一件事，我们的知识和技能超过了别人，社会需求优先选择我们的供给，就是我们的优势，是我们生存好发展快的机遇。若不如别人，则会被淘汰，我们的生存就会出现困难，发展就落在别人后面。中国的高精密仪器和机械、计算机芯片，主要依赖进口，足以说明我们的知识和技能已经远远落后于国外，我们的工厂亏损、工人下岗就是落后的代价。

大学生所用非所学告诉我们，知识折旧、技能贬值已经成为严酷的社会现实，而不是骇人听闻的传说谣言。

当代的许多年轻人，根本没有认清知识经济时代的要求和这个时代背景下，知识折旧加快、技能贬值加速的社会规律，依然抱着工业时代的老观念、老标准来认识自己、认识社会。觉得自己是大专生、大学生、硕士生、博士生，应当得到社会认可和重用，应当受到尊重，应当给自己一片天地，让自己个人价值充分展示。

由于对自己认识不清，对时代认识不清，许多年轻人就为自己定下了不切实际的高指标、严重脱离实际的高目标。面对新时代、新形势、新情况、新问题，没有从自身本领不足、知识老化找原因，而是怪单位、怨领导，把责任推给同事，炒领导鱿鱼，频繁换单位，越换越失望，越干越没有自信。

领导不喜欢，同事不信任，自己也一直在烦恼与怨恨中苦苦度日。

学不能致用，无人尊重，不能实现自我价值，就是要过一个正常人平静、平凡、快乐、幸福的小日子都很难。

知识折旧、技能贬值是当代知识分子面临的普遍问题，也是全党，全社会、全民应正视的问题。

只有正确认识新形势下知识折旧、技能贬值、能力退化的客观现实，坦然接受、积极应对、不断学习和实践，尽快补足所缺的知识，攒够需要积累的经验，磨砺出时代需要的各种能力，我们才不至于被时代淘汰。

2015. 5. 20

# 论精神侏儒

侏儒是指身高低于正常标准的人。凡身高低于同一种族、同一年龄、同一性别标准30%以上，或成年人身高在140厘米以下者，称为矮小症患者、袖珍人，又称侏儒症患者。

侏儒群体由于先天或后天的原因，让他们面对生活有许多的不便。

他们的求学之路屡遇坎坷，几乎没有侏儒朋友上过大学；工作之路处处设限，很少有侏儒朋友能找到一份正常人能从事的工作。少数有工作者靠的是人们的好奇心与同情心，报酬很低且很难长久；恋爱成家之路布满障碍，找正常人别人不愿意，找侏儒朋友，家人不愿意。

他们基本丧失正常工作能力，两个侏儒就是家里的双重负担；社交之路窄而又窄，正常人不愿意与他们多交往，他们总被别人当成"怪物"看待，当成笑料在茶余饭后取乐。这更让这些智力发育正常的可怜人内心一次一次受到伤害，尊严一次一次被人踩在脚下。矮小不是他们的错，他们却不得不接受来自世俗的目光，承受早已超出他们心理负荷的压力，忍受瘦小羸弱的身体无法承载的打击，他们成了"无过受罚"的人。

然而，还有一种侏儒，社会待遇却好得出奇。

他们的求学之路顺风顺水，想在哪个国家、哪个地区、哪个学校、哪个专业，父母全能搞定；他们的工作之路走得非常顺利，政府机关、事业单位、国有企业，想去哪儿就去哪儿，工作很轻松，待遇很优厚；他们的恋爱成家之路宽敞又平坦，追求他们的美女帅哥能编上一个加强连，这个刚离婚，那个就进门，甚至没等离婚就有人抢先占位；他们的社交之路已经连成了一个很大很大的网，许多人争着和他们结缘。他们的一举一动都成了社会关注的焦点，交友、结婚、怀孕、生子等，都是新闻热点。他们总被别人当成"偶像"看待，当成榜样和效仿的目标，不时会接受世人崇拜的目光，享受别人的羡慕。他们的"伟大"并不是自己的功劳，他们所拥有的一切令人向往的东西，如长相、身材、财富等，是父母光环投射到自己身上后折射出的，他们只是"二传手"。

智力正常，身高低于正常标准的人叫侏儒；身高正常，智力低于正常标准的成年人，笔者称其为精神侏儒。

简单形象地讲，如果一个人的实际年龄为 20 岁，他所拥有的财产相当于 50 岁的人才可以拥有，他为人处事、管理财产的智力水平只相当于 10 岁的水平，则这个人就属于精神侏儒。

用父亲的钱在上海花 4000 多万买两套房向同学炫耀的某女大学生，是精神侏儒；开着豪车打人，强奸酒店女服务员的某某，是精神侏儒；在北京鸟巢隧道飙车，驾驶法拉利的 20 岁高三学生与驾驶兰博基尼的 21 岁司机，同样是精神侏儒。

精神侏儒与正常人相比，具有智力水平较低、综合能力较弱、经济实力超强、劳动报酬高于劳动付出、社会关系较广等特点，他们是社会强势群体。因其拥有的财富超出自己的智力和能力水平，其财富支配能力、为人处事能力等均不足以支撑所掌控的财富，超常的财富又会刺激他们追求超常的消费，常常会表现出因为财富使用不当而害人害己。在人们信仰金钱的时代，这种人拥有极高的社会地位，他们代表着成功、名誉、快乐、幸福，其隐蔽性、突发性、榜样性等对社会具有极大破坏力。由于其具有隐蔽性，没有显性指标识别，人们很难分辨，无法认清，其病症人们均知之甚少，也缺乏预防治疗的意识和手段，所以其破坏性将会更强。它可能造成犯罪、家破人亡、社会混乱，我们必须高度重视。

如果说，身体侏儒者自身没有错，错在他人，无过受罚是一种社会不公。那么，精神侏儒者则自身有错，除父母负主要责任外，本人也有重要责任。无功受禄更是一种社会不公平，应当予以纠正。

当下，精神侏儒症患者比身体侏儒人群的数量要庞大得多，它比身体侏儒人群的规模不知要大几万倍、几十万倍。

愿全社会早日关注精神侏儒人群，未雨绸缪，防患于未然。

2015.5.27

# 为何中国近千年没有重大发明

中国号称历史悠久、文化灿烂、人民勤劳、智慧勇敢。公认的证据就是，我们有指南针（相传黄帝发明）、造纸术（由东汉蔡伦在前人基础上改进）、印刷术（由北宋毕昇发明）、火药（相传由唐朝孙思邈发明）古代四大发明。四大发明之后近一千年了，中国再也没有出现过改变世界的重大发明。

中国凭借四大发明，在唐朝以前，一直处于全世界领先地位。世界上有70多个国家和地区与唐建立了外交关系，每年都有大批外国使节和首领来访，还有数以万计的外国人来唐朝经商、留学和侨居。矗立在乾陵朱雀门外两侧、深目高鼻的61尊王宾像，就是为唐高宗和武则天守陵的外国使节或首领的雕像。足见我大唐之威武与兴盛！

唐朝文武并重，国强民富。宋朝重文轻武，经济发达但军事软弱，常被外敌袭扰。元朝、明朝重武轻文，不能以德服人，刚强有余而文明不足，常被折损而难以持久。清朝既不重文亦不重武，排斥异己之心太重，傀偏皇帝太多，入关后的十个皇帝有五位是幼儿皇帝。内宫干政过深，统治者心胸不够宽阔、眼界不够开阔。道光皇帝在鸦片战争之际，尚不知英国来自何方，不知殖民主义为何物。他将中国引入半封建半殖民地国家，签订了中国近代史上第一个不平等条约《中英南京条约》，割让香港，向英国赔款，国家主权丧失。乾隆帝之后的一个多世纪是西方世界逐渐强大的一个多世纪，同时是中国由世界强国走向"东亚病夫"任人宰割的一个多世纪。

代表着工业革命的蒸汽机是英国人瓦特兄弟发明的，从此大英帝国统治全世界；代表着信息革命的计算机和互联网是美国人发明的，从此美利坚合众国一直占据着世界霸主地位。

不难看出，谁有重大发明，谁就能领跑世界，否则只能跟在别人后面。

中国近千年为何没有重大发明？

笔者认为，以下六个方面影响了中国重大发明的出现。

第一，需求不高，从事发明的动力不足。

中国属于传统的农业国家，家庭是农业生产的基本单位，靠天吃饭是农业生产的基本特点。生产规模太小，非科技因素影响极大，使用或者不使用发明创造成果对家庭农业生产的结果影响不大。长期在低级落后的生产方式下生产生活，决定了中国人对发明创造需求不高，导致从事发明的内在动力不足。

汉唐之前全世界的发明相对极少，到了唐代、宋代，中国的生产力处于全世界领先水平，缺乏发明创造的驱动力。元朝统治者则认为，铁蹄可以征服全世界，没有必要进行发明创造。明朝开国皇帝是农民出身，没有发明创造的意识。到了清朝，乾隆及之前的几位皇帝统治时期国力尚可，加之连年征战，发明的动力不足。乾隆帝之后至清末，至民国时期，中国一直被内忧和外患所困扰，无暇顾及发明创造。

第二，国家和民众对科技和发明创造的作用认识不到位。

几千年的封建社会史，古代帝王的世袭制度下的中国，从国家最高统治者到普通民众，普遍没有科技意识，对发明创造的作用认识不到位。

唐朝之前的绝对强大，宋元之际的相对强大，到明朝、清朝屡遭外敌入侵，都是因为世袭皇帝能力越来越衰退。相反，外戚、后宫、宦官三股势力干政，使内忧加剧，官场腐败，民不聊生，让外忧泛滥。物必自腐而后虫生，外敌入侵让外患迭起。三重矛盾夹击之下，国家和政府无力关注发明创造，社会和民众无心从事发现创造。闭关锁国、狂妄自大，总以大清帝国和世界强国自居，根本不了解世界经济政治科技发展状况，这就是我们老祖先不重视科技和发明创造为子孙后代留下的历史教训。

第三，中国主流思想对发明创造有抑制作用。

从汉武帝开始，中国全民崇尚儒家思想。儒家思想在做人等方面作用巨大，唯独不利于搞发明创造。

儒家以中庸为最佳状态，限制非中庸的一切思想和行为。"木秀于林，风必摧之，堆高于岸流必湍之"等思想深深地影响人们的言行。搞发明创造被认为是不守规矩的极端行为，许多奇思妙想被当成胡思乱想、异想天开，遭到反对、压制、限制、打击、取缔。发明创造的思想和行为被早早地扼杀在萌芽状态。

第四，难以产生接力式发明创造团队。

中国有句古话，叫道不同不相为谋。意思是说，走着不同道路的人，就不能在一起谋划，比喻意见和志趣不同的人就无法共事。这里的道包含思想、志趣、性格、爱好等意思。"物以类聚，人以群分"更为直白地将人按道分为许多群，如性格内向的一群，性格外向的一群等。

而发明创造恰恰需要性格不同、爱好不同的三类人结成一个团队，这种团队在中国儒家的文化背景之下，很难产生。

发明创造首先必须有一个能提出独特见解和奇思妙想的发明者。

能有重大创新思路的人必须善于钻研，善于独立思考，常常有打破砂锅问到底、爱钻牛角尖的习惯。这种人思维方式不同于常人。性格内向、孤僻，非常有主见，非常自信。对事很执着，思想很固执，一根筋，认死理。他认定的事，抱定的思想，九头牛也拉不回来。他能为自己的独到见解和思路孤注一掷。在外人看来他的大脑有点儿不正常，似有精神病。发明家往往不擅长与人交流合作，喜欢单打独斗。正因为这样的特点，中国的发明家很少能被人发现，让人赏识，能助其一臂之力使其成功。被扼杀在摇篮中的发明和半途而废的发明家为数不少。

发明创造团队的第二个成员就是鉴赏者、试制与完善者。

古人云：千里马常有，而伯乐不常有。鉴赏者就是能识货的伯乐，一个能将发明家的思路、思想变成现实，变成样品、产品等别人看得见、摸得着的实物，一个能让大家认可和接受发明成果的人。能懂得发明家价值的鉴赏家有双重性格或为多重性格。他是半个发明鉴赏家（他不会发明，只会鉴赏），又是半个实干家。他既有内向性，有类似于发明家的思维模式和能力，能顺利地与发明家打交道。又有外向性格，能动员别人生产，让发明思想变成样品、产品，能向大众推荐样品和新产品。

中国古代嫦娥奔月的发明思想首先被外国人变成了现实，《西游记》孙悟空七十二变等均属非常好的发明思想，可惜无人重视，仅当娱乐。

据说陕西某科研单位的技术人员研究出一套新药剂配方，找了当地许多药厂联合开发，结果无人理睬。该配方拿到广东后，被珠海一家药店相中，花重金购得该配方权。这就是名噪一时、红遍全国的"丽珠得乐""丽珠胃乐""丽珠肠乐"。

发明创造团队的第三个成员就是发明创造样品的营销家。

常言道：好酒也怕巷子深。有了好的样品和新产品，没有一个成功的营销专家，新产品也很难推向市场，很难得到全社会认可。

营销家是典型的外向性格。热情、豪爽，善于察言观色，能琢磨透他人的心理，能够审时度势，善于同各种人打交道。但营销家并不了解发明家的价值，不愿意与自己性格迥异、非常不喜欢的发明家打交道。营销家容易与自己性格相近的鉴赏家交往。通过鉴赏家中介，让发明家和营销家走在一起，发明成果才能惠及社会。发明团队的接力活动三个成员一个都不可缺。中国传统思想观念若在发明创造方面不创新，要想产生影响中国、改变世界的重大发明很难。

第五、发明创造的高风险常常令人畏惧。

发明创造不仅需要有极高的智商，更需要极强的心理素质。

发明创造就是干别人没有干过的事。没有干过的事就充满未知性、充满风险，失败的可能性极大，困难等级特别高。这就要求发明者有极强的抗风险能力，有极高的抗失败、抗挫折、抗不理解、抗压制等能力，需要极强的自信心、毅力和不屈的精神。

第六、政府对发明创造支持不足，保护不力。

中国虽然有知识产权保护法、专利法等法律，但在利益面前，这些法律已被束之高阁。侵权、盗版、假冒名牌现象十分普遍、非常严重。极大挫伤了搞发明创造者的积极性，伤害了社会进步的最强动力。有人说中国 VCD、DVD 等是靠假冒碟片撑起来的。其实假冒产品已进入中国的许多行业、许多地区。为了地方、部门和个人利益，监管者熟视无睹，有的甚至与制假售假者狼狈为奸。发明创造者在这种环境下完全丧失了其发明创造的兴趣和热情。

只有拥有重大发明的国家才能领跑世界，才能永远立于不败之地。党中央国务院提出的用智慧中国打造中国制造的升级版，将中国制造变为中国创造，并成立北京、上海、广州三个全国性的知识产权法院，出台了许多鼓励创新、创造、发明的政策。相信在好的政策引领下，中国的发明创造一定能焕发活力。勤劳智慧勇敢的中华民族，绝不会满足于古代的四大发明，愿中国未来的四大发明、八大发明能早现于世，尽快结束中国近千年没有重大发明的历史，让祖国更加强大，更加伟大。

2014.11.18

# 后 记

本书是写给普通大众的关于幸福观的普及读物。

笔者是农民的儿子，在农村生活了 20 多年，有非常深厚的"三农"情结。在城市生活了 30 多年，了解工人、商人、学者、政府官员等城市各阶层的一些情况。笔者是学会计干会计的理科生，没有受过中文专业的系统训练，没有高深文学造诣和超前的现代理念。文章主要用朴实语言、简单结构、身边故事直截了当地表达自己的观点。其特点是注重逻辑思维，注重系统严谨，注重联系客观实际。这些在专业作家眼中可能非常业余，但比较适合大众，适合草根阶层。书中不妥之处定会不少，希望专家学者理解、谅解，并给予批评指正。

本书是写给年轻人的警示读物，写给未来的现代读物。

现在的年轻人，就是 30 年后中国的国家领导人和地方、行业、部门、单位领导人。他们是我国独生子女的主力军，普遍存在独生子女综合征，普遍没有接受过传统的儒家思想教育，没有接受过系统的社会主义和共产主义思想教育。他们崇尚西方式民主、自由、平等。在一些年轻人心目中，外国的情人节、愚人节、万圣节、圣诞节远比中国的春节、元宵节、清明节、端午节、中秋节、重阳节有意思。部分年轻人拿着美国等西方国家的思想理念抵触中国传统思想、诋毁社会主义和共产主义思想。他们对中国 5000 年悠久历史知之不多，对中国优秀传统文化和道德知之不深，继承、传承欠佳。

文化是一个民族立足于世界的最强大武器。毛主席说："没有文化的军队是愚蠢的军队，而愚蠢的军队是没有战斗力的"。军队尚且如此，一个国家的政治、经济、社会治理更离不开文化。一个没有文化的民族同样是没有竞争力的民族，很难立足于世界！

世界竞争是人才的竞争，人才竞争不是体力的竞争，而是智力、品德、意志力、向心力、凝聚力、创新力、担当与合作意识、拼搏与奉献精神等精神文化领域的竞争。

中国是社会主义国家，我们国家未来的接班人没有或者严重缺乏民族文化，缺乏共产主义和社会主义理想信念，用资本主义的思想观念来治理社会主义的中国走向共产主义，能办到吗？

本书是写信仰道德等人类发展精神动力的科普读物。

笔者认为，人类发展的精神动力来自三种力量。最深的动力来自性格和气质，它就像我们身体中的骨血，性格决定命运是这个动力源在起作用；中间的动力来自信仰和道德，它就像我们身体的皮肉；最浅的动力来自知识和技能，它就像我们身体表面的毛发。皮之不存毛将焉附？我们应当充分认识到信仰和道德对一个人、一个民族的作用。

信仰是文化的灵魂，一切文化都围绕着信仰展开。信仰决定着每个人的三条线。

第一条是底线。有信仰的人绝不会突破该信仰所设定的底线。比如佛教信徒不杀生、不吃荤、要遵循佛经；伊斯兰教信徒不吃猪肉、要过斋月、要遵循《古兰经》；儒教信徒要遵循"三纲五常"；基督教信徒必须遵守《圣经》，就是该类信仰者的底线和内部法律。

第二条是高线。有信仰的人都会朝着该信仰所设定的高线努力。比如，基督教的高线是做绅士，死后可以上天堂；藏传佛教的高线是成为万众敬仰的班禅活佛；儒教的高线是成为人人崇拜的圣人。

第三条是中线。知道底线不能触碰，大家都朝着高线的方向努力，人生的方向就非常明确。自己现在在什么位置，该朝什么方向走，不该朝什么方向走，这就是信仰为人们划出的中线。信仰就是指路人，指明的是大家共同认可的正确道路。行动的方向和目标明确，人们就不会走向邪路，也不会走弯路。失误自然减少，失望失落就会减少，幸福感就会增加。

信仰是思想与行动的笼子和边界。万事万物皆有度，人的思想和行为也必须有度，才符合自然规律。度就是边界，有信仰的人其思想和行为均受到该信仰所规定的边界限制。

道德是信仰的外在表现，有什么样的信仰，就会有由该信仰决定、与该信仰相适应的一系列道德标准和行为规范。

60 多年前，中国人信仰马列主义毛泽东思想，信仰共产主义和社会主义。

在行为道德上表现为：全国人民都有主人翁责任感，崇尚大公无私，习惯先人后己，善良、诚实、正直是社会风气的主旋律。国家有补助，让给别的省市县，自己不要；国家有困难，我们必须冲在前。军民鱼水情深，官兵一致同心，捐飞机、捐钱、捐物，献出生命也无怨无悔。

进入新时代，人们的许多是非标准、善恶标准、荣辱标准混乱了。大人们混淆了是非，孩子们以错为对。

逃票是聪明的表现，闯红灯是勇敢的象征，能骗人是有智慧的证明，敢脱敢露是时尚的标志，能被包养是有魅力的体现，敢违法违规是有开拓精神等等。我们这样以耻为荣、以恶为善、以丑为美、以错为对的做法，已经遭到全世界谴责和抵制，怎么与国际接轨？国际愿意与我们接轨吗？

本书对正直与善良、高贵与耻辱、勤俭与富贵、目的与手段、身与心、钱与人，什么是公平，组织有何用，如何比较，怎么看待效率等人们日常工作生活中所遇到的普遍性问题进行了有针对性的探讨，提出了自己明确的观点。如同给人们的行为表现画出一道横线，画出合格线，横线之下就是不合格，横线之上才是合格。希望这条线能给年轻人提供一个计算自己行为离差值、估计自己与合格水平偏离程度，能纠正每个人行为偏差的参照。

本书为大家提供了一个能点燃真善美正能量的火炉，意在烘干弥漫在我们四周的湿气，赶走笼罩在我们头顶的阴气和雾霾，还人们一片清新的精神空气，给大家一缕纯净的精神营养。

如果读者能从书中感受到一丝清新、一次舒坦、一个顿悟、一瞬明朗，笔者就心满意足，会有很大安慰、很多快慰和欣慰。

本书出版过程中，得到了我省著名作家安黎先生和陕西交通作家协会副主席蒲力民先生的大力支持，在此表示由衷的感谢！

特别要感谢著名文化学者、德艺双馨的艺术家肖云儒老先生在百忙之中、在赴国外举办书画展览的前夕，不辞辛劳，加班加点为本书写序，让灰头土脸的拙作顿时金光闪闪。

感谢为本书审核出版付出智慧和汗水的王玉平、延飞、彭凡、张晓峰、李海莹、韩伟、王渊、石勇强等文友的支持。感谢长期关注支持本人写作，为拙作点赞、发评论，让我对创作充满激情和无尽动力的好友伍石生、李晓明、韩瑞民三位大博士，感谢公路专家和文学爱好者以及许多爱好文学的同事、朋友、老乡的热情鼓励。

作者

2016 年 7 月于古城西安